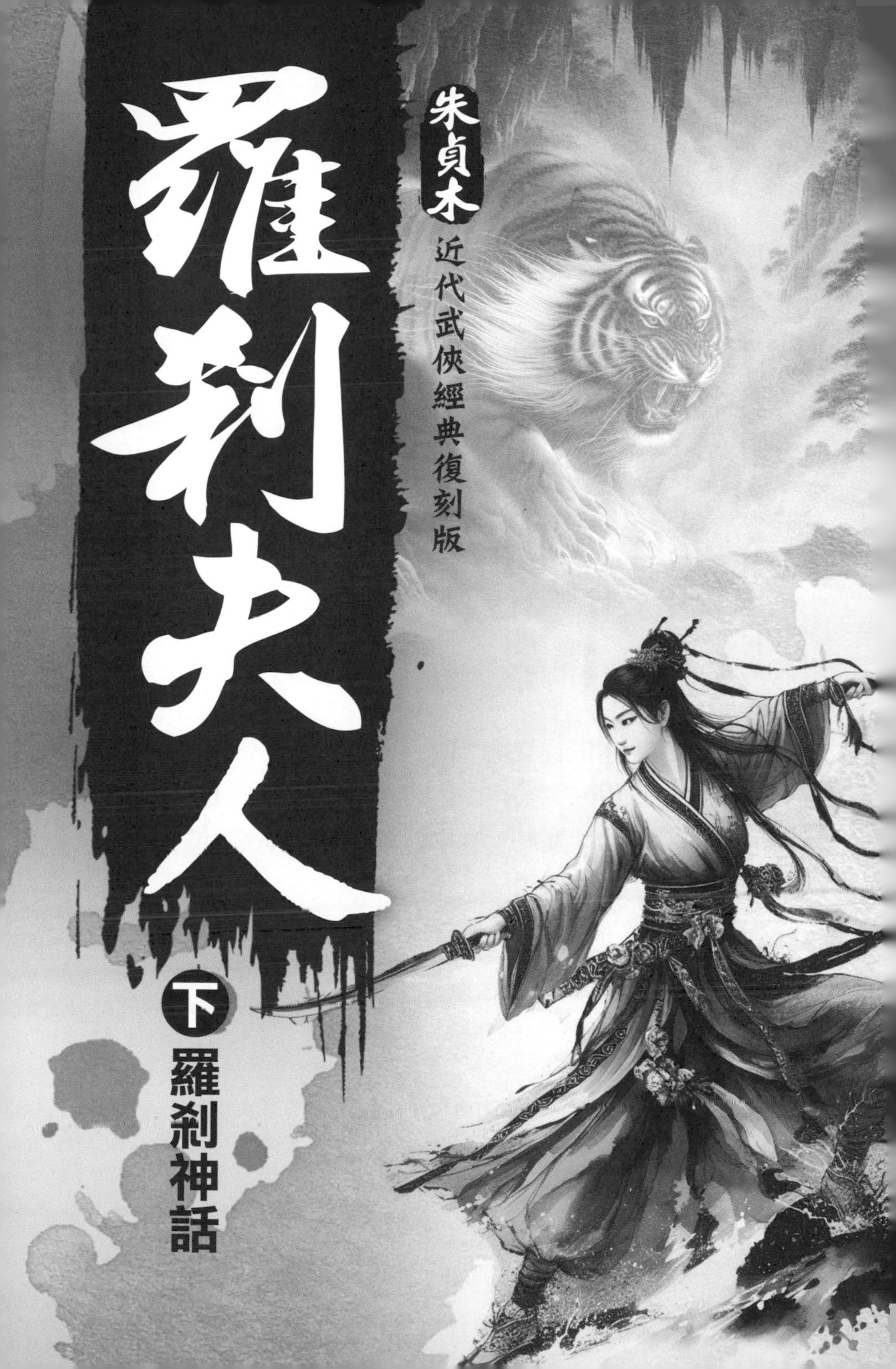
羅刹夫人
朱貞木
近代武俠經典復刻版
下
羅刹神話

目錄

第二十章　胭脂虎

獨角龍王夫婦失掉了全部密藏黃金，宛如失掉了自己生命，尤其是映紅夫人，畢竟女人心窄，到了第二天，猶自失神落魄，舉動失常。她兄弟祿洪，暗地勸解，也沒有法子把失去的萬兩黃金完璧而歸，比較上還是龍土司經過一夜安息，似乎精神略振，召集金駝寨頭目分派了幾檔事，便到金翅鵬養病屋內慰問，和老和尚無住禪師周旋了一下。

這時金翅鵬經無住禪師用獨門秘藥，內服外敷，居然把蟒毒提淨，神志已經回復，不過氣弱體軟，頭上滿包藥布，躺在床上不能張目張嘴。聽到龍土司口音，便知安然生還，心裡也是快慰。可是龍土司怎樣能安然生還和各節細情，無住禪師不過略知大概，病中的金翅鵬，當然是不明細節。

龍土司一看到金翅鵬受傷得這樣慘重，心裡難過萬分，也不敢對他細說經過，安慰了一番，回到內寨正屋來，和沐天瀾、羅幽蘭、祿洪談論羅剎夫人的來歷。龍土司談虎色變，他口口聲聲的說：「滇南有了這位女魔王，恐怕早晚還要鬧出花樣來。」

沐天瀾夫婦心裡有數，在龍土司祿洪面前，卻未便把羅剎夫人的細情說出，兩人只心裡盤算，怎樣託詞趕回昆明去。

因為龍土司雖然救回，自己不共戴天之仇近在咫尺，尚未伸手報仇，這樣告辭實在難於說詞。其中難言之隱，又未便向龍土司等細說。事有湊巧，在沐天瀾、羅幽蘭歸心似箭，難以啟齒當口，前寨頭目飛步進來稟報，說是：「石屏知州吳度中、守備岑剛，得知土司脫險歸來，專誠前來慰問。又知沐天瀾公子到此，順便拜會，已在寨前下馬。」

原來這一文一武，算是石屏州的朝廷命官，說起來金駝寨離石屏州城只二三十里地，還是石屏州的轄境。不過吳知州是出名的糊塗蟲，終日在醉鄉，把守備岑剛當作瞎子的明杖。

因為岑剛是苗族，和新平飛馬寨土司岑猛是一族。早年從征有功，派在石屏州充任守備，手下也有一百幾十名士兵。

從金駝寨到石屏城去，中間大路上有一處關隘，地名五郎溝，是岑剛的轄地，常川派兵駐守。因為吳知州軟弱無能，事事都由岑守備擺布，岑剛又是苗族，周旋各苗族之間非岑剛不可，因此岑剛算是石屏州的一個人物了。岑剛雖然自命不凡，對於雄踞金駝寨的龍土司，平時卻異常恭順，不敢輕捋虎鬚。

龍土司心目中只有一位沐公爺，對於石屏的一個小小知州，和一個微末前程的守備，原沒擺在心上。這時聽得吳知州、岑守備同來拜會，只淡淡的吩咐一聲：「前寨待茶。」是否出去相見，似乎意思之間還未決定。沐天瀾一問吳岑兩人來歷，龍土司略說所以，話裡面提到岑守備是飛馬寨岑猛同族，駐守五郎溝的話。沐天瀾聽得心裡一動，猛地想起象鼻沖嶺上偷聽黑牡丹、岑猛兩人的話，便提到五郎溝的地名。又想到羅剎夫人嘴上透露的消息，似乎此刻兩人突來拜會，吳知州既然出名的糊塗蟲，又是漢人，無庸注意，倒是這位小小的石屏守備，卻有留神的必要。自己心裡的意思，一時不便向龍土司說明，便說：「吳知州、岑守備既然專誠拜會，也是一番好意，不便冷落他們，我陪龍叔出去周旋一下好了。」於是龍土司、沐天瀾在幾個頭目護侍之下，走向外寨侍客之所，和吳知州、岑守備相見。

一見吳知州是個猥瑣人物，岑守備卻長得凶眉怒目，滿臉桀驁不馴之態，處處卻又假充斯文，偽作恭順，兩隻賊眼不住的向沐天瀾偷偷打量。賓主寒暄一陣之後，岑守備招手喚進一名精悍苗漢，向沐天瀾說：「這人是新平飛馬寨頭目，今天騎著快馬趕到五郎溝，說是奉岑土司所差，有急事求見二公子。特地把他帶來，請二公子一問便知。」

岑守備說畢，飛馬寨頭目進來單膝點地，向沐天瀾報告道：「前晚我家岑土司帶著幾名頭目，從別處打獵回寨，路經老魯關相近官道，救回一名受傷的軍爺，從這人口中探出是昆明沐公府家將。奉世襲少公爺所差，趕赴金駝寨請二公子火速回府，商議要事。身上少公爺親筆書信和衣服銀兩馬匹，統被強人劫去，雙拳難敵四手，身上受了重傷，昏倒路旁，這位軍爺說了幾句以後，又昏迷過去。

「吾家岑土司一看此人傷勢過重，性命難保，派俺飛馬到此稟報，又命俺探明二公子動身準期，立刻飛馬回報。二公子回昆明定必經過老魯關，新平離那邊不遠，吾家土司還要親自迎接二公子到飛馬寨款待，再護送二公子出境哩。」

沐天瀾聽了這番話，暗暗驚疑，面上卻不露出來，點頭道：「我久仰岑土司英名，來的時候貪趕路程，沒有順路拜望你家土司，難得他這番盛意，太使我感激了！你先到外面候信，我決定了動身日期，定必差人知會，使你可以回去銷差。不過岑土司美意迎送，不敢當，替我道謝好了。」

沐天瀾說畢，飛馬寨頭目退出門外，沐天瀾暗暗留神岑守備時，看他面上似有喜色。故意向他說：「先父在世時，常常談到岑土司英勇出眾，這次回去倘然能夠會面，足慰平生仰慕之願。」

岑守備立時指手劃腳的說道：「沐二公子回昆明去，原是順路，順便到岑土司那兒盤桓一下，使飛馬寨的人們藉此得展仰二公子的英姿，岑土司面上也有光榮。大約尊府也沒有什麼急事，二公子不必三心二意，準定先到飛馬寨歇馬，然後由飛馬寨回昆明好了。」

岑守備極力慫恿到飛馬寨觀光，沐天瀾微笑點頭，好像對於岑守備的話，大為嘉許，大家又談了一陣。吳知州、岑守備看出龍土司淡淡的不大說話，知他身遭大險，身體尚未復原，便起身告辭。龍土司、沐天瀾送走了吳知州、岑守備，回到內寨，龍土司搖著頭說：「二公子休把飛馬寨岑鬍子當作好人（岑猛滿臉虬髯，綽號『岑鬍子』），滇南沒有我龍某，他早已領頭造反了。」

沐天瀾笑道：「小侄何嘗不知道，不過剛才在岑守備面前，不得不這樣說便了。但是家兄派人叫我回去，雖然沒有見著信件，也許家兄方面發生要事，不由我不暫先趕回去一趟。不過小侄心裡存著幾句話，此時不由我不說了。」

龍土司詫異道：「二公子肺腑之言，務請直言無隱。龍某身受老公爺天地之恩，最近又蒙二公子救命之德，凡是二公子的話，沒有不遵從的。」

沐天瀾微一沉思，緩緩的說道：「龍叔既知飛馬寨岑鬍子不是好人，飛馬寨離此不遠，五郎溝岑守備又是岑鬍子同族，黑牡丹、飛天狐這股餘孽，又是切齒於龍、沐兩家的對頭人。先父去世以後，今昔情形已是不同，龍叔遭險回來，身體精神遠不如前，得力臂膀金翅鵬一時又未能復原，不瞞龍叔說，小侄對於貴寨，實在有點罣慮。

「小侄回昆明去，何時再來滇南尚難預定，在龍叔和金翅鵬體力未復當口，金駝寨各要口和寨前寨後，千萬多派得力頭目，多備防守之具以備萬一。還有那位老方丈無住禪師，雖然年邁，武功不弱，而且經多識廣，務請龍叔留住他，暫時做個幫手。」

龍土司聽沐天瀾說出這番言重心長的話，青虛虛的面上立時罩上一層淒慘之色，跺著腳說：「這般人一時反不上天去，可怕的還是那位女魔王羅剎夫人才是滇南心腹之患哩。此次托公子之福，僥倖生還，定當統率金駝寨全體寨民保守基業，請公子放心好了。」

沐天瀾聽他口氣老把羅剎夫人當作唯一仇人，心裡暗暗焦急。卻又不便說明羅剎夫人和自己有交情，雖然奪了你們黃金，卻不會奪你基業的。話難出口，一時無法點醒他，一看羅幽蘭不在面前，向自己家將探問，才知羅幽蘭被龍璇姑姊弟請去，在後面指點峨嵋劍法去了。

這天晚上沐天瀾在樓上臥室和羅幽蘭說起：「今天岑守備帶來飛馬寨派來頭目，報告昆明派來家將中途被劫的事，偏落在岑猛手中，受傷家將大概性命不保，身邊那封信，是否真個失掉，很有可疑。萬一其中有秘密事，落在岑猛眼中，卻是不妙！」

羅幽蘭說：「照羅剎夫人所說，和你在象鼻沖偷聽的話，岑土司和黑牡丹、飛天狐等勾結在一起，當然千真萬確。既然如此，今天岑猛派人來邀你路過新平時，到他寨中盤桓，說得雖然好聽，其中定然有詐，說不定還是黑牡丹的毒著兒。我們既然知道他們底細，只要不上他們圈套，不到他們巢穴去，諒他們也沒有法奈何我們。」

沐天瀾說：「我也是這樣想，剛才飛馬寨來人在外候信，我已吩咐家將出去對來人說：『我們這兒還有點事未了，兩天以後決定動身回昆明，經過老魯關定必順道拜會岑土司。』我故意叫家將這樣說，已犒賞了一點銀兩，使其深信不疑。其實我們明天便動身，出其不意的悄悄的過去老魯關，讓他們無法可想，你看這主意好嗎？」

羅幽蘭道：「你自以為聰明極了，依我看，你這主意並沒大用，江湖上的勾當你差得遠。」沐天瀾劍眉一挑，雙肩一聳，表示有點不服。

羅幽蘭嬌笑道：「我的公子，你不用不服氣，他們如敢真個想動我們，當然要安排好鬼計，刻刻注意我們行動。說不定沿途都放著眼線，埋著暗樁，不管我們何時動身，只要我們一離金駝寨，他們定有飛報的人。你只要想到飛馬寨派來頭目，為什麼不直接到金駝寨來，偏要從五郎溝一轉，而且不早不晚石屏守備岑剛也來拜會了，可見五郎溝岑剛便是他們安排的奸細。岑剛到此，也無非暗察動靜，瞧一瞧龍土司脫險以後是怎樣情形？那位糊塗蟲的吳知州無非拉來作個幌子罷了。」

沐天瀾被她一點破，不住點頭，猛地跳起身來，驚喊道：「不好！我聽說五郎溝距離金駝寨只十幾里路，剛才龍土司精神恍惚的樣子又被岑剛瞧去，我們走後金駝寨一發空虛，萬一出事如何是好？」

羅幽蘭微笑道：「瞧你這風急火急的樣子，我知道你老惦記著你那位羅剎姊姊的話，以為禍事就在眼前了。其實金駝寨現在的情形之下，雖然有點危險，但也不致像你所想的快法。龍土司平時訓練的本寨苗兵，素來能征慣戰，防守本寨總還可以，所怕的將來苗匪蜂起，四面楚歌，那時便有點危險了。

「剛才龍璇姑姊弟，死活要我傳授幾手劍術，我被他們纏得無法，在後面練武場上教練幾手峨嵋劍。他們姊弟在我面前練了了幾招拳劍，真還瞧不出龍璇姑很有幾層功候，便是龍飛豹子這孩子，也是天生練武的骨格，問起何人傳授，才知他們姊弟跟著金翅鵬練的。

「龍璇姑真還肯用苦功，人也聰明，這幾天你不在跟前時，便纏住我要拜我做老師，今天尤其苦求不已，跪在我面前，眼淚汪汪的說：『金駝寨自從沐公爺去世，家父從昆明回來以後，接連出事，兆頭很是不祥！兄弟年紀又小，自己立志要苦練功夫，也許可以替父母分點憂。』

「我看這位姑娘很有志氣，人又長得好，但是我如何能留在此地做她老師呢？想起這兒近處有一個早年姊妹，這人劍術在我之上，非但堪做璇姑的老師，萬一金駝寨有點風吹草動，或者這人還可助你一臂之力哩。但是我急於和你回去，沒法替她引見，我已說了這人地址，叫璇姑想法自己去求她，只說女羅剎叫她去的。這人看在我的面上，我現在處境和她又有點不謀而合，在這一點上，或者能收她做個徒弟的。」

沐天瀾急問道：「這人是誰？怎的我沒有聽你說起過這位女英雄，滇南除出羅剎夫人，還有誰有這樣本領呢？」

羅幽蘭指著他冷笑：「哼！誰敢比你心上的羅剎姊姊呢，我看你念念不忘她，一刻不提便難過，明天回昆明去，將來你這場相思病怎麼得了。」

不料羅幽蘭說了這話，忽聽得前窗外有人噗嗤一笑，悄悄道：「罵得好，可是你們明天回去，路上千萬當心！我有事安排，沒功夫和你們相見了。」兩人聽得不由一愣，沐天瀾明知是羅剎夫人，情不自禁的撲奔窗口，推窗向外一瞧，夜色沉沉，芳蹤已杳。有心想跳出窗去，追著她說幾句話，回頭一看，羅幽蘭粉面含嗔，秋水如神的一對妙目正盯在他身後。心裡一發慌，訕訕的又把窗戶掩上了。

沐天瀾掩窗之際，偶一抬頭，看見上面窗戶花格子的窟窿內插著一個紙捲兒。伸手把紙卷拿下來，是張信箋，上面有字，湊到燭台底下一看，認得是羅剎夫人筆跡，只見上面寫著：

「滇南群匪近將會盟飛馬寨中，妾得請柬，堅請主盟，其辭卑歉，而其心實叵測！蓋道路爭傳沐二公子救回獨角龍王，逆料彼等定必群疑於妾，志趣既殊，薰蕕異器，而猶邀請主盟者，懼妾為敵而梗其事；思欲藉此探虛實，以盟相邀耳，或竟妄逞狡謀，合力去妾而後快！情勢如此，灼然可見。

「然妾何許人？生平蹈險如夷，定必直臨匪窟，一睹鼠輩伎倆。世事無常，亦不期而陷入鼠輩漩渦中矣。妾玩世不恭，而此心常如止水，不意秘谷之會，心起微瀾。時時以君等安危為念，殆所謂不見可欲，其心不亂，既見可欲，情不自已耶。亂象已萌，匪勢日熾，速返昆明，勿再留連，切囑切囑！」

玉獅谷主人沐天瀾剛才聞聲不見人，以為羅刹夫人聽到了羅幽蘭的妒話才走得蹤影全無，現在一瞧這張信箋，才明白她存心不與自己會面，也許她為了飛馬寨的事，別有安排，真個無暇相會。倘然飛馬寨群匪真要不利於她，她單身投入虎穴，雖然本領驚人，究竟好漢打不過人多，連一個救應都沒有，事情真夠危險的。他替羅刹夫人擔憂，雙眉深鎖，想得出神。

羅幽蘭看得奇怪，走到沐天瀾身邊，問道：「我看你愁眉苦臉的又想出了神，這封斷命信裡，又不知寫了什麼稀奇古怪的話在上面了。」沐天瀾知道她誤會到上一次洩漏春光的那封趣函上去了，慌把這張信箋上的話，逐字逐句替她解釋，又把自己替羅刹夫人擔憂的意思，也實說出來。羅幽蘭聽得半晌不做聲，柳眉微蹙似在深思，眼神卻一直釘在沐天瀾的臉上。

沐天瀾心裡打鼓，以為又不知要惹她說出什麼話來，把手上的信箋軟軟的往桌上一放，身子便向桌邊一把太師椅子坐了下去。不料羅幽蘭突然向他一撲，縱體入懷，玉手勾住他脖子，而且淚珠盈盈，嬌啼宛轉。

沐天瀾大驚，一把緊緊抱住，連聲喚著：「蘭姊！蘭姊！你不要氣苦，你要我怎樣，我便怎樣。」羅幽蘭掛著兩行珠淚一聲長嘆，她看得沐天瀾驚急之態，慌掏出羅巾，拭了拭眼淚，急聲說道：「瀾弟，沒有你的事，我自己心裡亂得厲害！一陣難過，只想哭，自己也不知道為什麼要哭，但是竟哭出來了。」

沐天瀾說：「沒有的話，你太愛我了，故意這麼說，定是因我替羅剎夫人擔憂，你以為我心裡向著羅剎夫人了。」

羅幽蘭慘然說道：「照我平日常說嫉妒的話，你難免有此一想，其實你還沒有深知我的心。說實話，我只要一聽到你提起羅剎夫人，不由的妒火中熾，說出氣忿的話來。但是話一出口，我又立時後悔，不應該對你說氣忿的話。你和羅剎夫人結識，一半時勢所逼，一半是我自己一手造成的，怎能怪你呢？好笑我也不知怎麼一回事，後悔的時候後悔，嫉妒的時候還是嫉妒，大約一個女子愛丈夫越愛得緊，越妒得厲害！丈夫沒有外遇，還得刻刻提防，因為一有外遇，難免厭舊喜新，夫婦之間從此便起了無窮風波了。

「我曾經聽人說過一個可笑的譬喻：一個孩子得了一塊美食，也許一時捨不得吃，也許慢慢咀嚼滋味；如果有兩個孩子搶這塊美食，便要你爭我奪，便是吃在肚裡也是狼吞虎嚥，食不知味了。話雖說得粗魯，道理是對了。」

沐天瀾聽她說得好笑，忍不住嗤嗤笑出聲來。心裡想說一句話，話到嘴邊，怕臊了她，又咽下肚去了。

羅幽蘭嬌嗔道：「你笑什麼？我知道你又想到哪裡去了。本來麼，誰不羨慕我們兩人珠聯璧合、天生的一對，老天爺既然撮合了我們一對，我們怎能自暴自棄辜負老天爺一番美意呢？可是也得怨老天爺，為什麼橫堵裡又鑽出一個羅剎夫人，鬼使神差的偏叫我們和她發生了糾葛，換了別個女子，讓她一等狐媚，大約也動不了你的心。

「說也奇怪，羅剎夫人這個怪物，不但是你，連我也深深的愛上了她。平時我免不了向你說嫉妒的話，可是說了又悔，既不是恨你薄情，也不是恨她奪人丈夫，我自己也覺得莫名其妙。我還存著這個心，我們三人聯成一體，勸她同赴昆明。

「後來聽你說她性情古怪，好像轉眼無情一般，但是此刻信箋上後面幾句話，何嘗無情？而且時時刻刻放不下你，眼巴巴的親自送這封信來。雖然沒工夫進來說幾句話，大約在窗外看到了你，心裡也熨貼的了。你想她用意何等深刻？照這情形，我們三人真變成了歡喜冤家了……。」

沐天瀾被她這樣一說，心緒潮湧，想起幾句話來張嘴想說，不料羅幽蘭搶著說：「你莫響，我話還沒完呢，你知道剛才我為什麼心裡亂，亂得我沒了主意，只想哭。你想羅剎夫人放了龍土司和四十八名苗卒，表面上為了黃金，依我看，憑她能耐，盜取藏金並非難事，因為其中有你，明知釋放龍土司，難免結怨群匪，為了你也顧不得了。

「可是現在她要單槍匹馬，深入盜窟，雖然她手下有一群凶猛無匹的人猿，但是遠在新平，怎能帶著一群怪物去？你剛才替她擔憂，確有道理，萬一飛馬寨真個暗排毒計合力對付她，她便是銅筋鐵臂，也是孤掌難鳴。她雖然目空一切，信裡說著『蹈險如夷』，但是剛才匆匆便走，連進來見一面的工夫都沒有，可見她黑夜奔波，定是各處暗察匪情，想探出對她用何種手段對待，以便提防。

「萬一她落入群匪圈套，除去我們夫婦二人，還有誰去救應她呢？我們為江湖俠義，為敵愾同仇，和未來利害關係，也義不容辭啊！而且其中還有一層大關係，假使她有我們兩人暗中護衛，仗著她驚人的本領，說不定把蠢蠢思動的群匪，一下子給鎮住了。果真這樣，頭一個金駝寨龍家一門先受其福了。」

這一番話，沐天瀾聽得俊目放光，英氣勃勃，連連點頭道：「蘭姊，你義氣俠膽，不愧巾幗英雄，俺堂堂丈夫，豈敢落後？好，我們暫時拋卻兒女之私，明天回去就順路暗探飛馬寨，且看一看岑猛之輩作何勾結？說不定我們三人合力，在飛馬寨中追取黑牡丹性命，報我不共戴天之仇。」

羅幽蘭從沐天瀾懷內跳起身來，看了沐天瀾一眼，嘆口氣道：「我們兒女私情是另一檔事，大義所在，當然應該這樣做，同時也叫羅剎夫人知道我們是怎樣的人。而且我預料羅剎夫人走得這樣匆忙，也許明天她也到了飛馬寨，從此我們三位歡喜冤家，真不知到了什麼地步，才有結局。將來我能容讓她，她能不能容讓我呢？想起來，我心裡亂得要命，煩得要死！」

沐天瀾昂然說道：「我們夫妻，在天比翼，在地連理。上天下地，我沐天瀾如口不應心，定遭……」

羅幽蘭聽他要起誓，一伸手把他嘴掩住，急得跺著小蠻靴，嬌喝道：「你敢……我知道你心罷了，正惟我深知你心，才敢造成鼎足之勢。雖然如此，有時我妒天妒地，還是免不了的，只要你們知道我的真心便好了。」說罷，格格的嬌笑起來。

沐天瀾笑道：「為了羅剎夫人一封信，我們鬧了半天，起頭你說替龍璇姑介紹一位女英雄做老師，這人究竟是誰，我還得問個明白。」

羅幽蘭笑道：「你是打破沙鍋問到底，我的公子，天可不早了，明天我們還得趕路呢。」

羅幽蘭故意不說，急得沐天瀾涎著臉求道：「好姊姊，這也值得賣關子嗎？」

羅幽蘭故意蘑菇了一忽兒，然後嘆口氣說：「你真是我命裡注定的魔星，說起這個人，你不會不知道，當年九子鬼母有三個養女，除我和黑牡丹以外，還有一個桑么風，又叫窈娘。在九子鬼母沒有死以前，便倒反阿迷，和三鄉寨小土司何天衢成為夫婦，聽說何天衢是漢人苗裔，也是滇南大俠葛老師的門徒呀！」

沐天瀾一聽她提到何天衢，恍如夢醒，拍著手說：「該死該死！我到滇南來怎的把這位師兄忘記了，這位師兄離開哀牢山以後我才拜師，一晃多年，從未會過面，只聽師傅說過。三鄉寨經何師兄夫婦極力經營以後，頗有威名，雖然鄰近阿迷，黑牡丹輩卻不敢騷擾。可惜我們明天便要回去，又無法會見這位師兄了。

「龍璇姑能夠拜在桑窈娘門下，武功可望大成，金駝三鄉兩寨可以互相聯絡，作唇齒之依，真是一舉兩全了。我修封書信，用我夫婦名義問候我師兄夫婦，順便替龍璇姑說合，也是一舉兩得的事，你瞧怎樣？」

羅幽蘭道：「好是好，可是我們還沒成禮，下筆可得留點神。」

沐天瀾皺眉道：「世俗虛偽的禮法真討厭，偏又熱孝在身，否則我們一回昆明，馬上便舉行婚禮，省得遮遮掩掩的彆扭人心。」

羅幽蘭在他耳邊悄聲說道：「這幾天慣得你逍遙化外，回家去可得收點心……」

沐天瀾笑著說：「今晚可是我們逍遙化外的最後一夜了，總得細細咀嚼，不要狼吞虎嚥才好。」

羅幽蘭猛想起自己剛說過孩子搶美食的比喻，立時羞得嬌臉飛紅，指著他啐道：

「呸！不識羞的，狗嘴裡吐象牙才怪哩。你把你羅剎姊姊告誡你的金玉良言，也當作秋風過耳了。」

次日，沐天瀾、羅幽蘭原想一早起程，經不住龍土司夫婦和龍璇姑姊弟死活拉住，在後寨設筵送行。沐天瀾在筵席上，再三向老方丈無住禪師請求多留幾天，總得讓金翅鵬痊癒以後再走。席散以後，龍土司夫婦提起那兩千兩黃金，定要裝在沐二公子行裝裡面。

沐天瀾正色說道：「這是羅剎夫人的遊戲舉動，何得認真？再說我們非泛泛之交，區區黃金，何足掛齒，此事千萬休提。倒是龍叔身體千萬保重，阿迷相近三鄉寨土司何天衢是我師兄，希望龍叔多與親近，緩急或可相助。」

大家說了一番惜別的話，沐天瀾、羅幽蘭帶著二十名家將，攀鞍登程時，日色已然過午了。龍土司帶著許多頭目，一直送出金駝寨五里以外，才各自分手。

沐天瀾本想一路飛馳當天趕到老魯關，找個妥當歇宿之處，安置好家將們，再和羅幽蘭返回來，暗探飛馬寨。不想在金駝寨被龍土司們一陣惜別，耽誤了大半天，到了峨嵋新平交界之處，業已日落西山，離老魯關還有幾十里路，離新平飛馬寨倒沒有多遠了。

一看天色不正，陣雲奔馳，山道上樹木被風吹得東搖西擺，大有山雨欲來之勢。

兩人一商量，風雨之夜難以趕路，只好就近找一宿處，胡亂度過一宵再說。這時一行人馬正走上一條長長的山崗的崗脊上，兩面都是重巒深潭，並無人煙。二十幾匹坐騎在崗脊上一程奔馳，蹄聲急驟，震動山谷，跑出一二里路才把這條山崗走盡。

羅幽蘭在馬上揚鞭一指，前面不遠一叢竹林裡面冒出一縷炊煙，向沐天瀾說：「那面定有人家，也許我們可以借宿。」

沐天瀾立派兩員家將，先下崗去探看一下，再作定奪。兩個家將領命去後，沐天瀾、羅幽蘭領著其餘家將，也緩緩向下崗的斜坡走下去。

走沒多遠，那兩名家將已驟馬趕回，報說：「那面竹林內只是一間臨時搭成的草棚，有兩個打獵的苗漢在那兒煮野食吃。據那兩個獵戶指點，再過去兩里多路，一個山灣裡面住著一家富苗，釀得上好的松花匝酒，製得一手塊鬼芋豆腐（苗人酒食名，匝酒用幾支通節小竹，插入酒囊內，數人圍坐，用竹管吸酒而飲），漢人路過多到那家借宿。這家苗人都能說一口漢語，接待漢人，特別歡迎。」

沐天瀾說：「既然有這地方，且到那兒看情形再說。」

於是兩名家將圈轉馬頭當先領路，經過那處竹林時，羅幽蘭飛馬而過，似乎聽到竹林後面一股小道上，有人騎著馬向前急馳。當時趕路心急，天色已漸漸入夜，風颩得又緊，一時忽略過去，沒有在意。一霎時急趕了兩三里路，已到了山灣子所在，馬頭一轉離開了官道，拐過一個山嘴，便遠遠瞧見山坳裡高高的挑出一個紅燈籠。

大家便向紅燈籠奔去，瞧著很近，走起來卻也有里把路。大家到了紅燈籠所在，一瞧是一座很像樣的苗寨子，寨門上也有望樓，一隻紅燈籠便挑在望樓角上，後面還有幾層瓦房，屋後緊背著一座山峰。這座苗寨建築得很有形勢，可是寨門緊閉，寂無人聲，沐天瀾吩咐身邊家將道：「扣門借宿時，只說過路的官員帶著家眷隨從回昆明去便了。」一家將叩了幾下寨門，望樓上鑽出一個年老的苗漢來，瞧見寨外這一大堆人馬，倒並不吃驚，只略問了幾句，便下樓來把寨門開了。

沐天瀾、羅幽蘭和家將們一齊下馬，沐天瀾不敢領著這一大堆人望裡直闖，意思之間，想和羅幽蘭先進去，和寨主人說明了再行安排。不意開門的老苗人竟能做主，很歡迎的把家將們連人和馬一齊請進寨門，好在寨門內有塊空地還容納得下。老苗子關好了寨門，囑咐他們少待，他得進內通報一聲。沐天瀾、羅幽蘭打量寨內近面一座三間開的樓房，黑默默的通沒燈火，似乎並沒住人。那老苗人進內通報，也從樓屋外面側道上繞到後面去。

一忽兒，樓屋下面燎火通明，中間一重門戶打開，從門內迎出一群高高低低的雄壯苗婦來。兩個苗婦舉著兩隻燈籠，引著一個擦粉抹脂，滿身錦繡的苗女，頭上包的也是一塊五彩綉帕，帕邊還帶著一朵紅花，卻長得面目奇醜，不堪入目，一對母豬眼，不住的向沐天瀾、羅幽蘭兩人打量。面目雖然粗魯，卻說得一口流利的漢語，說是：「家中男人本是不多，今天偏都有事遠出，只留下一個看門的老漢，貴官們不嫌簡待，快請到內寨坐地。這樓下幾間屋子，便請貴官的隨從們隨意安息好了。」

這苗女居然很有禮貌，而且苗女苗婦們似乎經多識廣，瞧見來人上上下下個個都帶劍背弩，並不驚奇，立時邀請沐天瀾、羅幽蘭進內，一面又分派幾個雄壯苗婦和那老苗子，招待一般家將，態度殷勤，面面周到。

沐、羅兩人叩門借宿時，計算路程和方向，知道已入新平邊界，大約離飛馬寨不遠，不免處處留神。不料一進寨門，這家除出一個看門老漢，全家只有婦人，而且招待殷勤，果然和路上獵戶所說相符，心裡便坦然不疑。還暗暗盤算，想問明路徑，就近乘機夜探飛馬寨去。

這時兩人跟著這個盛裝苗女，穿過前樓，走入後院堂屋內。苗女指揮幾個苗婦安排酒飯待客，自己陪著兩人談話，問起兩人來蹤去跡，沐、羅兩人雖然心感苗女禮數周到，卻不敢說出真名實姓，胡亂揑造一番話，搪塞一時。談話之際，酒香撲鼻，瞧見幾個苗婦從後面抬出兩大甕酒，和餚果飯食之類，送到前樓去了，堂屋內另有幾個苗婦調桌抹椅，擺好一桌酒筵，便請入席。

兩人無法客氣，也只好道聲叨擾，安然就席，苗女主位相陪，親自執壺勸酒，還說：「這是我家自釀松花酒，凡是在俺家借宿過的漢人們沒有不說好的，兩位一嘗便知。」沐天瀾禁不住苗女殷殷勸酒，吃了幾口，果真香冽異常！苗女一見羅幽蘭未沾唇，立時笑臉相勸。羅幽蘭笑道：「實在生平沒有喝過一滴酒，但是主人自己大約也是不喜喝酒的，所以杯中空空，我便陪著主人喝罷。」

羅幽蘭不喜飲酒原是實話，苗女聽得，卻是面色一變！突又笑容可掬的說道：「我們這兒祖上傳下來有個規矩，客人光降必要奉敬幾杯酒的，客人喝了我們的酒，我們認為客人看得起我們，諸事才能大吉大利。先請客人吃過幾杯以後，主人才敢舉杯，否則便不恭敬了。」

羅幽蘭聽她這樣說，有點情不可卻，不好意思再堅拒不喝，預備小小的喝一口，敷衍敷衍面子。正在舉杯當口，猛聽得豁啷啷一聲怪響。抬頭一瞧，原來一個壯健苗婦從後面端著熱氣騰騰的一盆菜進堂屋來，還沒有端到席上，不知怎麼一來，竟失手掉在地上，把一盆菜跌得粉碎。

那苗婦走的方向，正在羅幽蘭對面，羅幽蘭再一眼瞧去，看出這苗婦面貌廝熟，忽地醒悟，這人是從前廟兒山自己落腳處所用過的苗婦。

這當口，這位主人跳起身來，滿臉凶惡之色，指著那苗婦厲聲斥責，其中還夾雜著幾句凶惡苗語。那苗婦嚇得全身抖顫，慌蹲下去撿地上的碎磁片。

這一下，羅幽蘭頓時起了疑心，面上卻不動聲色，從旁勸道：「怪可憐的，請你饒恕她罷，我們還是喝酒要緊。」

苗女一聽羅幽蘭自願喝酒，立時反嗔為喜，坐下來便來勸酒，羅幽蘭卻立起身來，在她耳邊悄悄說道：「我一路奔來，同行的都是男人家，沒有方便處，此刻內急得緊，我去方便一下，再來奉陪，咱們有緣，我得多親多近哩。」

羅幽蘭巧語如簧，苗女立時向那苗婦喝道：「笨手笨腳的還呆在這裡幹什麼，快伺候這位貴客更衣去。」

這一指使，正中羅幽蘭心意，另外一個苗婦便來替這苗婦打掃地下。

羅幽蘭離席時，向沐天瀾一使眼色，見他兩頰紅馥馥的罩上了一層酒暈，並沒有理會。羅幽蘭從容不迫的向女主人又遞了一句客氣話，然後跟著打碎盆子的苗婦走向廳後，走過兩層房屋，才是方便之處。

羅幽蘭一看四面無人，正要打聽她為何在此，這家苗人是幹什麼的？不意那苗婦同時張嘴，滿臉驚急之色，一手拉著羅幽蘭，哆哆嗦嗦的說：「你……你們……怎的投奔到鬼門關裡來？這……這如何是好……。」她說時，拉著羅幽蘭的手瑟瑟亂抖，四面環顧，怕有人撞見，性命難保！

羅幽蘭吃了一驚，慌問：「這是什麼地方，苗女是誰，怎的是鬼門關？快說！」

那苗婦這時急得話都說不出來，羅幽蘭一陣催問，才拚命似的掙出幾句話來。她說：「這是飛馬寨的老寨，苗女是岑土司岑猛的妹子，出名的凶淫，背後都稱她『胭脂虎』。這幾天胭脂虎在她哥哥面前稱能，安排毒計，沿途派人探聽要把你們引上門來。我是派在後面廚房打雜的，本來不知道你們到來，剛才端出菜去，萬想不到來客便是你們，而且你正端著杯要喝那斷命松花酒，嚇得我連菜盆子都跌碎了。你哪知道這酒內下了蒙汗藥，酒性一發，便要昏倒，萬吃不得的呀！」

羅幽蘭一聽，宛如頭上打下一個焦雷，心裡一急，顧不得再問別的，推開苗婦，一反腕從背上雙劍中拔下猶龍劍來，一跺腳便上了屋，竄房越脊飛一般趕到吃酒的堂房上。顧不得什麼叫危險，立時湧身跳下，翻身一看，堂屋內燈火全無，人聲俱寂。

羅幽蘭明知不妙，一顆心幾乎跳出腔子來，忍不住喊聲：「瀾弟……」一寂無回首，不顧一切，用劍護住頭面，一躍進屋。目光一攏，隱約辨出酒席尚在，吃酒的沐天瀾、胭脂虎和伺候的幾個苗婦，蹤影全無，向兩邊屋內排搜，也無人影。

羅幽蘭急得五內如焚，眼淚直掛，慌鎮定心神，略一思索，明知沐天瀾著了道兒，也許自己推說方便時，胭脂虎派人暗地跟隨，和苗婦說話時，有人偷聽，知事敗露，把沐天瀾劫走了。猛地想起前樓家將們，急急躍出堂屋，趕赴前樓。

一進前樓，倒是燈燭光輝，殘餚俱在，可是二十名家將，一個個軟綿綿的倒在地上，橫七豎八的躺了一地。胭脂虎手下的人一個不見。

這時羅幽蘭哪有工夫救家將們，挺劍直奔寨門上的望樓。寨門緊閉，望樓空空，連那個老苗子也不見了。一翻身，又奔後院，剛回到吃酒的堂屋內，驀地聽得後面鬼也似的一聲慘叫！

羅幽蘭急急穿過堂屋，尋聲而往，一看後面，天井裡躺著一個壯年苗漢，胸口上插著一柄短刀，業已死去。牆角上如牛喘氣，兩個人扭成一堆，正在拚命。趕近一瞧，原來那個老苗人騎在熟識苗婦的身上，兩手抱住苗婦脖子想捏死她，苗婦兩腳亂蹬，已剩了翻白眼兒。

羅幽蘭一腿掃去，老苗子皮球似的滾得老遠，這一腳大約踢在致命處，痛得他滿地亂滾。那苗婦得了性命，一陣乾嘔，跳起身來，哭喊道：「這老東西把我男人害死了，我得報仇！」喊罷，還要趕去。

羅幽蘭伸手拉住，過去一劍，老苗子立時了賬，羅幽蘭問她：「你男人怎會死在他手上？」

苗婦說：「我們夫婦原是新平人，自從廟兒山你們走後，房子被人燒光，我們逃回家來，便都在胭脂虎底下做點粗事。剛才他們都跑掉了，這老鬼奉了胭脂虎之命，想把我弄死，湊巧我男人趕來，不防老鬼手上有刀，我男人又不明就裡，竟糊裡糊塗被他刺死了。我和老鬼拚命，敵不過他，幾乎也死在他手上。」

羅幽蘭不待她再說下去，急問道：「沐公子被他們劫走了，生死不明，你知道胭脂虎這般人逃往何處，快告訴我！」

苗婦說：「胭脂虎力大逾虎，而且奇淫無比，常常引誘漢人到此借宿，十九死在她手上。她碰著沐二公子這樣人物，定然先弄到她私窩裡去，想法子折磨去了。」

羅幽蘭一聽更急了，慌問：「她私窩在哪兒？快領我去！」

忽一轉念，又說道：「事已緊急，你跟不上我，帶著你反嫌累贅，你只把方向路徑對我說明好了。」

苗婦說：「胭脂虎平日無法無天，連她哥哥都管不了。這兒老寨窩，本不是她的住所，在這屋後峰腳下有一條溪澗，沿著這條溪向左拐過去，可以繞到山峰的那一面，外人不知道，好像是無路。其實溪流盡處，再翻過一座岩頭，一片大竹林，竹林內有條小徑直通到一處山塢，塢內有孤零零的一座小碉寨，便是胭脂虎住所，不過胭脂虎住所不遠便是飛馬寨大寨，聽說今晚岑土司大會滇南英雄，飛馬寨有頭有臉的都到大寨去了。姑娘，你要去可得當心！」

羅幽蘭道：「好，今晚我幸而碰著你，但是你從此不能待在這裡了。現在我拜託你一樁事，前樓有我們帶來的二十名沐府家將，也上了他們圈套，好在蒙汗藥有法可救，你趕快提桶冷水，把他們沖醒過來，對他們說，我拚命救公子去，叫他們帶著你連夜趕往老魯關。如果我同公子到明晚尚未回去，你和他們先回沐府去。千萬記住我的話，我們二次相逢，我定要補報你的一番好意，快去、快去！」

第廿一章　活寶

不提苗婦依言行救前樓的二十名家將。且說羅幽蘭提著猶龍劍，縱身上屋，越過圍牆，直到寨後峰。走沒多遠，果然瞧見峰麓銀光閃閃，潺潺水響，一條曲折的淺溪，繞著峰麓流去，溪身極窄。

羅幽蘭越溪而過，照著苗婦指點的方向，向左沿溪奔去。

雖然星月無光，腳上這條銀蛇般的溪流，便是極妙的嚮導。溪流盡處，已到峰背，亂石磋峨，荒草沒徑，幾疑無路，仔細辨認，才見高高低低的石縫裡面，卻有一條曲折小徑。走盡曲徑地勢漸高，步上一座岩巔。

忽聽這面岩腰裡有人說話，她慌縮住腳，看準方向，蟄行鶴伏，掩了過去，隱身一株高松背後，暗地窺探。依稀看出兩個高大苗人，各人手上拿著長竿梭鏢，立在二十步開外的一片斷崖下面，正擋著自己下岩的要道。心想殺死這兩個人容易，萬一驚動別人，反而誤事。一陣盤算，未免耗了些時候。

忽聽得其中一人說道：「二姑真也任性亂來，既然捉住了沐家小子，便該送往大寨。豈不是人前顯輝？教到來的各位英雄瞧瞧，我們飛馬寨豈不大大增光！我還聽說逃走了一個女的，據說便是當年秘魔崖的女羅剎。逃走了這位女魔頭，更應該報與大寨知道。她偏不這樣做，放著正事不辦，把沐家小子放在自己樓上，幹那見不了人的事，卻教我們守在此地，你瞧天色已變，說不定雨要來了，真是晦氣！」

另一個說道：「事有輕重，這一次我顧不了許多，我得報告土司去。」

羅幽蘭聽出他們的話因，心想如讓這小子往岑猛面前一報告，自己孤掌難鳴，丈夫性命更危險了。轉念之間，怕這人跑遠，慌劍換左手，一摸鏢囊，掏出兩枝見血封喉的子午透骨釘。刷的一個箭步，竄到斷崖側面，一抬腕，兩枚子午釘聯珠出手，人也跟著暗器縱了過去。那兩個笨漢，連「啊喲」一聲都沒有完全喚出，一中咽喉，一穿太陽穴，立時倒地。連敵人影子都沒有看見，便糊裡糊塗的死了。

羅幽蘭在屍身上起了子午釘，藏入鏢袋，又把兩具屍首提向隱僻處所。一看對面山形環抱，中間一片黑沉沉的竹林，佔地頗廣，知是苗婦所說的山塢了。急忙飛步走下岩坡，鑽入竹林。黑夜之間，不管腳下有路無路，向竹林縫裡直穿過去。但是竹林既密且廣，腳底踏著林下厚厚一層枯竹葉，難免簌簌作響，不得不運用輕功，提著氣躡足而行，還得時時提防有無敵人，暗地襲擊。這一來，未免費了勁，而且也費了一點時間。

因為這片竹林直穿過去，竟有不少路，這樣又耗了不少工夫。好容易快要走盡竹林時，驀見林外火光亂晃，人聲尤雜，慌縮住身形。向林外細看時，只見沿著竹林一條小道上，約有十幾名苗漢，松燎高舉，向前飛奔。中間兩名苗漢抬著一塊木板，木板上面綁著一個人。火光照處，木板上綁著的人，似乎用紅綢子周身密裹，連頭帶腳密密裹緊，另用繩束捆在木板上。

羅幽蘭大驚，她料到木板上的人，定是沐天瀾無疑。難道已遭毒手？她一看到這種情形，幾乎急暈過去。一咬牙，今晚誓不生還！憑兩口劍、一袋子午釘，血洗飛馬寨，殺盡岑猛一家老幼，然後身殉丈夫。她定了定心，改變主意，已不用先找胭脂虎，且看他們抬往何處。

卻又聽到這隊苗人裡面，一個頭目裝束的人，高聲呼喝著：「快走，快走！今晚岑二姑顧大體，鰲裡奪尊，竟把這小子交了出來。到了大寨，準有好戲看了。」一隊苗卒嘻嘻哈哈的附和著，如飛的向前抬去。羅幽蘭一聽，更認定抬的是沐天瀾了。

這時羅幽蘭認定沐天瀾已遭毒手，萬念俱灰，立志殉夫。殺死幾個苗卒也無濟於事，想殺的是岑猛一家老幼。既然聽出這隊苗卒要抬到大寨去，正可藉他們引路，不怕見不著岑猛。

她等到這隊苗卒走遠一點，立時躍出林外，瞄著前面火光，一路跟蹤而進。她存著必死之心，絕不預備自己退路，兩隻眼只盯著前面一隊苗卒，經過的是什麼地勢、什麼方向，不再留神其他。

這樣走了一段路，忽見前面苗卒向一處岩角拐了過去了。

羅幽蘭慌腳步加緊，趕到岩角拐彎之處，隱身一瞧。這條山道，通到地形較高之處，有一座背岩建築的大碉寨，圍著一圈短短的虎皮石牆，牆外盡是參天古木，遮住了碉寨內的房屋。只見寨內火光燭天，人聲隱隱。那隊苗卒抬著沐天瀾從圍牆外面繞到前面寨門去了。

羅幽蘭更不停留，展開身法，從道旁樹林裡，藏著身子，直奔圍牆。一想前面寨門必定人多眼多，不如在此進身。忽聽得圍牆內，人語喧嘩，步履雜遝。不知牆內是何光景？不要還沒有看到為首的人，便和不相干的人混戰起來。再說飛馬寨為首岑猛沒見過面，只聽沐天瀾講過，是個身形魁梧虬髯繞頰的人，不如先暗地窺探明白，再行下手。

主意打定，抬頭四顧，只見靠前一段牆外，貼牆長著一排合抱的大古柏，枝老葉稠，挺立高空，倒是極妙的隱身窺探之所。她一個箭步，竄了過去，揀了一株枝葉最密的柏樹，足有七八丈高下。兩面一看，並無人來，把手上猶龍劍還入鞘內，摸了摸鏢袋，立時騰身而起。施展「狸貓上樹」功夫，從柏樹陰面遊身而上，捷逾猿猱，移枝渡幹。存身離地三四丈以上，全身隱在枝葉叢中，微微撥開一點樹葉子，向下面牆內窺探。這一探，把牆內情形一覽無餘，而且驚奇不止。

但見牆內處處火燎燭天，明如白晝。首先入眼的，牆內中間四圍，用山石疊起幾尺高的一座平台，約有四五畝地大小。這座平台後面接著幾層房子，平台前幾級台階下，一條甬道直接寨門，甬道上左右排著手捧梭鏢的苗卒，一直排出寨門去。從平台到寨門約有半箭路，隔幾步甬道兩旁矗立著碗口粗的木杆，桿頭上鐵環內插著松燎，火苗旺熾，照徹全場。

卻好羅幽蘭存身所在，和牆內平台成一斜角，牆內地形狹長，平台離圍牆頗近，相距也只幾十步路遠近。因此平台上的景象，瞧得非常清楚，連說話聲音都可以聽出一點來。仔細瞧那平台上，朝外坐著半圈人，高高低低，有男有女，約有十幾個人。每人面前放著一張高几，幾上設著酒餚杯箸。有幾名苗卒捧著酒壺，伺候眾人吃喝。似乎今晚飛馬寨盛筵款客，在座的男女，大半面上都繃著各式各樣的人皮面具，也有把面具捲起一半，以便狼吞虎嚥的，也有從面具開口處進食的。

羅幽蘭從小久處蠻寨，深知凶蠻苗族逢著盛大聚會，或爭鋒交戰，都喜戴著面具。而且以戴人皮面具為榮。竟有專門製造人皮面具的商人，兜售各苗寨之間，而且在面具上髹漆奇奇怪怪的花紋。

據說苗蠻的祖先，本來在自己面上，或手腳上，用各種顏色畫出奇奇怪怪花紋的，所以古人稱為「雕題文身之族」。後來苗族漸漸漢化，卻用面具來代替，以示不忘祖先之意。其實悍頑苗蠻，時常兇殺劫掠，藉著面具逃避偵緝和仇人報復罷了。

這時羅幽蘭首先注意平台上幾個女的，仔細一辨認，暗暗驚奇。只見居中，右首面上綳著紅面具身披玄色披風的苗婦，細看身樣衣著，宛然是羅剎夫人。這人肩下，坐著一個戴著五顏六色的面具，一身錦繡苗裝，頭上五彩錦帕，旁邊還插著一朵紅花，便知是胭脂虎。因為她這身裝束，和先頭在老寨喝酒時一模一樣，她坐的方向，正斜對著這面。可異的是她坐在那兒，抬著頭，老望著這面樹上瞧，好像知道自己藏在樹上似的。

再看居中左首一個魁梧大漢，未戴面具，長得濃眉連心，虬髯滿頰，形態非常凶猛，似是飛馬寨土司岑猛。岑猛肩下一個，雖然綳著人皮面具，只要看她身材裝束，和背上兩柄吳鉤劍，便知是黑牡丹。仔細留神其餘的人中，卻沒有飛天狐在座。

在羅幽蘭打量眾人之際，一名雄壯頭目奔上平台，趨到岑猛身邊，附耳說了幾句話。

岑猛哈哈大笑，不知吩咐了一句什麼話，一名頭目翻身奔下平台。席上岑猛站起身來，露出腰上圍著一圈飛刀。這種飛刀只有四五寸長，用毒藥淬過，中人必死！每柄都有皮套串在一起，圍在腰間。

當下岑猛立起身，向兩面席上一抱拳，哈哈大笑，高聲說道：「今晚我們英雄聚會，湊巧不過，我妹子得到一件活寶。也是我們在座諸英雄，平時聞名的一件東西。現在我向舍妹要了來，想了個找樂的法子。

「我們寡酒無趣，一忽兒這件活寶到來，各位英雄都可以在這活寶身上，顯點功夫。可是這件活寶究竟是什麼？暫時我要瞞諸位一忽兒，等到各位盡興以後，我再把這件活寶當眾抖露出來。大家一見活寶本來面目，定必大樂特樂！還要恭賀我舍妹幾杯，賀她得到那件活寶的大功哩……」話還未完，他隔座的黑牡丹笑道：「究竟什麼活寶？何妨先說出來，讓我們先樂一樂呢？」

岑猛笑道：「慢來慢來！戲法一說就漏，便沒法盡興了。其實活寶一抖露，你比別人還要樂十倍哩！再說，在座的眾英雄，平時聽我們說，羅剎夫人本領怎樣出奇？怎樣勝過當年九子鬼母？諸位心裡癢癢的，沒法親眼目睹。今晚諸位眼福不淺，這位驚奇出眾的女英雄，賞我岑某一個全面，竟已光降在座了。回頭我替諸位請求她，再賞我們一個面子，在那活寶身上，顯一點驚人功夫。因為這樣，活寶決不能馬上抖露出來的。」岑猛這樣一說，大家眼光都向羅剎夫人身上交射。

羅剎夫人坐得紋風不動，她身旁的胭脂虎卻側著身向羅剎夫人交頭接耳，說了一陣。同時有意無意的又抬頭向這面樹上看了一看。羅剎夫人回過頭去，向她附耳說了幾句以後，突然轉身，發出清脆爽利的詞鋒，向岑猛說：「岑將軍，諸位要我獻醜，又是岑將軍一番盛意，自是不敢推辭。可是此刻你們令妹對我說，她從家傳飛刀手法上，悟出許多巧妙著兒。她已經允許我見識見識了，我得先瞧一瞧令妹的飛刀。」說罷，不待岑猛答話，立時回過頭去，向胭脂虎說：「你不用客氣了，飛刀不在身邊，快去拿來罷！」

胭脂虎立起來向眾人點點頭，一扭一扭的邁著俏步，轉過席後一座擋風的木屏風，走向後寨去了。席上黑牡丹面具內的兩道眼神，卻釘在進去胭脂虎的身後，直到胭脂虎身影消失。

牆外樹上窺探的羅幽蘭，雖覺牆內平台不算十分遠，卻嫌這株古柏長得太高了。剛才平台岑猛大聲說話，還能聽出大概來，不過有時一陣山風捲過，樹葉颯颯亂響，便聽不真了。只有一半聽音，一半從各人舉動上揣摩。

這時她已確定了上坐的確是羅剎夫人，右面的確是飛馬寨土司岑猛。岑猛的口氣，好像把沐天瀾當做活寶，還要向眾人搗鬼，可是只聽得一點話頭，斷斷續續的聽了幾句，猜不出是什麼意思。既然稱作活寶，似乎沐天瀾尚未遭毒手，還有一絲希望。希望在座的羅剎夫人，一見沐天瀾遭擒，立時想法救他，否則她也必定幫助自己，把飛馬寨劍劍斬平。活著救了出來，死了替他報仇。

在她心裡紛亂不安當口，猛見甬道上兩個苗卒已抬著沐天瀾向平台上跑去，在夾道火燎底下抬過。羅幽蘭卻看清了，原來木板上的人，周身用整匹紅綢纏繞，頭上也纏著紅綢；只是面上卻繃著血紅的人皮面具，口鼻一樣可以透氣。起初竹林內突然一看，好像連頭都纏得密不通風，定是死人無疑，此刻一瞧彷彿還有希望似的。不過為何要用紅綢纏裹，實在想不出道理來。

她看到沐天瀾身子被人在火光底下抬過時，直挺挺的一動不動，好像已經死了似的。一陣心酸，眼淚直掛。銀牙一咬，一抹眼淚，不再看木板上的紅人，兩眼只盯住席上的羅剎夫人。

看她發現木板上紅人是沐天瀾時，如何舉動。暗想：你和他一夜深情，萬般愛護，此刻是我們三人生死冤家的最後結局了。

兩名苗卒，連木板帶人抬上平台以後，另一個苗卒，扛來一個木架子，離上面酒席二丈多遠，把木板帶人，在平台中心直豎起來，後面用木架子支住，這樣平台上突然支著一個紅人。席上的人立時交頭接耳，紛紛猜測這個人是誰，大約這個紅人，便是岑土司所說的活寶了。

岑猛呵呵大笑，跳起來興高采烈的說：「活寶來了！現在我來定個吃酒助興的法子，我們把這個活寶當作我們平時練暗器的鵠子。諸位身上帶什麼便用什麼，隨意用什麼手法。可得嘴上先說明打什麼部位，說到哪打到哪兒，我們便恭賀一杯。題目原不難，藉此助興，勸酒罷了。」

說著，一陣獰笑，向羅剎夫人看了一眼，又向眾人說道：「今晚羅剎夫人是我們貴客，諸位英雄又想瞻仰瞻仰女英雄的本領，現在我替眾位請求女英雄頭一位出手，諸位預備端杯恭賀罷！」

說罷，轉身向羅剎夫人雙拳一抱，獰笑道：「女英雄剛才已經口頭應允，便請賞臉罷！」

羅剎夫人盈盈起立，卻向身旁胭脂虎的空座上看了一看，緩緩的把自己面具摘下。立時所有在座的眼光都射到她面上去了。她這時芙蓉如面柳如眉的嬌靨上，卻罩著一層肅煞之氣，尤其兩道電閃似的眼神，貫徹全場。

在座的人凡是被她眼神掃到的，都覺有點凜凜然。她卻從容不迫的向岑猛說道：「我本想先瞻仰令妹飛刀的，不料岑將軍和令妹串通一氣，故意教她慢慢的出來，好擠定我先獻醜。不信，諸位瞧我一出手，岑將軍令妹便蹦出來了。」

眾人大笑，岑猛慌分辯道：「女英雄不必多疑。舍妹進去，諸位都瞧見，我又沒離座，怎能串通一氣呢？」

羅剎夫人道：「好，我準定獻醜好了。但是我身上一件暗器都不帶，叫我怎樣獻醜呢？也罷，我來一下聖人面前賣百家姓。岑將軍，你身上的飛刀權且借我　用，可以麼？」

在這局面之下，岑猛當然不能不借。暗想：我這飛刀，是我岑家世傳的獨門功夫，你未必能得心應手，倒要瞧瞧你怎樣的使用它。岑猛終是一個莽夫，哪識得其中巧妙，便把腰上一串飛刀連成套子解了下來，用手遞了過去。

羅剎夫人一數飛刀，竟有二十四把。這種飛刀打得特別，通體精鋼鑄就，沒有木柄子；只是刃片兒，刀片下面是個小鐵球。在刀背兩面，鑄就兩指相撮的凹槽，尖鋒刃口藍汪汪的，一瞧是用毒藥淬練過的。

羅剎夫人把飛刀一柄柄的從皮套內退了出來，依次排在席上，只退出二十三把飛刀來，留了一柄在皮套內。把留下一柄飛刀，連一連串皮套子還了岑猛，卻向岑猛問道：「這木板上的紅人，究竟是真人還是假人？是活的還是死的？如果是活人，一下子被我穿死了，回頭要我償命，我可上了你大當了。諸位在此，可得替我做個見證。」

眾人聽她說得有趣，又齊聲笑了起來。岑猛也笑道：「哪有此理？是我和在座諸位千求萬求，請你下手的，怎能說出償命的話來？回頭我把那紅綢子揭開，女英雄便明白這活寶是不會有人叫你償命的。除非你……。」

岑猛突然把話縮住，正想催她動手，不料就在這當口，羅剎夫人玉手頻揮。從她手上飛出去的刀片兒，一片接一片，不見刀片，只見一道白光。那邊木板上擦擦連響，眾人目不暇接。轉瞬之間，二十三柄飛刀，一刀都沒有留下。

眾人眼光齊向木板上紅人看時，紅人身上一柄飛刀都沒有中上，卻是從頭到腳，從左到右，每隔半尺，便有一柄飛刀貼著紅人身子，深深的插在木板上。刀尖已透出木板背面，好像用這二十三柄飛刀，照著紅人身形，周身畫了一道線，把這紅人很密切的嵌在刀陣裡。

照說這功夫不算稀罕，江湖上會這套功夫的，不是沒有，最難得是發出的時候，身不離座，手不停揮，刀成一線。更難是中在板上，刀刀透板，距離又這樣勻整。在座的人，不論是誰，自問便沒有這手功夫。

岑猛自稱世傳飛刀，百發百中，也是瞠目咋舌，半晌沒有開聲。聽得大家拍掌如雷，齊噪恭賀一杯，慌不及舉起自己酒杯，連聲讚揚。他肩下黑牡丹這時便問：「二姑怎的還沒有來？這樣好功夫，她偏沒福瞻仰。」

岑猛說：「不必等她。哪一位出手，都是一樣。」在座的人都存了有羅剎大人絕技在前，再出手定討不了好處，都有點遲遲疑疑的不敢爭先出手——倒不是心腸軟，不敢向紅人下刀。

但是岑猛卻誤會了。他弄出這套戲法，特地叫他妹子胭脂虎把沐天瀾罩下面具，蒙上紅綢，使人瞧不出是誰來，故意請羅剎夫人先下手，然後揭開面具，看一看羅剎夫人是何光景，作為試驗羅剎夫人的妙計。自以為這條計，妙不可言。

胭脂虎遲遲沒有回座，他暗暗讚美自己妹子機靈，免得羅剎夫人嬲著她，要先看她施展飛刀。

不料羅剎夫人出手是出手了，絕技也施展了，一樣博得大家喝采，卻一刀沒有中在紅人身上，好像知道這紅人是沐二公子似的。羅剎夫人這一來，連別人都縮手不前了。岑猛的妙計走了樣，心頭怒發，再向眾人連催出手，人家卻說：「且等一等二姑。」

這句是人家推託的話，岑猛卻動了牛性，大喊道：「你們不出手，瞧我的！」他面前羅剎夫人還他的皮套子，還剩下一柄飛刀。他拔出這柄飛刀，凶眼一瞪，一聲猛喝：「瞧我取他的心眼兒。」喝聲未絕，刀已出手。

果然刀不虛發，嗤的正刺入紅人的心窩，紅綢子上立時沁開一大片血來。因為裹著紅綢子，血沁出來，與綢子同色，倒減了色彩，這時眾人也拍起手來，羅剎夫人更是連連嬌聲喝采。岑猛朝羅剎夫人一聲獰笑，不等眾人賀杯，大步向木板上紅人走去，一伸手，便把紅人面具揭下。

這一揭不要緊，岑猛一聲狂喊，如逢魔鬼，嚇得望後倒退，呆若木雞。兩面席上的人，也都看出紅人面貌，也是齊聲驚叫，魂飛天外。一忽兒，又一窩蜂趕到紅人跟前，拔刀的拔刀，解索的解索。

黑牡丹更比別人關心，急慌把紅人身上纏裹的紅綢去掉，把木板放平，讓紅人躺在地上。

紅人身上只著一身貼身短衣，胸口兀自插著一柄飛刀。一刀致命，人已死掉。

黑牡丹把地上紅人周身細細察看一下，明白先被人點了穴道動彈不得，才讓人隨意處置。可是沒有胸口一飛刀是死不了的。黑牡丹拍手跳腳的哭喊道：「二姑死得太冤枉了。」

原來木板上紅人不是沐天瀾，卻是胭脂虎！這一下是出乎意外的。

在平台上的人，除岑猛以外，還不知紅綢裹的是沐天瀾。因為岑猛要施展妙計，一鳴驚人，只說活寶，沒說出是誰來。但是大家親眼看見胭脂虎和眾人點點頭走向後寨，在她進後寨時，木板上活寶，已在甬道上抬來，人人瞧見。怎會活寶變了胭脂虎？這是不可能的，除非飛馬寨出了妖怪了。

不但是眾人，連岑猛也覺得太奇怪了。仔細再向地上屍首看時，不是他妹子是誰呢？岑猛跳腳大哭，舉著雙手，大跳大喊：「殺死了妹子了！」形如發瘋一般。

黑牡丹忽地跳起來，跺著腳說：「我想起來了，二姑離席時，我看她扭扭捏捏，走得怪樣，心裡還暗暗好笑。因為往常二姑風流愛俏，也許在人面前，賣幾步俏步，並不可疑。此刻想起來，其中大有蹊蹺。偏是我們愛戴面具，也許毛病出在面具上了。我說岑鬍子，你說的活寶究竟是誰？二姑已竟死在你這活寶上，你還要賣關子麼？」

岑猛跳著腳，把地皮跺得山響，嘆口氣說：「我們妹子往常的行為，別人也許不知道，你是明白的。我做哥子的，不好意思十分管束她。前天我們捉住了沐府報信的人，把這人殺了。我想個計較，派了我們的人，到金駝寨去送口信，捏造了一番話，請沐二公子速回昆明，預備在這條路上，想法做掉他。一面派人，一面通知諸位到此聚齊。人多勢眾，連女羅剎一起做掉。二人一去，金駝寨的老龍，獨木不成林，我們便可下手了。我妹子便自告奮勇，設計擒人。我明知她經常聽得沐二公子，怎樣出色，又犯了老病，我表面上應允，暗地派人監視她。不料果然被她用計擒了沐二公子和二十名家將，卻逃走了女羅剎。我一得消息，便自己前往索取，又教了她一條妙計，預備用這條計，試驗……」

岑猛說到此處，猛地醒悟，本人在此，怎能出口？慌轉身找尋羅剎夫人。不意這一陣大亂，人人驚慌失措，沒有留神到羅剎夫人身上。這時岑猛四面一瞧，羅剎夫人蹤影全無。

忽然有人走近羅剎夫人席上，指點著几上，大喊：「你們快來瞧！」

黑牡丹頭一個跳過去，一瞧羅剎夫人席上，用酒在几面上寫著三個字，字跡業已半乾，白木几上留著明顯的酒痕。眾人看時，卻是「自作孽」三個大字。酒痕快乾，可見羅剎夫人走了有一忽兒了。

黑牡丹跺腳道：「壞了，她一走，事情明顯的擺著，她和女羅剎走上一條路了。所以金駝寨的人們，亂嚷著沐二公子救回了獨角龍王。我早就疑心到羅剎夫人是漢人，密藏著獨角龍王不少日子，如果秘谷內沒有我們的人在那兒臥底，我們連影兒都還不知道哩。現在事情滿擰，飛馬寨的假面具也被人揭開了。有羅剎夫人從中作梗，不是我說泄氣的話，我們真得留神。一切的事不能操之過急，還得仔細商量一下。可恨岑鬍子，不先和我們商量商量，死活要獻什麼活寶。倘然我早知二姑捉住了沐小子，決不讓她亂來。現在弄得一團糟，真是一著錯，滿盤輸了！」黑牡丹大放其馬後炮，振振有詞，把岑猛數說得啞口無言。

在牆內平台上亂得一團糟當口，在牆外樹上也演出了一齣驚人活劇，幾乎也糟成一團。原來木板上紅人抬上平台，用木架支在平台中心時，樹上窺探的羅幽蘭，方向是斜對著平台，可以瞧見木板背面，卻瞧不見正面紅人。她一心以為紅人到了平台上，定然首先取掉面具，面具一去掉，露出沐天瀾容貌來，羅剎夫人一見是沐天瀾，當然要施展本領，救他出險。自己也預備在這當口，跳進牆去，和羅剎夫人並力鎮住群寇。不管沐天瀾是活的還是死的，總得把他搶奪過來。

她想得滿好，偏在此時山風疾捲，樹聲如潮，台上說話聲音，一句都聽不真。只見岑猛解下腰間飛刀交與羅剎夫人，羅幽蘭看得正暗暗詫異。不料沒有幾句話工夫，羅剎夫人竟把飛刀出手。一連串刀光，齊向紅人飛去。事出意外，把羅幽蘭嚇得靈魂出竅，驚得急痛攻心。

她本想從牆上飛身而下，在牆頭一墊腳，再竄到平台，向羅剎夫人說明紅人是沐天瀾，再和岑猛等人拚命。可是驚痛過甚，神志已經昏迷。一聲驚喊，心裡一迷糊，腿上立時拿不住勁，一個身子嗤溜的從樹上直溜下去。

照說她在樹上先出神的一聲驚喊，雖然風颸得緊，樹聲如濤，平台上的人們，似乎應該聽出一點來。湊巧平台上的人正在拍手狂呼，大讚羅剎夫人絕技當口，連平台下面的苗卒也個個目注平台，其中也許有隱約聽到的，被台上一陣狂呼混了過去，竟沒有人理會到這聲驚喊。但是羅幽蘭從三四丈高的樹上失足跌下，不死也得帶傷。

卻不料在她未跌下時，原有一人向這株古柏飛奔而來，到了樹下，不便出聲呼喚，正想縱上樹去，不料羅幽蘭已直溜下來。這人看出情形不對，急在下面雙手一接，趁勢往身後地上一坐，鬆了幾成猛勁，緊緊把羅幽蘭抱住。一聲不響從地上站了起來，抱著羅幽蘭，轉身飛步奔上一條小道，往那邊一座岩角跑去。轉過岩角，又走了一程，離開飛馬寨略遠，進了靠山腳的一片樹林，才把羅幽蘭放在地上。把她兩腳盤起，一手仍然攬著她身子，一手輕輕的撫摸著她的胸口。在她身邊，又低低的喚著：「蘭姊，蘭姊！」

羅幽蘭在樹上原是急痛失神，等到失足跌下，才真個驚暈過去。這時被人抱著一程奔馳，已漸漸清醒過來。猛覺自己坐在地上，被人輕輕撫摩，輕輕低喚。天黑風緊，對面瞧不見人。神志初復，兀自有點迷惘，喝問一聲：「你是誰？」便想掙扎跳起身來。卻被人攔腰緊緊抱住，在她耳邊喚著：「蘭姊！是我，你先定一定神。」

這聲音是她平日聽慣，而且最愛聽的聲音。不料她這時聲一入耳，又是一驚，這一驚比剛才看見羅剎夫人飛刀刺紅人還要吃驚。她哭喊一聲：「寃家！」便翻身把這人緊緊抱住，哭喊著說：「我太沒有用了，還沒有替你報仇，便自己跌死了。想不到死了倒能見著你，這太好了！做鬼也不能離開你。」

原來她一聽聲音，便知道身邊的人是沐天瀾。這時沐天瀾聽她這樣哭喊，被她感動得淚流滿面，慌把手把她嘴捂住，低喊道：「莫響，我們還沒有離開險地。你定一定神，誰也沒有死，我們好好的都在這兒，只可憐幾乎把你跌壞了。」

羅幽蘭迷惘如夢，摸摸沐天瀾，又捏捏自己，果然都是活跳跳的人。出了半天神，突然拉住沐天瀾，急問道：「瀾弟！究竟怎麼一回事，可把我糊塗死了。」

沐天瀾說：「這兒不是說話之處。你現在怎麼樣，還是我抱著你走罷。趁這時賊子們亂得一團糟時，我們急速離開此地才好。」

這時羅幽蘭精神一振，嬌嗔道：「冤家！只要你好好的，我還怕什麼。」說罷，霍地跳起身來。

在羅幽蘭跳起身時，忽聽得不遠一株樹下，有人噗嗤一笑，悄悄說道：「你們兩位真可以！有什麼話，回去不好說？昏天黑地的纏做一團。我的公子！我的小姐！快跟我來罷，替你們代步都預備好了。」

兩人一聽，是羅剎夫人。

羅幽蘭奔了過去，拉住羅剎夫人悄說道：「姊姊！你可把我嚇壞了，你摸摸我的心，到此刻還在勃騰勃騰的跳哩。」

羅剎夫人在她耳邊說了一句：「小姐！回頭再撒嬌罷。」把她拉著便跑。三人一陣緊趕，居然又走到起先借宿碰著胭脂虎的那座老寨了，望樓上的紅燈，已不見了。

沐天瀾說：「我們家將也許還在裡面，我得進去搜索一下。」

羅幽蘭說：「我已托一個認識苗婦，救醒他們。這久的工夫，定然都先走了。」

羅剎夫人笑道：「不必猜疑，我已替你們進去過了。三匹馬便在這寨內牽出來的，裡面鬼也沒有一個，還進去怎麼？」

沐天瀾一瞧寨門大開，門外果然拴著三匹馬，鞍轡俱備。

羅幽蘭說：「我恨起來，一把火，把這斷命寨燒個精光。」

羅剎夫人大笑道：「一把火定把飛馬寨人們引了來，何必再費手腳？」連聲催著兩人上馬，還說：「趁天亮還有不少時光，照著官道，直奔老魯關。過了老魯關已近省境，放心大膽回家好了。」

羅幽蘭卻不肯上馬，拉住羅剎夫人問道：「姊姊！你怎的不上馬？今晚妹子可不放你走了，我有許多肺腑話和你說。無論如何，要請姊姊同我們一塊兒回昆明的了。」

羅剎夫人默然半晌，忽然笑道：「我的好妹妹，你肚裡的話，我都明白。同你們回昆明，那是笑話。我那萬兩黃金，還沒有分散到窮人手上，玉獅谷一群猿虎，還沒有安排妥貼，我暫時是不能遠離滇南的。現在這麼辦，我送你們進老魯關，明天和你們盤桓一下，有什麼話也都可說了。好！準定這樣，大家上馬罷。」說畢，她已揀了一匹，解下轠繩，飛身上馬。沐天瀾、羅幽蘭也跳上馬背，羅幽蘭心裡卻暗暗打主意，明天要破釜沉舟，向她說明自己的心意。

第廿二章　有情天地

羅剎夫人、羅幽蘭、沐天瀾，三人三匹馬黑夜趕路。雖然是官道，有時也要上山過嶺。一路緊趕，羅幽蘭有著一肚子疑問，無奈在路上，實在無法細問。一夜奔波，受盡了恐怖、驚險、悲喜，外帶著三人微妙複雜的兒女私情。

羅剎夫人還瞧不出來，沐天瀾、羅幽蘭雖然武功在身，究非鐵打銅鑄，未免覺得精神有點不濟，尤其肚子裡餓得直叫。自從金駝寨午後啟程，一路沒有打尖。誤入胭脂虎虎口，胭脂虎倒是酒菜款待，無奈吃酒中間出了事，幾乎送命，何曾治過肚腹？這時未免飢腸轆轆，偏是隨身乾糧，都在家將身上。黑夜之間，無法可想，忍著飢乏又趕了一程。

東方已漸漸發曉，兩面山峰上蓬蓬勃勃的雲霧，遮沒了山尖，偶然露出一角來，好像雲海孤帆，被亂雲推著跑一般。其實山峰怎會生腳？因為腳下馬跑得快，山上雲捲得疾，像左右群山跟著雲霧飛奔一般。

天公不做美，馬頭上風沙飛舞竟淅淅瀝瀝下起雨來。離著老魯關還有一段路程，沐天瀾猛想起兩人會見桑苧翁的那座破廟，便在前面山峽裡面，暫時避避雨再說。三人身上都沒帶雨具，淋著雨趕路，也不是事。慌向羅剎夫人、羅幽蘭兩人說了。三人一緊轡頭，便奔向前面山峽。

進了山峽，沐天瀾遠遠便見岩腰上真武廟門口台基上，立著自己幾名家將，正在抬頭觀望天色，聽得蹄聲進峽，看出三匹馬上有自己二公子和羅姑娘，立時向廟內大喊：「好了！公子和羅姑娘都回來了。」一窩蜂都跑下岩來，彷佛小孩子見了親娘似的擁著三匹馬奔到廟前，三人跳下騎來。

沐天瀾知道大殿上沒法憩足，領著羅剎夫人、羅幽蘭便奔後面平台上的一所破樓。

羅幽蘭一看家將只剩了十名，那苗婦也不在其內。一問所以，才知道那苗婦果真照自己吩咐，提著一桶冷水，先把一個家將連灌帶潑，救醒以後，再分頭救治其餘家將。好在胭脂虎手下似已跑光，沒有人阻擾。二十名家將醒過來，手腳略一活動，見軍器、馬匹、行李都沒有動。人多膽壯，把那座苗寨，前後搜索一遍，除去後面地上那名老苗子，和苗婦丈夫兩具屍首以外，人影俱無。卻發現胭脂虎待客喝酒堂屋側面一間屋內，有一扇厚木做的地門，上面釘著大鐵環。

苗婦說是：「下面有地道，直通屋後峰腳的溪口。胭脂虎和她手下一群苗婦，定是把二公子從這地道抬到她住所去了。」

家將們想把地道門掀開，無奈這扇門堅固異常，下面似有機關拴住，休想弄開它來。家將們身居虎口，也沒有多大勇氣敢殺進飛馬寨去救公子。苗婦向他們一說羅幽蘭吩咐的話，家將們只好遵話辦理，帶著苗婦直奔老魯關。其中有幾名家將略有頭腦，一想二公子安危莫卜，羅姑娘單身救人，也是懸虛。這樣如何回府交代？路上大家一商量，想出主意，分一半人帶著苗婦，火速奔回昆明報告，多派兵丁趕來，接應羅姑娘，也許能把公子救出來。留下一半人，在這真武廟候信，想不到公子和羅姑娘竟安然回來了。

三人聽了家將們說出經過，便吩咐他們趕快汲取山泉，用隨帶傢具煮水候用，再取出金駝寨帶來的乾糧食品等可吃的東西，又用老法子，摘下三具馬鞍，送上樓去當寢具。三人走上有樓無板上下相通的破樓上，利用馬鞍，疊股促膝，坐在僅存一丈見方的樓板上。先用煮好的泉水，盥漱一下，洗滌一路風塵，然後烹泉當酒，乾脯為醴。

這一頓荒山風雨之餐，比什麼山珍海味的盛筵，還來得芬芳齒頰、食有餘味，而且心安腹飽，精神大振。尤其是沐天瀾，暗想來到金駝寨，先在此處意外相逢的老岳丈，不意金駝寨回來，又到了此處。這短短的幾天光陰，奇妙的遇合，光怪的見聞和昨晚的出死入生，短短的幾天，好像過了幾十年，好像做了一場怪夢。但是現在我面前的，一位是嬌艷如花的羅幽蘭，一位是秀逸似仙的羅剎夫人，而且都是英雄女傑，絕世無儔的天仙化人。我沐天瀾娥英兼美，何修得此。

他正在左右逢源，心意飄忽當口，羅剎夫人格格一笑，指著他說道：「我的公子，我看你這時眉飛色舞，一定又想入非非，大得其樂了。你也不想，昨晚小命兒多麼玄虛，我此刻想起來，又悔又怕。照說我一生經歷，比昨晚危險十倍的事都經歷過，確是視險履夷，沒有什麼可悔可怕的。

「可是昨晚因為有了你，還有一個她，而且有幾檔事，出我意料之外的，鬧得我也七上八下，幾乎應付不過來。幸而機會湊巧，諸事順手。一半是飛馬寨一般人都是凶悍有餘、機智不足的草莽。萬一事情不順手，昨晚我們三人中，有一個遭了挫折，我們三人此刻便不能聚在這兒，安然吃喝了。

「昨晚的事，你們休當作我的本領，可以說完全是我們三人的幸運。所以我覺悟到一個人在世上鬼混，三分是本領，三分是機智，四分卻是幸運。一個人的本領，不論怎樣高明，有時而窮。有時讓你一等一的本領，也沒法施展出來，所以只佔三分。有了本領，必須胸有機智，才能隨機應變，趨吉避凶。但是智者千慮，必有一失。所以天下有本領又有機智的人很多，但未必事事盡如人意，和沒本領沒機智的人，一樣的潦倒窮途、鬱鬱一生的有得是！

「話說回來，沒本領沒機智的人，未必個個潦倒窮途。一樣可以事業成功，洋洋得意。這裡面的道理，便是有幸運和沒幸運的分別了。故而機智只佔三分，幸運應佔四分。所謂幸運，便是機會湊巧，昨晚我們全仗著機會湊巧了。」

羅幽蘭滿腹狐疑，憋了一夜，慌問道：「昨晚你們究竟鬧的什麼把戲？嚇也把我嚇死，糊塗也把我糊塗死了。」

羅剎夫人笑道：「小姐休急，聽我慢慢說呀！」

羅剎夫人嘆口氣道：「你們知道我來歷，生長猿國，人氣毫無。後來跟了鐵面觀音的石師太，她老人家又是一個孤僻離群的人，所以我也養成了怪僻脾氣，獨往獨來，心似鐵鑄。可是也有好處，因為心裡毫無牽纏，心地異常清明，出入江湖，什麼詭計，也逃不過我兩眼去。我又仗著機智，故弄玄虛，江湖上把我當做飛行絕跡的神怪一流。萬不料到了滇南不久，碰到了你們。」

羅剎夫人說到此處，兩眼向羅幽蘭注視著，然後說道：「我今天坦白的說，我愛他，也愛你！自從我心上有了你們，又知道苗匪裡面的情形，便時時惦記著你們的安危。也不知什麼緣故，心上總占著你們兩人的影子。自從你們接回龍土司以後，我暗取了龍家藏金，回到玉獅谷時，便接到飛馬寨的請柬。

「我一問請柬怎樣送進來的？人猿說是從箭頭上射進來的，我立時醒悟。請柬既然可用箭射進來，難免不用箭射出消息去。因為飛天狐等留下的幾名苗人，我本來早已注意他們暗地和飛天狐、黑牡丹等通消息。玉獅谷兩頭出口一面是餓虎洞，一面是山谷秘道，兩面都有鐵柵和人猿看守，想進谷來是不易的，但從秘道一面，射進箭來卻是辦得到的。

「我立時召集飛天狐留下的幾名苗人，挨個拷問，他們受不住刑罰，果然吐出實情，把擒住龍土司和幾十名苗卒的消息，像請帖一樣綁在箭上，射了出去。搜查身上，還有報告玉獅子進谷，和釋放龍土司的一張消息，還來不及綁在箭桿上射出去。人猿到底不及人的詭計多，便是人猿看到他們射箭，他們也可以假作獵射禽鳥取樂，哪識得箭上有奸細呢？

「我問出情由以後，這幾名臥底奸細，情不可恕，只好餵了群虎和人猿了。我處決了奸細，便推測這班苗匪既已知道我釋放了龍土司，卻不知我為什麼釋放。他們還在一心一意的想奪去金駝寨的黃金，聽到我釋放了龍某，當然要疑心我和金駝寨有聯絡。尤其龍某回家以後，金駝寨人們爭傳沐二公子救回龍某的事，苗匪們更要疑到我和你們也有關係了。

「飛馬寨路程不遠，請柬偏在這時到來，這便可以想到請柬上越說得好聽，其中越有文章。真所謂筵無好筵，會無好會了。

「我豈能懼怕他們？當然『單刀赴會』！其實我身上一片鐵都沒有帶，但是我惦記著你們，便寫了那封信，親身送與你們。本想和你們見面，因為那晚我要暗探五郎溝岑猛一下，我早知道五郎溝是岑猛、黑牡丹等人的落腳處所。未赴會以前，也許可以探出一點詭計來。不過我臨時又轉念，想暗地探聽一下你們決定走的日子。他推開窗門瞧我時，其實我在屋上沒走，他窗戶一關，我便翻下屋簷來。

「不料聽出你們兩口子商量了半天，第二天走是決定了，卻不放心我，要夜探飛馬寨，暗地保護。我本想阻止你們，一轉念，這樣也好。飛馬寨岑猛除去會耍幾口飛刀以外，也沒有大不了得的人物，教你們看看苗匪舉動也好，我可以暗地跟著你們。我聽得你們決定了計劃以後，說到旁的事上去，我才離開到五郎溝去了。」

羅幽蘭面上一紅，忸怩著說：「姊姊，你老這樣偷聽，怪難為情的。我和他私下交涉，有真有假，你聽了不要誤會才好。」

羅剎夫人一伸手把她攬在懷裡，一面向沐天瀾微微媚笑，拍著她香肩說：「我的好小姐，你放心！姊姊定然教你喜歡，不會成冤家的。」

羅幽蘭記起那晚說過「歡喜冤家」的話，一發不好意思了，卻向沐天瀾嬌嗔著說：「今天你不把姊姊拉回家去，看我依你？」

羅剎夫人把懷裡羅幽蘭扶正了，笑著說：「我的小姐，你拉我去怎的？一個羅姑娘還沒有定局，再添一個羅姑娘？還是剪頭去尾叫我剎姑娘呢？我還是夫人哩！不用費心，我們且說正經的。第二天我以為照你們夜裡的口氣，定是一早動身的。我在要道上左等不來、右等不來，以為你們不走了。等到日色過午，氣得我什麼似的，翻身往回裡走，走不了幾步，才見你們大隊人馬來了。

「我因為要暗暗地跟綴你們，連代步都不預備。你們在山岡上走，我便在岡下走；你們在有路的地方奔跑，我便在沒有路的地方縱躍。兩條腿跟著四條腿的跑，真夠受的。太陽下了山，天氣忽然變了。你們派兩個家將探問宿處，偏問在飛馬寨預先埋伏的探卒口中。我藏在樹林內，親眼瞧見一個假扮獵戶的苗人，躡手躡腳的在林後一條小道上，牽出一匹馬來，飛一般跑向飛馬寨去了。

「我知道你們要上當，一直跟你們到胭脂虎的寨內。我在屋上，暗地瞧出胭脂虎行動之間沒有什麼了不得的武功，寨內盡是一群蠻婆。我心裡放了心，料想你們兩人對付她們綽綽有餘，何況還有二十名家將哩。我既然到此，飛馬寨近在咫尺，不如先探一探岑猛再說。

「萬不料我把事情看得太輕，略一大意，幾乎誤了大事。想不到江湖下三門使用的蒙汗藥，胭脂虎這苗婆也有這一套。所以什麼事免不了疏忽，免不了發生意外，一有意外，本領便沒有什麼用處了。我又仗著從小縱躍崎嶇的山道，不論黑夜白天，眼神充足，一樣縱躍自如。因此我又大意，離開了你們，向屋後山峰便跑。由於路徑不熟，峰後又天生的亂石叢莽，不易找出路跡來，跑了許多冤枉路，耽誤了一點工夫，才找到岑猛的大寨。

「那時黑牡丹還沒有現身，平台上只有四近的幾個苗匪頭目，岑猛也不在場。我在平台後面幾層屋上搜尋，才搜到岑猛所在。正有一個苗婆，向岑猛報告，說是：『二姑用蒙汗藥擒住了沐二公子和二十名家將，二姑已把沐公子弄到竹塢裡去，可是另外有一名女的，卻被她識破機關，沒有上鉤，大約已溜走了。』

「可笑岑猛到底是蠢貨，一聽他妹子擒住沐二公子，便高興得跳起來。只囑咐苗婆切勿聲張，他自有主意，卻沒有聽他理會到溜走的人，也沒通知別人，只管仰著頭打他的歹主意。可是我一聽到沐二公子被胭脂虎擒赴竹塢的話，頓時嚇了一跳，知道自己做錯了事，趕快救人要緊。急急離開飛馬寨，找竹塢所在。既名竹塢當然有竹，一大片竹林，原是來路經過的，記得便在飛馬寨後面。

「我趕到竹塢，尋著胭脂虎住所，原來是用岩石疊成的一所閣樓，帶著兩旁幾間小屋。樓上燈光通明，四面都有竹欄。下面小屋外面，一群苗婆交頭接耳的在那兒悄悄說話。我從黑暗處所，躍上樓房。正面樓下人多，不便窺探，好在前後都有窗戶，我從後窗往裡窺探。這一窺探，我幾乎笑出聲來。用不著我去救他，胭脂虎已把他救醒過來了。這裡面的情形，他是身受的，當然比我還清楚，你叫他自己說好了。」說罷，指著沐天瀾大笑。

沐天瀾聽到羅刹夫人要他說出這一幕情形，面孔一紅，有點掛不住了。

羅幽蘭頓時起疑，向沐天瀾盯了一眼，慌向羅刹夫人問道：「姊姊！難道他和胭脂虎也搭上了。」羅刹夫人捂著嘴，笑得嬌軀亂顫。沐天瀾卻急得面紅脖子粗，高聲的說：「你把我罵苦了！你們不提還好，一提起來，我直犯嘔心。」

他調門一高，羅刹夫人急向下面一指。本來上下相通，毫無阻隔，樓下家將們，雖然不敢抬頭直瞧，平日對於二公子的風流韻事，早已關心。現在又多出一個羅刹夫人來，個個假裝不理會，其實個個耳朵都豎得筆直，在那兒偷聽。沐天瀾急得高聲一嚷，家將們暗暗直樂。羅幽蘭卻不顧忌這些了，急於想聽內情，催著羅刹夫人說道：「姊姊，你告訴我罷。」

羅刹夫人瞧著沐天瀾，笑了一笑，悄悄向羅幽蘭說：「那時我在後窗望裡瞧，只見胭脂虎滿臉橫肉的一張面上，紫裡透紅，紅裡透光，好像吃醉了酒似的。瞇著一對母豬眼，向他臉上左瞧右瞧，瞧個不定。突然伸出紅燒豬蹄的兩隻肥手，捧著他面孔，噘著她滿唇胭脂紅的血盆大口，向他面上老母雞啄米似的啄了下去。又親嘴，又聞香，鬧了一陣。他的面上便印上了橫七豎八的紅唇印。他被她這一陣亂鬧，居然醒轉來了。大約未鬧以前，胭脂虎已餵他解藥了。」

羅幽蘭聽得柳眉倒豎，拚命向樓板上啐了一口，恨著聲說：「該死的！姊姊，也虧你耐著心瞧下去。如果是我，立時用餵毒子午釘，穿她個透心涼。」

羅剎夫人微微笑道：「你不要打岔，熱鬧在後面呢……」

沐天瀾皺眉道：「我已經吃足苦頭，你就少說幾句罷，被你窮形極相的一描述，更難受了。」

羅剎夫人笑道：「我妹妹為你嚇得死去活來，幾乎跌死在柏樹下。你吃的風流罪過，也夠瞧的，也得讓她知道呀！」說罷，又向羅幽蘭說道：「我在後窗瞧見他們時，他被胭脂虎綁在一塊木板上，兩手兩腳綁了好幾道，大約預備他醒過來免得一言不合被他逃走。他背上的辟邪劍連著劍匣，也到了胭脂虎腰下了。他一醒轉，瞧見自己被人捆住手腳，動彈不得，前面立著胭脂虎。他當然還不知道胭脂虎是岑猛的妹妹，開口喝問：『為什麼捆住我，意欲何為？』

「胭脂虎那時，大約生平沒有見過出色的男子，瞧著我們這位公子，大有失魂落魄之意，怪樣百出。一個身子軟洋洋的偎在他身上，竟說明她是誰，這是什麼所在，還極力安慰他不要害怕。只要他折箭為誓，和她共效于飛，立時替他鬆綁，便叫她倒反飛馬寨，跟他一塊遠走高飛，她也樂意。在她癡迷心竅，死命糾纏當口，不料樓下，苗婆們高叫：『二姑，土司爺來了。』

「胭脂虎向他說：『我哥哥來沒關係，有我保護你不妨事。萬一我哥哥上樓來，你只裝沒醒來的樣子便得。』說畢，向他臉上噴的親了一口，便登登的跑下樓去了。我在這時便乘機跳進窗去，他見了我便像迷路的孩子見了親……」

羅剎夫人突覺話說漏了嘴，沐天瀾、羅幽蘭同時格的一笑。羅剎夫人笑道：「你們笑什麼，可不這樣，他渾同見了親人一般。」

羅幽蘭笑得花枝招展的說：「可不是親人麼，但是我以為你說的是親娘哩！」

羅剎夫人笑罵道：「偏你耳尖，小油嘴，我不說了。」

羅幽蘭不依道：「好姐姐，快說吧，還要趕路呢。」

羅剎夫人繼續說道：「他一見是我，心裡踏實了，慌問我見著蘭姐沒有。你想，他小命兒剛從鬼門關探出頭來，便問蘭姐，也不枉你柏樹上的一跌了。」

羅幽蘭向沐天瀾看了一眼，眼圈一紅，卻不言語。

羅剎夫人又說道：「我正想替他解開繩索，不想樓梯登登亂響，沒有幾句話的工夫，胭脂虎便跑上樓來了。我一縱身，抓住屋頂橫樑，貼在橫楣子上，且看胭脂虎作何舉動。只見她一人上樓來，岑猛竟沒同來，手上卻多了一匹紅綢子，氣咻咻的向床上一擲，自言自語的說：『誰管他妙計不妙計哩。』這時他手足雖然還捆著，心裡有了把握了，竟開口向胭脂虎問道：『你說什麼？你哥哥怎的不上來？要殺便殺，這樣多難受。』

「他一開口不要緊，胭脂虎幾乎樂瘋了。大約那時叫她去殺岑猛，她也幹得下手的。因為剛才胭脂虎百般纏繞，萬種風情，想他點頭應允好事，他全然不睬，閉口無聲，這時突然向她說話，胭脂虎認為他回心轉意，好事快成，怎的不樂瘋了呢！

「她馬上對他說：『不知哪一個殺坯，向我哥哥討好，偷偷的去說你在我這兒。我哥哥這幾天正邀集各寨有頭有臉的好漢，商量稱雄滇南的大事，還請了一位女英雄叫什麼羅剎夫人的。不過大家疑心羅剎夫人不是好相識，這幾天風聞羅剎夫人和你們有了聯手，前天發出的請帖，也許今晚羅剎夫人要來。』

「她又陰笑道：『我哥哥暗暗想了個計策，想等羅剎夫人到時，教我把你用紅綢周身捆緊，面上綳著面具，再綁在木板上，抬到聚會之所，教人看不出是誰。卻在酒席筵前，把你當作箭鵠子，大家用隨身暗器取樂兒。設法叫羅剎夫人先出手殺死你，然後揭開面具，試一試羅剎夫人見你真容，是何態度，便可試出她的真心來了。如果她和你們真聯手，大家便要合力除掉她，才能放開手做事。我哥哥因為前寨到了幾位英雄，沒有工夫上樓來，叫我照他的主意綁好，一忽兒便有人來把你抬走了。但是我要聽你一句真心話，否則我只好讓人抬走了。』

「她這樣一說，我在樑上聽了個滿耳，心裡也隨機變動，定了一個將計就計的絕著兒。時機不容耽誤，一飄身落在胭脂虎身後，一起手，便把她點了暈厥穴，胭脂虎身子立倒。

「我伸手托住輕輕把她放在樓板上，先把他捆身的繩束解下，又把胭脂虎從頭到腳穿的帶的統統脫下。從胭脂虎身上找出一件花花綠綠的人皮面具來，和那柄辟邪劍，都放在一邊。

他受捆多時，血脈不和，我替他四肢推拿了一下，已可行動自如。立時叫他穿戴上從胭脂虎身上剝下的全副行頭，又把辟邪劍繫在腰下。他自己的衣服找了一個包袱包起，我替他拿著，湊巧他和胭脂虎身量高矮相等。

「我深知苗匪集合常戴面具，便用胭脂虎身上花花綠綠的面具，替他繃在面上，只要不開口，足可混蒙一時。但是他不明我的意思。在這當口愣教他男扮女裝，自然要發愣，可是我沒有工夫和他細說，硬逼他這樣改裝起來。他是聰明絕頂的人，不用我解釋，一忽兒便會領悟出來。把他改扮以後，我掏出自己紅皮面具，繃在胭脂虎面上，又用那片紅綢，把她周身纏繞起來，然後直挺挺的，又捆在那塊木板上。我又在屋內搜尋出另一付面皮，我自己也戴上面具。諸事停當，細瞧還沒有什麼破綻，便和他略說自己的步驟，指點他怎樣的演戲。

「但是他惦記著你和二十名家將，我料定你沒有上當，溜了出來，定然要暗探飛馬寨捨命打救。回頭到了會場，注意兩面隱蔽處所，定可看出你的蹤跡來。所以在平台上，我和他低低說話，人家以為我們坐得近，女人對女人未免多說幾句。其實我已瞧見你上了柏樹，我們時時抬頭留神你，可惜你理會不到。

「因為怕你奮身涉險，亂了章法，而且料定你認定了平台上的紅人是他，不論是誰向紅人用暗器，你必嚇得靈魂出竅。所以我教他快去找你，故意向岑猛胡謅了幾句要看飛刀的話，使他假充的胭脂虎，好乘機離開眾人眼目，好去知會你，免得你做出事來。

「不料我在這一著棋上，還是疏忽了。而且也沒有料到他急於把一身胭脂虎的裝束換掉，還他本來面目，他也沒有想到岑猛的飛刀，要在我手上先飛出去。他離開了平台，掩到沒有人處所飛身上屋，急急在寨後尋到預先隱藏的那個包袱，換好了自己衣服，未免耽延一點工夫。再從寨後圈過來，到了你藏身的樹下。還算好，正趕上你驚喊著跌下樹來被他接住，沒有真個跌在地上。

「最僥倖的是你在樹上那聲驚喊，聲音雖不甚高，我卻聽到的，巧不過平台上這般人拍手歡呼，便把你那聲驚喊掩了過去。其餘你在樹上親眼目睹的事，便不必再細說了。這檔事大致算是成功了，細想起來，實在是行險僥倖，不足為訓。

「最危險的是我在樓上替他改扮以後，我先走一步，假充應帖而至，從寨門直入，和岑猛、黑牡丹等極力周旋。絆住他們身子，使他在胭脂虎樓上，容易做手腳。他照我指點的步驟，等得岑猛派去抬人的苗卒一到，他大大方方先下樓去，一言不發，只向苗卒、苗婆們舉手向樓上一揮，表示賭氣似的。好像是拗不過她哥哥，你們上樓抬去罷！

「舉手一揮以後，更不停留，一人飛步從大寨奔去。這一步，他表演得很好。可是他一到平台上，大約有點沉不住氣了，舉動不大自然。我慌搶先把他拉在一起，不讓他和岑猛、黑牡丹等人有接近機會。人家遠遠瞧見，以為我和胭脂虎特別有緣，哪知道我們這位西貝胭脂虎豈但有緣，而且是三位歡喜冤家裡面的主體呀！小姐，你現在可以徹底明白了麼！」

羅幽蘭搖著頭說：「我的姊姊，這主意虧你怎樣想出來的。大約你在後窗窺探時，也恨極了胭脂虎，利用胭脂虎懲戒她哥哥岑猛。即以其人之道，還治其人之身。最妙的是二十四把飛刀，偏留下一把，教他用自己這把飛刀，殺他自己妹子。啊呀！我的姊姊，你這顆心，真是七竅玲瓏，面面俱到。」

羅剎夫人笑道：「小姐，你不必替我戴高帽子了。你要知道我坐在平台上，刻刻防著你在樹上沉不住氣，特地把岑猛的飛刀用去二十三柄。因為岑猛沒有飛刀，猢猻沒有了棒弄，便成了廢物。萬一你從樹上飛下來，我只要防著黑牡丹，其餘你們兩人便可從容應付了。但是我不希望弄到這樣地步，因為我這樣一來，大殺風景，沒有趣味。殺人不在多，殺一儆百便可，而且殺得要沒有血腥氣。這便是我玩世不恭，遊戲三昧的怪脾氣。」

羅幽蘭點頭道：「話是不錯，可是姊姊你從前三斗坪的故事，血腥太重了。」

羅刹夫人笑道：「利嘴的小姐，那是我師傅的血海怨仇，我是師命難違。我師行事，一點沒有我本身的關係，便是有怨魂的話，也纏繞不到我身上來。小姐，這不是我強詞奪理罷？」

羅幽蘭噗嗤一笑，瞟了她一眼說：「還有呢！還有餵虎口的幾名苗卒，總帶點血腥氣味呀！」

羅刹夫人朝她看了一眼，笑著說：「啊唷！我這可人兒小姐，你是苦盡甘來，樂大發了。存心和我抬杠呀！小姐，你想昨夜的事罷。假使那時岑猛伸手一揭紅人面具，是道道地地、貨真價實的沐二公子，而且是滿臉紅唇印的沐二公子，又怎麼樣呢？當真有一樁事我不明白，我得問問。」說罷，指著沐天瀾，向他問道：「昨晚黑夜趕路，沒有留神，天亮時我瞧你臉上光緻緻的。昨夜死鬼用嘴印在你面上的許多印子，什麼時候洗淨的呢？難道路上一陣小雨，便沖掉了？大家到了此地，才燒水盥洗的呀！」

羅幽蘭一聽這檔事，便堵心，向沐天瀾白了好幾眼。

沐天瀾皺著眉說：「你還問這個幹麼呢？昨晚離開平台，偷偷的到寨後換上自己衣服，在一道小溪澗裡便洗掉了。非但洗了臉，還漱了口。你們哪知道混帳的胭脂虎，一張臭嘴穢氣多重呀！」

羅幽蘭聽得，便捂著嘴直打嘔心。

羅剎夫人也笑彎了腰：「噢！原來如此。」

三人正談得興致勃勃，樓外的雨點，卻越下越緊，而且天上陣雲如墨，窗外近峽遠岩，都被蓬蓬勃勃的雲氣包沒了山形。一忽兒雨聲嘩嘩直響，破樓屋子上像瀑布一般直瀉下來。

樓頂本來七穿八洞，被雨水往樓內直灌，連樓下也漏滿了雨水。

樓下的家將們手忙腳亂，移濕就乾，用上隨帶的油衣雨具。樓外拴著的馬匹沒法想，只好淋在雨裡了。所幸沐天瀾三人坐的一塊地方，上面屋瓦比較完整，還沒有漏下水來。

羅剎夫人抬頭望了望窗外天色，知道這陣大雨，一時不會停止，向兩人說：「天有不測風雲，這場雨非但你們此刻動不了身，把我也困住了。今天你們能趕回昆明不能，還沒有把握呢！」

沐天瀾說：「姊姊，聽你口氣，還是不願和我們在一塊走。我想你孤孤單單的在玉獅谷和猿虎為伍，又處在滇南苗匪出沒之間。你又不想爭城奪地、稱王道霸，這是何苦來呢！你這一身本領，埋沒草莽之間，多麼可惜。我們三人情形，好像是註定的緣份，為什麼要生生拆開呢！」

羅幽蘭也搶著說：「我本有許多心腹話，願和姐姐開誠布公的說一說。此刻他說的話，也是我心裡的話，但是我還有許多話要說。我和他的結合，真是鬼使神差。其中細情，也許他還沒有對姐姐細說過。和他同到沐府以後，他的哥嫂和下人們，待我真是仁至義盡，我還有什麼不滿意？但是我心裡暗暗慚愧生長匪窟，本來是和他敵對的，現在卻變了同命的人。實在我還是個帶罪的人，連帶他也受了我的累，對不住死去的父母。這層意思，姐姐大約有點明白。因此我立志要幫他斬黑牡丹之頭，報他不共戴天之仇，消除我滿心的罪孽。

「這次到滇南去，明是救龍土司，暗想遇機報仇。無奈事不由人，經姊姊和家父勸告，裡面牽連許多的事，有許多顧慮之處，還得稍待時機。但是此願一天不了，我心裡一天不安。難得姊姊看得起他，我們三人志同道合，事便容易得多。他有姊姊在他身邊保護，我便放心，我便騰得出身子來去找黑牡丹算帳。我替他去報仇和他自己去是一樣的，這是一。

「現在我要說到姊姊身上了。姊姊本領無敵，機智過人，當然不把苗匪擺在心上。昨晚的事，便把飛馬寨的人，嚇個半死。說不定從此一來，滇南苗匪蠢蠢思動的心意，也鎮下去了。但是從此一來，岑猛、飛天狐、黑牡丹之輩，把姊姊也恨得切齒了。苗匪的冥頑凶悍的性情，我是深知的。姊姊說得好，智者千慮，必有一失！何況姊姊根本沒有和他們糾纏之心。昨晚的事，完全為了他。何苦把金枝玉葉般身體，周旋於狼虎之輩？第一個是他，想起姊姊的恩情，還不日夜思量，身在昆明，心馳秘谷麼？再說，天下亂象已萌，盜匪蜂起，雲南更是苗匪充斥之區，他仗著父兄餘蔭，也應該有一番作為，做一番衛國保民的事業。姊姊既然愛他，姊姊這身本領不幫他幫誰呢？這是二。

「再說到我們三人的兒女私情，天日在上，我此刻在姊姊面前這樣說，在姊姊背後也這樣說。說實話，女子沒有不妒的，除非她根本不愛丈夫。我起初對於姊姊，雖然敬佩，還帶點妒意。自從他救了龍土司回來，告訴我姊姊告誡我們，不要恩愛得傷了身體，我聽了這話，把姊姊當作天神一般，連帶心地也開朗了許多。覺察我們兩人有許多事，得仗姊姊幫忙，他能夠得到姊姊青睞，非但是他的福氣，也是我的福氣！

「我只千求萬求不離開姊姊，我們三人夫妻而兼手足。姊姊比我略大幾歲，萬事有姊姊指點著，連我們身上功夫，也可得點進益。姊姊請想，在這樣局面之下，我們還能放姊姊一人遠走高飛麼？」

羅幽蘭說到此處，眼波瑩瑩，似含珠淚，卻又低低的說：「還有一樁事。我老發愁，老愁著自己肚子不爭氣，怕發生變化。有姊姊在一塊兒，可以監督著他少淘氣一點。」

羅刹夫人靜靜的聽她說，一對晶瑩澄澈的妙目，深深的注在羅幽蘭面上。聽她說了一大套以後，又添上幾句，忍不住要笑，忽又面色一整，嘆口氣道：「人非草木，孰能無情？其實草木也是有情之物，不然，怎會『野火燒不盡，春風吹又生』呢？上至日月星辰、風雲雨露，下至山河海嶽、動植鱗介，莫不有情。不過由人之觀察體念得來，因人之情而情罷了。

「照這樣說來，世界是有情的世界了？但又不然！有從無起，無盡有生，有情之極，便成無情。有情與無情，都從人類的喜、怒、哀、樂、惡、欲，表演出來。世界上一切興衰盛亡，生老病死，都是這六個字，在那兒作祟。簡言之，也是『有』與『無』兩個字，在那兒翻騰。此中循環消長之理，很是微妙。男女愛悅之情，只佔得極小的一部分。

「用眼前的事作譬喻，這場雨把我們三人困在這破樓上，動不了身。我們誰不怨天公無情呢？但是沒有這場雨，我頭一個急於趕路回至玉獅谷去，沒有這許多閑工夫。談情說愛，互訴衷腸。便是依依惜別，難捨難離，也決不能這樣平心靜氣，促膝談心。這樣一看，這場雨對於我們三人是有情的，但是究竟是有情還是無情呢？」

沐天瀾俊目放光，釘住了羅剎夫人這句話，慌搶著說道：「這很容易解釋，因為天雨留人。我們兩人能夠剖心置腹，說得姊姊應允我們一同回昆明，便是有情的，否則，這場雨還是無情的。依我看，有情無情，不在雨身上，卻在姊姊心上了。」

羅剎夫人點點頭道：「聰明的孩子，說得好！你要問我的心，我再說個譬喻，來表明我的心，證明我是有情還是無情。玉獅子！我們兩人在玉獅谷一夜留連，無話不說。你說我是個怪人，對你忽而像一盆火，忽而像一塊冰，你哪知道我心裡天人交戰，多麼痛苦呀！你覺得一盆火時，正是我熱情奔放，自己不能遏止當口。你覺得一塊冰時，也是我熱情奔放到極處，愛你愛到極處。你卻沒有領會我的苦心，現在橫竪走不了，我痛快都和你說了罷。

「玉獅子！別人不知道，你當然知道我這身子是白璧無瑕的。我自己稱夫人，和你們開玩笑，還寫著『閱人多矣』這種放誕不羈的話。你現在大約明白，我是無的放矢，想什麼便說什麼，毫無顧忌。這是我的身世造成了我的怪脾氣，也是我把世上男子看得一文不值，沒有我用情之處。萬不料在金駝寨沒來由撞著你，也可以說千挑萬選的選中了你。我多少年蘊蓄著的熱情，怎不會一盆火似的撲向著你呢？

「我這樣的熱情，只圖了一夜恩愛麼？不用說我，飛馬寨的胭脂虎也不幹這傻事呢！因為我想到金駝寨中有個羅幽蘭，和你真是珠玉相稱的一對，我不幸落後了一步，變成奪人之夫了。如果我利用玉獅谷的險僻，猿虎的把守，將你留在谷內，佔為己有，這位妹妹定必冒險尋來，不顧生死，和我拚命。表面上我對你有情到極處，才這樣做，果真這樣，你可想得到這事結果。極有情的事，頓時可以變到極無情的地步，我豈能做這樣笨事？

「那時你已提到娥英並事，左右逢源，和現在你們兩位，同心合意的勸我同轉昆明，是一樣的局面。不過現在加上了她，指天盟地的細勸細說罷了。如果我們三人為了眼前的歡娛，這樣辦未始不可。但是我心裡早已決定了自己應走的路。

「這條路也許是我們三人同走的路，不過這條路，還得我自己想法建築起來。今天我們三人這樣一談，這條路更得快快的把它築成了。

「那時我心裡已經存了這計劃，故意在一盆火上，又加上一塊冰。哪知道這塊冰裡面，仍然包著一團火呀！那時這塊冰，把他冰得透心涼，哭喪著臉坐在一邊，定是暗地恨我翻臉無情。哪知道我心裡比他還難過，慌又編出一套話來，勸誡他節慾保身。雖然是故意編出來的，也是實情。而且急急的先離開他，讓他一人坐在樓上。再不離開他，我自己定也遏制不住，要撕毀我這計劃了。」

羅幽蘭急問道：「姊姊既然並不是無情，這個計劃定然和我們有關。請姊姊快說出來，讓我們明白明白。」

羅剎夫人向窗外看了看，雨還是下得嘩嘩怪響，搖著頭說：「今天被你們磨纏得我什麼話都說出來了。說便說罷，可是要把我這計劃說明，還得費許多口舌。碰著你們兩位魔星，真沒有法子。」

這當口，正值下面家將，又煮好一壺香茗，送了上來。

沐天瀾接過來，親自先斟了一杯，遞在羅剎夫人手中，又在羅幽蘭面前也斟了一杯。羅剎夫人朝他微微媚笑的說：「瞧你這殷勤勁兒，女人碰著你這多情公子，還有個不死心塌地的上鉤麼？將來再有第二個羅幽蘭和第二個羅剎夫人出來，大約你是多多益善的。」

沐天瀾正想分辯，羅幽蘭已搶過去說道：「這事真難說，瞧他那水汪汪的一副桃花眼，便靠不住。姊姊，你得幫助我留神他一點，再來一位，可攪了局了。」

羅剎夫人正啜著香茗，聽她說得有趣，幾乎把茶噴了出來。撇了撇朱唇，笑道：「你放心，大約他還不致於這樣薄情。」

沐天瀾原是對著窗坐著的，這時忽然說：「阿彌陀佛，太陽可出來了。」兩女以為雨止放晴，一齊側身向窗外看去，雨更下得大了，猛然醒悟他話的意思。

羅幽蘭俏罵道：「油嘴滑舌的，誰和你耍貧嘴？姊姊這樣人物，這樣愛護你，你真得至至誠誠的報答才好哩。」

沐天瀾這時左顧右盼，其樂融融，而且飄飄欲仙。雖然淒風苦雨的困在一座破樓中，他卻視為金庭玉宇的仙府一般。

羅剎夫人瞟了他一眼，噗哧一笑，指著他說：「瞧你癡癡的，又不知想到哪兒去了。且慢得意，你只想到我們三人的小天地中，是個良辰美景的有情天地，你又哪知我們周圍的世界，是個冷酷無情的世界呀……」

羅剎夫人剛想說下去，說出心裡的一番主意，忽聽得雨聲裡一陣馬蹄奔馳之聲，跑進山峽來。

一忽兒，前面破殿裡有人高聲呼喚，樓下幾個家將，已冒雨奔了出去。片刻，帶進兩個身披油布雨衣的軍爺來，身上已淋得落湯雞一般。下面家將便向上稟報，說是這兩人是駐紮安寧標訊的把總，求見公子，有事面稟。

沐天瀾走下樓去，從來人口中，得悉昨晚十名家將馳回昆明求救，路過安寧，知道安寧守備，是老沐公爺提拔的人，奔赴標營求救。

守備得知消息，馬上率領全營標兵出發，先遣兩名把總飛馬趕到真武廟探聽事情。不料沐二公子已安然回來，心頭立放。

沐天瀾吩咐家將們款待兩名把總，另派兩名得力家將，騎馬迎上前去，通知標營守備早早回營，免得空勞跋涉。

回府以後，再行道勞，並請標營派人急報自己府中安心，不必再勞師動眾了。因為聽說先回的十名家將，通知了安寧標營以後，仍然趕回府去通報營救，所以先派人去安慰家中一聲。

沐天瀾分派以後，卻從到來的兩名把總口中，探出蒙化榴花寨上司沙定籌聯合就近各股苗匪，襲了蒙化，四出劫掠，燒殺慘重。

大姚、滇南、楚雄一帶已戒嚴，省城震動。還傳說沙定籌和滇南各苗寨匪首，都有聯絡，情形很是不穩。

目前自己哥哥曾派一名得力家將，攜帶親筆書信，寫明實情，囑咐沐天瀾火速趕回昆明，襄助軍機。因為這名家將路過安寧標營，歇馬打尖，所以這兩名把總知道此事。

沐天瀾一聽，吃了一驚。算計時日，便料定這名家將定被飛馬寨苗匪半途攔截。人已死掉，信也搶去，卻安排毒計，另派一人編了一套謊話，想賺自己和羅幽蘭落入他們圈套。

前後一想，事真危險萬分，沒有羅剎夫人奇計出險，真不堪設想了。沐天瀾回到樓上，羅剎夫人和羅幽蘭都已聽出情由。

羅剎夫人說：「現在事情緊急，你哥哥新襲世爵，萬一剿匪防患的責任落在他身上，關係可大了。你們此刻不能管下雨不下雨了，馬上趕回去才好。我們有話，將來再說好了。」

沐天瀾、羅幽蘭同聲說道：「姊姊，這樣情形，你更得幫助我們呀！你真忍心丟開我們麼？」

羅剎夫人微一思索，嘆息道：「隨時都有意外發生。你們先走一步，我回到玉獅谷安排一下，再找你們去。」

兩人沒法，只得由她了。

羅剎夫人又說：「你們替我留下一身雨衣，一點乾糧和一匹馬便得，你們快走罷。」

第廿三章　肚內的秘密

榴花寨土司沙定籌揭竿作亂之地，屬於雲南西南部分，在哀牢山、大雪山兩大山脈交接所在。兩大山脈分支的點蒼山、雞足山、梁王山等雄偉幽奇的高山峻嶺，分佈在榴花寨四境相近之處。所以榴花寨位居重峰疊嶺之間，地勢險惡，原為強悍苗匪窟穴之區。

土司沙定籌在平時，已隱為就近苗匪所擁戴，和滇南碧虱寨的黑牡丹、飛馬寨的岑猛、嘉崿的飛天狐吾必魁，早已互有聯絡，包藏禍心。早年老沐公爺沐啟元在世時，沙定籌常有顧忌，不敢明目張膽的大幹。自從老沐公爺被黑牡丹刺死，沐府威望大減。沙定籌立時野心勃勃，和岑猛、黑牡丹、飛天狐暗地聯絡，秘密定計，預備滇西滇南同時崛起，分霸西南。

不料在榴花寨沙定籌首先發動，襲取蒙化縣之後，飛馬寨岑猛正想大會黨羽，響應沙定籌當口，被他妹子胭脂虎從中一擾亂，羅剎夫人神出鬼沒的一鎮，不但沒有捉住沐二公子，反而糊裡糊塗的親手殺死了自己的妹子。因此章法大亂，群匪氣餒大跌，不敢馬上動手，響應榴花寨了。

苗匪內部情形如此，但在昆明省城，負全省綏靖責任的一般撫按人員，自從接得滇西探報，得知榴花寨土司沙定籌率領悍匪，突然作亂，襲了蒙化，立時嚇得手足無措。惟一辦法，只有飛請沐府世襲公爵的沐天波密商機宜。

因為沐府是開國功臣的世裔，朝廷特授沐府調遣軍民、屏藩雲南之權。歷年苗蠻之亂，均仗老沐公爺討平，各處苗寨軍民，也只有沐府尚能鎮懾。現在老沐公爺雖然身遭慘死，各處關隘軍訊，大半是沐府舊部。調遣各處苗兵的兵府，也仍在沐府。所以惟一辦法，只有向新襲世爵的沐天波討主意。

無奈沐天波平時依仗父蔭，道地是個錦衣玉食的公子，深居府第，何嘗懂得兵機苗情？從撫按口中，得悉這樣驚人消息，一樣的嚇得麻了脈。可笑省府幾位大員，別的本領沒有，卻把沐天波一陣亂捧，把討賊平亂的責任，整個的套在沐天波頭上。好像這樣一推，不管沐天波辦得了辦不了，從此便可風平浪靜了。

可憐的沐天波頭上套了這樣重大責任的「金鐘罩」，急得一佛出世，二佛涅槃。惟一辦法，是馬上寫一封機密信件，派一可靠家將，連夜飛馬投奔金駝寨，請他兄弟沐天瀾火速回府，商量軍機。哪知這名送信家將，半路被飛馬寨岑猛截住，信落人手，家將也送了命。沐天波還在府內做夢，以為兄弟接到這封信，定然和羅姑娘立時趕回。

不料福無雙至，禍不單行！突然幾名家將從飛馬寨逃出性命，急急趕回府中，還帶著一名健碩苗婦報稱：「二公子身陷飛馬寨，羅姑娘單人隻劍，拚命去營救我家二公子。她雖然本領非常，畢竟孤掌難鳴，好漢敵不過人多，恐怕也是凶多吉少。現在只望安寧標營，已經全營出動，兼程馳救，也許還有指望。」

這一報，鑽在沐天波耳內，宛似半空打下一個焦雷，比聽到榴花寨沙定籌作亂的消息，還要厲害，幾乎急暈了過去，連他夫人以及全府上下人等，個個都嚇得魂飛魄散。誰也覺得二公子身落虎口，已經絕望，從此堂堂沐府，怕要瓦解冰消。萬幸隔了一夜，第二報到來。這一報，是安寧標營派來的快馬飛報，說是：「二公子逢凶化吉，已脫險地，和羅姑娘兼程回省，不久便到。」這一報，才把沐天波驚魂歸竅，全府上下齊聲念佛。

沐天瀾、羅幽蘭率領幾名家將，馬不停蹄的趕回府中。全府上下一見二公子安然回府，立時歡聲動天。兩人進了內宅，哥嫂相見之下，更是驚喜交集，一面替自己兄弟和羅姑娘開宴洗塵，一面細問飛馬寨遇險經過，和金駝寨救回龍土司情形。

沐天瀾、羅幽蘭明知頭一檔趕回求救的家將們定已報告，好在這般家將未明白內中細情，兩人在路上早已商量好，其中細情未便向哥嫂直說，只撿著可以說的，講出一點大概罷了。只這一點大概，已把兩位哥嫂嚇得目瞪口呆，驚得頭搖舌吐。萬想不到自己兄弟這次到滇南去，日子沒有多久，經歷了這許多石破天驚的奇事。
更奇的是羅姑娘竟會巧逢生身之父，而且羅剎夫人這樣神出鬼沒的女魔王、金駝寨這樣滔天禍事，竟會被他們二人三言兩語，弄得風平浪靜。最奇是羅剎夫人在飛馬寨中，還救了自己兄弟的性命。聽兄弟口氣，羅剎夫人還要到此相會。
沐天波心裡暗暗稱奇，暗暗猜疑自己兄弟肚裡，定還藏著不少秘密。沐天瀾的嫂子，卻一個勁兒向羅幽蘭探聽羅剎夫人多大年紀，品貌長得怎樣。
羅幽蘭明知她問得有用意，不禁向沐天瀾嫣然一笑，故意把羅剎夫人形容得天上少有，地下無雙。故意露骨的說道：「這一次龍土司和四十幾個苗卒能夠生還，連我們兩人能夠脫離飛馬寨虎口，總而言之，都是羅剎夫人一人之力。羅剎夫人能夠這樣出力幫忙，完全看在我們瀾弟面上了。」
這樣一說，兩位哥嫂愈發驚訝了。因為金駝寨藏金贖人一事，跟去的家將們果然不知細情。沐天瀾、羅幽蘭在哥嫂面前，也不便洩漏，免得沸沸揚揚傳說開去。如果落在省城一般官員耳內，難免別生枝節。所以這一段內情，兩位哥嫂尚在鼓中，現在羅幽蘭這樣一說，事情更顯得中有玄奧。
兩位哥嫂的眼光，立時集中在沐天瀾的面上。暗想：我們這位兄弟，絕對不是用本領收服了羅剎夫人，其中定然另有說處。不過這位羅姑娘和我們兄弟的事，已經裡外通明，上下全知。脫了孝，拜過堂，便是我們名正言順的弟婦。這位未來弟婦，也不是省油燈，和我們兄弟左右不離，她又說得這樣心平氣和，又像其中沒有多大玄奧似的。但是那位羅刹夫人和我們兄弟素不相識，怎的她說出「全看在我們兄弟面上」呢？這倒令人莫名其妙了。

沐天瀾一看兩位哥嫂被羅幽蘭一句話，引入雲霧之中，滿臉迷惘之色，心裡卻暗笑。慌把話頭引到別處，細問榴花寨沙定籌襲了蒙化，省城有無調兵防堵，作何準備？沐天波便把省城情形告訴他說：「省城撫按援例把剿撫責任，推諉在我們姓沐的身上，我們又世握兵符，實在也無法推卸。但是現在情形，與父親在世時，大不相同。算起來哪有可調的得力勁旅呢？我對於這樁事，真愁死了。」

沐天瀾皺著眉說：「這事確實不易對付，當年父親用的是『以苗制苗』的策略，現在情形不同。當年最得力的是金駝寨龍家一支苗兵，現在金駝寨自顧不暇，龍土司銳氣盡喪，身未復原。他得力臂膀金翅鵬又蟒毒未淨，大病未痊。這一支兵，已無指望。飛馬寨岑猛野心已露，目前不出毛病便是萬幸。

「三鄉寨何師兄那兒，基業初立未穩，婆兮寨祿土司又是個不中用的。其餘苗寨，不和沙定籌岑猛等聯合一起，便是好的，如果勉強調來，反而變成肘腋之患。『以苗制苗』的老調，現在萬不能用。如若調集父親舊部，幾個能征慣戰的也已老弱不堪，何況分守關隘，各有責司。至於鄰近省境的標營，則屬巡撫統轄。

「我們沐家的兵符，無非仗祖宗餘蔭。能夠使幾家強悍苗寨，感德懷畏，聽命於我們沐府罷了。現在情形一變，我們雖然世傳兵符，沒有可調的兵，便等於沒有兵符一般。照說身負全省之責的撫按大員，應該體察情勢，以地方人民為重。豈可視為兒戲，隨意推諉？最不濟也得和衷共濟，密謀穩妥之策。萬一星火燎原，全省糜爛，他們難道也是幾句推諉話，可以脫卸責任麼？」

沐天波跺腳說道：「我何嘗不是這樣說？而且已婉轉向撫按說明就裡，請他們仔細考慮。無奈這般人物毫無心肝，文的愛錢，武的怕死。縮著頭向別人身上推，是他們一等本領，而且還有人說，省城幾個大僚當中，竟有受苗匪賄賂、暗通聲氣。你想可恨不可恨？」

羅幽蘭在旁邊聽了半天，忍不住說道：「大哥，現在火燒到我們自己身上。別的事情且不去管他，最要緊我們得明白榴花寨苗匪襲了蒙化，究有多大勢力，大姚、楚雄一帶關隘，守兵靠得住靠不住？總要先想法子守住關隘，才能緩得開手來。

「依我看榴花寨沙定籌和飛馬寨岑猛等約定互相虛張聲勢，分散省中兵力，然後乘虛再進。現在榴花寨苗匪雖然襲了蒙化，可是飛馬寨被我們一攪，加上羅剎夫人先聲奪人，岑猛定然有點心寒，不敢立時發動。榴花寨苗匪，一看滇南同黨沒有響應，沙定籌也不敢孤軍直進。何況這般苗匪，志在劫掠，未必真有大志。只要近蒙化幾處要隘嚴守不懈，我們雖然沒有可調之兵，總還可以騰出時間來，想個計策把沙定籌這股悍匪壓伏下去。」

羅幽蘭這樣侃侃而談，這位無計可施的大哥——沐天波，好像黑暗裡得著一線光明，立時拱手大讚道：「羅姑娘真是個巾幗英雄，語語洞燭機要。據各路探報，榴花寨苗匪把蒙化洗劫以後，並沒有窺伺別處的舉動。近蒙化幾重關隘的守將，都是先嚴舊部，已經會同舊地紳董，招募鄉勇，嚴密防守，一時也許不至出事。但是我們調不出勁旅來直搗匪巢，只防不剿，蒙化如何收得回來？公事也交代不過去。除出調兵聲討以外，又沒有第二條路可走……。」

沐天瀾接過去說道：「羅姊熟悉苗情，也許她有妙計。這時只要保持父親在世的威望，苗匪不致蔓延，便是唯一上策。」

羅幽蘭看了他一眼，撇嘴笑道：「我不是諸葛亮，有什麼妙計呢？但是我相信有一位，也許有妙計把榴花寨沙定籌壓服下去。只要時間來得及，等候這一位到來，定有法想。這一位是誰，還用我說明嗎？」

沐天波還茫然不解，慌問：「這人是誰，有這樣大本領？」

沐天瀾笑道：「她說的便是羅剎夫人，但是她回玉獅谷去，雖說安排一下，到此相會，無奈遠在滇南，她性情又測摸不定。究竟準來不準來，還不敢一定呢！」

羅幽蘭笑道：「她既然親口答應了我們，絕不會失信的，何況……」說著微微一笑，向天波、天瀾兄弟倆瞟了一眼。立時改口道：「來是一定來的，不過哪一天才來？便無法斷定了。」

沐天波在焦心愁思之際，既然羅幽蘭相信羅剎夫人到來定有辦法，總比一籌莫展強一點，也只好盼望羅剎夫人早早到來的了。

第二天沐天瀾、羅幽蘭和他哥哥沐天波又秘密計謀了一下，分派幹練家將帶著密函，分赴金駝寨、婆兮寨、三鄉寨互相聯合，嚴密防範飛馬寨岑猛及黑牡丹、飛天狐等舉動。也不必打草驚蛇，只要使滇南這般悍匪無機可乘，響應不了榴花寨沙定籌便得。一面又派幾名得力家將，馳赴滇西，暗暗知會幾處防守關隘的守將，務必謹慎嚴守，只要堵住苗匪蔓延之路，自有破匪之策。

分派家將暗暗出發以後，沐天波遵照他兄弟的主意，會同本省撫按，調集幾營官軍，每日加緊操練。沐府的家將們，也個個頂盔披甲，威風凜凜，顯出一派整軍經武，不日要誓師討賊的氣象。省城百官，也覺新襲世爵的沐天波，畢竟將門勳裔，還有點當年老沐公爺的威風。沐天瀾在官場中雖然沒有出面，大小官員卻有個耳聞，知道這位有本領的二公子，現已回家，是沐天波的大臂膀。還隱約聽得二公子身邊，還有一位美貌的女英雄。雖然不得其詳，總覺沐府還有點發皇氣象，還值得令人推崇的。

哪知道沐府已變成紙老虎，新襲世爵的沐天波，任家中每日愁眉不展。全憑沐天瀾、羅幽蘭兩人的調度，說一句聽一句。只日夜盼星星、盼月亮的盼望神出鬼沒的羅剎夫人早早到來。明知這希望，也非常懸虛。羅剎夫人不論有多大本領，也只是一個人，想憑一個人的力量，剿滅榴花寨一股悍匪，這是不能想像的。但是自己兄弟和這位未來弟婦，一致推崇羅剎夫人有這樣大的本領，不由自己不盼望她飛一般從天而降，總比沒有盼望的強得多。但是早盼望、夜盼望，盼望之中過去了十幾天，那位不可思議的羅剎夫人，還是音信杳然。沐天瀾和羅幽蘭也盼望得有點焦急起來了。

這當口，沐天瀾、羅幽蘭推測昆明人煙稠密，難免沒有苗匪奸細混跡其中，自己沐府，當然是苗匪集中目標之處。當年父親在世，屢次鬧刺客，六詔九鬼大鬧沐府的經過，尤其驚心。現在對於榴花寨，也不能不防。而且自己從飛馬寨脫險回來，岑猛未必甘心。黑牡丹、飛天狐對於自己府中，輕車熟路，格外得隨時留意。

因此沐天瀾挑選府中幾十名老弱不堪的家將，由招募的村勇補充，在後花園內親自訓練，警衛府第。一到晚上，鈴柝之聲不絕，頗有刁斗森嚴之象。沐天瀾、羅幽蘭兩人，到了起更以後，定必飛身上屋，把全府前後巡查一遍，糾察家將們的勤惰，以防萬一。

這時羅幽蘭已成為沐府主體之一，不用說大哥大嫂對她的表示，明明的已當自己作弟婦看待，便是全府上下人們，也沒有一個不默認為二少夫人的。即羅幽蘭自己也坦然不疑的指揮一切，很像一位二少婦了。難受的是身上的孝，阻礙了公開的婚禮，這身孝，照例也要過三年才能除服。

要過三個整年，這是多長的光陰！非但沐天瀾有點急不及待，連他的哥嫂也暗暗愁急。他哥嫂何以也這樣愁急呢？因為他嫂子平時留神，已看出羅幽蘭最近飯後微微作嘔，時時愛吃酸味，明明是受孕的景象。別樣事或可慢慢等待，惟獨肚子大起來，沒法叫他等待的。何況要等待三年孝滿呢！

這一樁事，那位嫂子暗地覺得奇怪。自己結婚了好幾年，吃了多少宜男種子的方藥，迄今影響毫無，不料他們立見真章。無奈來得太快了！如果等待三年孝滿再成親，也許肚裡的孩子，那時已蹦蹦跳跳趕著叫娘了。我們這樣門第，豈不鬧成大笑話！

這位嫂子想得又驚又樂，忍不住暗地和丈夫一說。沐天波也暗暗愁急，而且毫無法想，也無法和他兄弟或未來弟婦商量一下。兩位哥嫂對於這樁事愁急得要命，冷眼看沐天瀾、羅幽蘭兩人，行若無事，處之坦然，好像他們自己還未察覺一般，未免暗暗稱奇。

其實羅幽蘭自己肚子裡的事，怎會不明白，何嘗不發愁？早已和沐天瀾秘密商量了許多次。不過他們在無法之中，想出了一個辦法。認為這樁事，只要請教羅剎夫人，她必定是有辦法的。這樁事在別人面前難以啟齒，羅剎夫人是三位一體的，請教她是唯一辦法。

因此大家盼望羅剎夫人到來，非但要她解決榴花寨的苗匪，還要她解決肚內的秘密。沐天瀾、羅幽蘭認定一切問題，到了羅剎夫人手上總有解決方法。他們二人有了指望解決辦法的人，表面上彷彿愁而不愁、急而不急了。

有一天，沐天波夫婦和沐天瀾、羅幽蘭正在內室談論羅剎夫人何以遲遲未到。忽見一個家將進來，報稱轅門外有一青年苗女，騎馬而至，口稱求見二公子。恐怕苗匪奸細，不便放入，特來請示。大家一聽以為羅剎夫人到了。

沐天瀾便問：「來的苗女多大年紀，怎麼體態？」

家將說：「來的苗女，大約十七八歲光景，口齒伶俐，說得一口漢話。她說有極緊要事面見二公子，二公子一見，定然認得她的。」

沐天瀾一聽，言語舉動，不似羅剎夫人，這又是誰呢？羅幽蘭便從旁說道：「既然是一個單身苗女，便是苗匪奸細，也不怕她逃出手去，叫她進來便了。」

沐天波有沐天瀾、羅幽蘭在身邊，膽也大了。揮手命家將把那苗女帶進來，可得一路留神她。家將領命而出。一忽兒，四員家將懷抱雪亮的大砍刀，把那苗女夾在中間，押解大盜似的押進內宅。到了階下，喝令停住。

這時沐天瀾、羅幽蘭並肩而出，立在階上。階下苗女，一見沐天瀾，便喊道：「公子，婢子奉玉獅谷主人所差，有要事面稟公子。老遠的跑了來，怎的把我當作強盜了呢？」

沐天瀾也認出這苗女，是羅剎夫人貼身伺候的苗婢，自己在玉獅谷樓廊外暗地窺浴，回身所見的苗女，便是此人。

慌命四員家將退出，把這苗女帶進屋內。一進內堂，苗女便向沐天瀾跪了下去，嘴上說道：「我家主人知道婢子善騎，識得進省路程，特命婢子不分晝夜趕到此地，求見公子和公子身邊的一位羅小姐，面呈主人書信。請公子看了書信，賞下回信，婢子還得馬上趕回去銷差。」

苗女一面說，一面一對眼珠只向羅幽蘭瞅個不定。沐天瀾指著羅幽蘭笑道：「這位便是羅小姐。」苗女站起來，慌向羅幽蘭也跪了一跪。

羅幽蘭又叫她見了沐天波夫婦，才向她笑道：「你一路辛苦，真難為你了。你主人叫你帶來的書信呢？」苗女拜見了沐天波夫婦以後，背過身去，從貼肉胸兒內，取出一封密函來，獻與沐天瀾。

沐天瀾且不看信，向她說道：「你一個單身女子，走這遠道，路上沒有碰到匪人嗎？」

苗女笑道：「來的時候，我家主人親自護送到老魯關的。」

羅幽蘭笑道：「今天你無論如何回去不了的，在這兒好好的休息一晚。等二公子看完了信，我們再計議一下，明天送你動身罷。」說罷指揮幾個使女，帶了苗女下去，好好看待。

苗女跟著使女們下去以後，沐天瀾慌忙把羅剎夫人來信拆看，只見信內寫道：

「別後復探匪窟，岑胡輩猶復疑神疑鬼，惶惶不知所措。並於此輩口中，得悉滇西悍匪，既襲蒙化，復掠彌渡；襲蒙化以圖聯合滇南匪黨，掠彌渡以窺老虎關。其志不在晉薄省垣，而在固其老巢，攫取大理也。大理為五代段氏割據稱國地，山川雄麗，城郭堅固，東枕雞足，西倚點蒼，洱海一碧，煙火萬家，為滇西首鎮，亦竊據必爭之地。

「不意妖魔小丑，具此雄謀。沙定籌一凶悍苗匪，志在劫掠耳。今狡謀如此，其間必有操縱策劃之人。大理若失，滇西非我有矣。為虺不摧，將成大癰。如能以計去其心膂，擒彼如縛豕耳。尊府世握兵符，責肩難卸。而今昔異勢，徵調大兵，即或勉集苗眾，勞師襲遠；勢必捉襟見肘，顧彼失此。君等扼腕諮嗟之狀，灼然可見。驚幃同夢，當亦為之減卻幾聲卿卿我我矣。

「然妾以為不足慮也，量敵而動，貴在用奇。擒賊擒王，奚必勞眾？妾以肩輿一乘、人猿二三，從哀牢萬山叢中，由南而西；君偕蘭妹率勇弁數輩，喬裝商旅，由昆明趨雙柏，渡禮社河，期會於南澗。然後出其不意，乘虛探穴；先明敵勢，後除元憝。鼎足之歡喜冤家，或竟勝於千騎浴血矣。此非妾詭譎好奇，局勢如此，不得不以奇補正、以少擊眾，免徵調之繁，利時機之速耳！然此行與飛馬寨中，行險徼幸於一時者不同。省中仍須劍拔弩張，佯示鳴鼓出征之象，一面由君暗藏符號，以便飛檄關隘守將，授以方略。待機出擊，掃穴犁庭；此則奇中寓正，進退不致竭蹶。

「妾本擬赴省把晤，以往返濡滯，機貴立決，谷中安排，亦需親理。爰命苗婢小鵑，懷函密至。鵑婢聰慧有膽略，善騎，能暗器，當不僨事。妾擬重入飛馬寨，於岑胡枕畔，留刀示警，戢其野心；稍免西行後顧之憂，兼報金駝寨贈金之惠，並護鵑婢度新平匪境也。丈夫貴明決，如獲同心，略示行期即可。省中多匪耳目，肉食者不足與謀，稍一疏漏，全盤成畫餅矣。慎之，慎之！入夏西行多蟲瘴，龍涎香、雄黃精為袪毒妙品，多備毋忽。玉獅谷主人拜具。」

沐天瀾把這封信，細細的看了好幾遍，昂著頭默默思索，肚裡盤算羅剎夫人信內的計劃，一時竟出了神。坐在一邊的沐天波夫婦和羅幽蘭，急得不得了。羅幽蘭頭一個忍不住：「喂！瞧你這樣失魂落魄的，大約魂靈兒又跟著這封信飛走了。我果然看不大懂，你可得讓大哥瞧瞧，讓大家也知道知道這裡是什麼意思呀！」

羅幽蘭這一嚷，那位大嫂暗暗一樂，沐天瀾面孔不由一紅。猛地一想，這封信事關重要，當然要讓大哥看，何況當著眾人面前拆看的。無奈那羅剎夫人處處都帶一點放誕不羈的態度，這樣重要的機密信內，偏寫上了「鴛帳同夢」、「鼎足之歡喜冤家」；連金駝寨贈金，也帶上了一筆。這樣讓大哥瞧見，哪會瞧不出其中秘密來的？真要命，其勢沒法掩藏起來，經羅幽蘭一嚷，更沒主意了。只好硬著頭皮把信送與沐天波，嘴上說道：「大哥，你仔細瞧瞧。可得千萬守秘密，任何人面前不能洩漏半點的。」

沐天瀾這幾句話，是一語雙關，連自己兒女私情也包括在內了。其實他哥哥哪理會得到語有深意？慌接過信來，凝神壹志的仔細拜讀。看完以後，滿臉驚奇之色。暗想這位羅剎夫人真是一個奇女子，文才、武技、智謀，竟是樣樣高人一等，怪不得他們兩位讚不絕口了。最奇這信內春光微泄，原來她們三位，是這樣的一個局面，竟是鼎足之勢。他想到鼎足之勢，不禁兩道眼神，又專注在信內「歡喜冤家」四個字上，看到這四個字的涵意無窮，忍不住噗嗤一聲，笑出口來。

這一笑壞了，笑得沐天瀾心頭騰騰亂跳，羅幽蘭滿腹狐疑，那位大嫂卻莫名其妙，向她丈夫啐道：「你笑什麼？兄弟說過，這封信何等重要，你卻滿不在意，反而癡笑，為什麼自得其樂的發笑？究竟寫著什麼？你也得念出來，讓我和弟妹……」

這位大嫂話說得急了些，一不留神，竟把尚未公開的「弟妹」叫出口來。急慌把話鬧住，竟來不及了。這一聲「弟妹」，鬧得大家都不好意思，大家都愣了神。沐天波一機伶，慌把手上的信，向沐天瀾手上一塞，悄悄說道：「這兒使女們進進出出，不便商量機密大事，我們上樓去。」

上樓時，羅幽蘭悄悄拉住沐天瀾落後一步，悄悄問沐天瀾道：「信內有什麼話，讓大哥發笑？」沐天瀾低低的向她說明就裡。

羅幽蘭嗤的一笑，悄聲說道：「剛才你不聽到大嫂連『弟妹』都喊出來了。哪知道寫這封信的人，也是一位『弟妹』哩。」

大家進了樓上一間輝煌錦繡的密室，摒退了侍候的使女們，沐天瀾便把羅剎夫人信內的計劃，詳細講解了一遍，加上自己意見，說是：「照現在這樣情形，只有按這計劃辦理。倘然仗著羅剎夫人本領機智，悄不聲的便把沙定籌制伏下去，豈不大妙？如果遷延時日，讓沙定籌佔據了大理，非但滇西局面不堪設想，便是滇南一般匪首，也必群起效尤。那時雲南全省都要糜爛，我們沐家更無立足之地了。」

沐天波聽了他兄弟一番話，背著手，在屋內來回踱步。

突然一轉身，向沐天瀾、羅幽蘭掃了一眼，嘆口氣說道：「前幾天我聽到你們兩在飛馬寨中出事的消息，幾乎把全家上下嚇得走投無路。現在又要跟著羅剎夫人到滇西去冒險，榴花寨比飛馬寨路遠得多，你們單槍匹馬的闖入虎穴，實在太危險了……」

沐天波話還未完，他這位夫人倏地站起身來，搶著說道：「你們兄弟倆且等一忽兒，讓我們姊妹倆密談一下。」說罷，拉著羅幽蘭手走進左面一間房內，原來這間正是羅幽蘭的臥室。

一進室內，這位大嫂拉著手說：「妹妹，恕我放肆。此地沒有外人，事到如此，我也顧不得許多了。妹妹，你知道我們夫妻到現在還沒有生下一男半女。現在妹妹明擺著有了喜訊，怎能再跟我家兄弟去跑遠道，拿刀動劍呢？雖然剛動喜訊，誰知道這樣凶險的事，何日了結？再說這樣兵荒馬亂的年頭，家裡又常鬧刺客，我們夫婦又是個毫無本領的人。好容易盼得你們倆回家來，有了主心骨兒。怎的見了女魔頭的一封信，又要拋開了自己的家，跑到不亞如龍潭虎穴的苗子窩裡去呢？

「妹妹，你也得保重自己的身體，顧全我們自己的家呀！只要妹妹一句話，我們小叔子便不敢亂走了。妹妹，滇西一條路，多麼難走，苗匪多麼凶悍。妹妹雖然有本領，無奈肚裡有了……萬一……萬一……」

這位大嫂結結巴巴的說到這兒，眼圈一紅，有點說不下去了。羅幽蘭聽得這番話，並沒有十分感動，只覺得這位大嫂一心只要自己府內太平無事，便是萬年有道之基。對於周圍的局勢，未來的禍福，好像惘然無知。暗想這樣安處高堂大廈的女人，也是難怪，而且沒法和她細說，一時倒感覺得無言可對了。

羅幽蘭對於這位垂涕而道的大嫂，正感覺無法應付，忽覺外屋的兄弟倆，也是鴉雀無聲。掀開綉簾，向門外一瞧，敢情兄弟倆人影全無，不知何時下樓去了。一忽兒一個使女跑進來，說是：「二公子請羅小姐下樓談話。」

羅幽蘭正苦無法脫身，便跟著使女下樓，走入中堂。沐天波、沐天瀾兄弟倆正在看幾封信，一問細情，原來派到滇南去的幾名家將，都已任務終了，先後回府來了。金駝寨龍土司和三鄉寨何天衢夫婦兩處，都有回信捎來。

從這兩封信裡，得知龍土司夫婦身體漸漸復原，金翅鵬亦日有起色，可以勉強行動了。無住禪師仍在金駝寨看護金翅鵬，地方也甚安靜。只有龍璇姑立志要投明師，學驚人本領，果然遵照羅幽蘭的指示，拿著沐天瀾一封信，由她舅舅祿洪護送到三鄉寨，拜在桑窈娘門下了。三鄉寨何天衢信裡，也說起龍璇姑苦志學藝，窈娘非常愛惜，對於慎防黑牡丹、飛天狐等舉動，當然隨時注意。天衢夫婦如有機會，還要上省拜會先後同門的師弟，和從小相處的女羅剎（即羅幽蘭）。並說現在滇南苗匪，還不敢輕舉妄動，暫可放心等話。

沐天瀾向羅幽蘭說道：「照這幾封信內意思，滇南一時還不致出亂子。趁這機會，我們秘密到滇西去一趟，最好不過。」

羅幽蘭笑道：「這樣，你便明白羅剎姊姊特意又到飛馬寨留刀示警的用意了。但是我們到滇西去，你和大哥商量好了嗎？」
沐天波皺著眉頭說：「我再三阻止他不要冒險，他卻說出許多大道理來，我又沒法駁他，鬧得我一點主意沒有了。」
沐天瀾四面一瞧，沒有下人在面前，笑道：「大哥，事情明擺著這裡。我們姓沐的既然沒法推卸這種責任，目前又沒有靠得住的節制之師，羅剎夫人也明白我們為難情形，才想出這辦法來。這種辦法，不能不說是冒險，但是我知道羅剎夫人定有幾分自信把握，才這樣做的。除出她這條計，我們想不出另外道兒，其勢不能坐在家中，聽其自然。為我沐家歷祖歷宗的英名，和未來的切身利害，不由我不一探虎穴了。
「最要緊的，我秘密改裝前往，對外面絕對不要走漏一點消息。我又想到蒙化一帶關隘守將，雖然大半是父親舊部，我未必個個認識。大哥務必今晚秘密備好公文，蓋用我家世傳符印，以便帶在身邊，隨時應用。大哥照舊督率家將們，加緊操練兵卒，會同本省撫按，徵集糧草軍器甲冑等件。故使匪人奸細認為出征在即，而且使奸細知道出征兵馬不過如此，疏而不防。我和蘭妹即在明晚挑選幾名幹練家將，扮作客商，悄悄從府後離開，連夜出城。到了滇西，會著了羅剎夫人以後，不論事情順手與否，隨時派人回報。如果苗匪巢穴，無隙可乘，我們決不輕身冒險。馬上回來，另想計策，也還不遲。」
沐天波等他說完，朝沐天瀾、羅幽蘭看了一眼，嘴上囁嚅了一陣，終於掙出一句話來道：「你們扮作客商前往，蘭妹是個女子，似乎不大合適。你們嫂子，在你們從滇南回來，便說以後不要叫蘭妹往外跑了，家裡也得留個有本領的守護才好，我看蘭妹不必同去了。」

羅幽蘭一聽，便知這位大哥不好說自己身上懷孕，一半也想把自己留在家裡保鏢。一看沐天瀾有點為難，慌說道：「大哥，你不明白江湖上的事，我們兩人老在家中，也許有高來高去的匪人找來。我們不在家，倒絕不會發生事的。再說讓他一人出門，沒有我跟在身邊，大哥大嫂格外的不放心了。至於路上不便，我早已想好了，我扮作男人，誰也看不出來。」

沐天波一想，焦不離孟，孟不離焦！看情形說破嘴唇皮，也是無用，還有那位羅剎夫人和這兩位，其中還不知藏著許多刁鑽古怪的花樣兒哩。不去怎得行？算我白說。便不再說挽留的話了。

這天晚上，沐天瀾、羅幽蘭兩人在樓上密室內，秘密安排動身時應用物品，和回覆羅剎夫人的密信。羅幽蘭說：「從省城到南澗這條道上，我相信沒有什麼可慮的，不過我們對於南澗這地方，非常生疏。南澗雖然是個小地方，羅剎姊姊來信，沒有寫明相會地點，大約她也沒有到過。我們到了南澗以後，從哪兒去找她呢？」

沐天瀾說：「南澗是個獼山小市鎮，在哀牢山西面山脈，和點蒼山山脈交接之處。

從前我在哀牢山學藝時，聽到我師傅說起過。南澗是個小小的市鎮，卻是滇西滇南的交通要道。我們不妨在信內寫明，用江湖上訪人的法子，彼此定下暗記。在經過所在，容易注目的地方，畫個小雀兒小人兒之類。只要看小雀兒的嘴、小人兒的手，朝哪一方，便向哪一方探訪便了。」

羅幽蘭道：「這樣也好，你就信內寫明，叫羅剎姊姊畫小雀兒，我們畫小人兒。一到便留暗記，便容易尋找了。不過信內要寫得含混一點，不要具名，預防寄信人半途出事。」

沐天瀾依言辦理，又在信內寫明動身日期，暗地把羅剎夫人差來的小鶡叫上樓來，吩咐了一番話，賞了不少銀兩。叫她把這封信貼身藏好，休息一夜，明天回玉獅谷去，路上千萬謹慎。小鶡領命下樓，自去準備不提。

這裡羅幽蘭又把改扮男子的行頭，置備齊全，當夜試驗了一下。好在羅幽蘭並非窄窄金蓮，改扮起來，還混得過去。

沐天瀾看她把前胸緊緊的紮縛起來（因為時已入夏，衣衫單薄，胸前雙峰只好用抹胸緊束了），不禁笑道：「天生的雪膚花貌，世間哪有這樣美男子？此去如果再碰到飛馬寨胭脂虎一類的苗女，也叫你嘗嘗風流罪過。」

羅幽蘭聞言心裡一動，拉著沐天瀾並肩立在一架大鏡子面前。四目相對，宛然是並蒂蓮花，連理玉樹。羅幽蘭越看越得意，對著鏡子笑道：「喂！我這樣一改裝，如果夾在一般臭男子當中，還看得出一點痕跡，和你在一起，人家定然以為我們是兄弟倆。不過你倒像哥哥，我是小弟弟了。」

沐天瀾笑道：「是呀！從此你可記住，不論白天晚上，有人沒人，你都得叫我哥哥了。」

羅幽蘭笑得風擺荷葉一般，趕著沐天瀾要撕他的嘴。沐天瀾趁勢把她擁在懷裡，笑著道：「說真的，剛才大嫂和你密談，定然為了你肚內的事。非但大嫂，連大哥也把這樁事，看得非常鄭重。因為他們自己好久盼望兒子，沒有消息，把這希望移在我們身上了。這樁事，我全不在行，假使這趟滇西之行，真要妨礙受孕的話，你不去也罷。家裡也得……」

羅幽蘭不待他說下去，立時柳眉微挑，滿臉嬌嗔的啐道：「你這話真是心口如一嗎？你這小心眼兒，休想在我面前使巧著兒。大約人還沒到滇西，魂靈兒已飛到羅剎姊姊身上去了，有點嫌我礙事了。」

沐天瀾心裡一驚，喊起屈來。

羅幽蘭笑罵道：「你不用喊冤，我是故意逗著你玩的。我不會這樣不識相，你應該和羅剎姊姊多親熱親熱的。我們三人的把戲，誰也不用偷偷摸摸，我同去也礙不了你們什麼事。如果把我孤兒似的擱在家裡，我真要急瘋了。至於我肚裡這塊肉，剛有點信兒，是不是還不敢一定呢！到滇西去也不過十天半月的事，我又不是閨閣千金，身體還不至這樣嬌嫩。大哥大嫂當然一番好意，但是他們還不明白自己這位兄弟，是一位找災惹禍的美男子，沒有我在身邊，將來他們的弟妹，要多得數不清的。」說罷，在他懷裡笑得柳腰亂扭。

沐天瀾明知她半真半假的開玩笑，也故意笑道：「你說得太對了！滇西有成千成萬千嬌百媚的羅幽蘭小姐，等著我哩。」

兩人打趣了一陣，商量定了明天晚上悄悄出發，只帶四名家將，一律扮作商旅，其中一名還是女的。這名女家將，便是從飛馬寨帶回來的健碩苗婦，也叫她穿著青衣小帽，改扮成男僕模樣，可以貼身伺候羅幽蘭。諸事停當，專待到時上路。

第廿四章　羅刹神話

滇西的中心是大理，明季稱大理府。平常日子，從省城昆明到大理的驛道，是由昆明經逸龍甸、煉象關、石澗、楚雄、滇南、老虎關、鳳儀，直達大理城外十公里的下關。自從榴花寨苗匪，襲了蒙化，佔了彌渡，昆明到大理的一條驛道，只能走到老虎關了。因為彌渡在老虎關鳳儀之間，佔了彌渡，便把通大理一條驛道截斷了。至於蒙化和彌渡接境，是大理下關直趨哀牢山，通達滇南的要道。蒙化一失，由大理通滇南的咽喉，也被苗匪扼住了。苗匪這樣下去，便是羅刹夫人信內所說，扼住省城及滇南的要道，使官軍無法救護大理，然後可以奪取滇西中心的大理了。

沐天瀾、羅幽蘭率領四個親隨，改裝離省，目的地在哀牢山下的南澗鎮。頭幾天路程，乃照通大理的驛道走，不過到了楚雄便要岔路，從小路小道往南走，越過紫溪山，渡過禮社河，然後到達南澗。沐天瀾一行人等，一路曉行夜宿，居然平安無事。不過經過楚雄以後，步步逼近苗匪作亂之區了。

從蒙化、彌渡逃出來的漢人，拖男帶女的往昆明避難的，路上每天可碰到幾批。從這般人口裡，可以探出一點匪情，說是：「榴花寨苗匪襲了蒙化、彌渡兩處要口以後，沒有動靜，官兵也沒有進剿。聽說老虎關總兵尤大綱，調集就近轄下標訊，湊上鄉練民兵，一共不足千人。只能扼守這座關隘，等待省裡發兵，才能和苗匪打仗。駐紮南澗的守將，也是尤總兵派去的一名參將，帶著二三百名官軍，兢兢索索的只辨得個『守』字。假使蒙化的苗匪傾巢而出，直衝滇南的話，這支駐守滇南的官軍，怕是擋不住的。」

沐天瀾聽到這樣消息，想起老虎關總兵尤大綱，原是父親提拔的舊部，在本省武官當中，還算有點膽略的。但是這樣單薄雜湊的官軍，怎能抵擋囂張之寇？幸而苗匪別有狡謀，志在大理，否則，省中救兵未到，尤大綱這支官軍先落虎口了。雖然如是，苗匪凶狡難測，得趕快會著羅剎夫人想個萬全方法才好。

沐天瀾、羅幽蘭一行等到達南澗相近時，走上一座峭拔的山峰。滿山盡是參天拔地的杉松，峰腳下一條曲折的闊澗，奔流潺潺有聲，澗的那一面便是南澗鎮，從高望下，一覽無遺。看清這座小鎮，夾在兩面山峰之下，一條高高低低的山道，橫貫鎮心，山道兩旁，依著山勢蓋著參差不齊的幾排土牆茅舍，零零落落的約有里把路長。可是靜蕩蕩的雞犬不聞，家家閉戶。有幾家門內進進出出的，都是抗槍披甲的官軍。大約因為距離蒙化太近，鎮內商民，大半逃入哀牢山去了。

羅幽蘭指著四面鎮道盡處，說道：「那面山勢緊縮，當路築著碉堡，堡上插著旗子，大約便是通蒙化的要隘。尤總兵派來的那位參將，定然守在此處了。可是這樣可憐的土堡，這點可憐的士卒，當得了什麼？官軍也太兒戲了。」

沐天瀾嘆口氣道：「正恨如此，平時一般苗匪把官軍看得不在心上，才膽大妄為了。照說我們既到此地，應該先和此地守將會面，在鎮內找個息宿之處。可是事關機密，一漏面難免走露風聲。好在此刻剛剛過午，我們要緊的先會著羅剎姊姊。她信內寫明帶著人猿，坐著竹轎子，路又比我們近一點，定然先到。我們不如派個人去，先到鎮內察看有無留下暗記，再作道理。」

剛說著，羅幽蘭背後站的那名健碩苗婦，突然咦了一聲，兩眼發直，盯在不遠的一株大杉樹上。大家轉身瞧時，原來那樹上橫插著一支兩尺多長的竹箭，箭上穿著一隻五彩斑的錦雉。走近細瞧，這支竹箭，並不是彎弓而發的真正羽箭，也沒有箭鏃，無非隨意用一支豎直的細竹枝，把錦雉從脊上穿腹而過，再深深插入樹內。為什麼要這樣插在杉樹上？倒有點奇特。

羅幽蘭向錦雉再仔細瞧了瞧，恍若有悟，又向兩面山勢看了看，隨手把樹上竹箭拔下，連錦雉擲在遠處，嘴上說著：「先不必派人到鎮上去，都跟我來。」

沐天瀾莫名其妙，姑且跟她走。向西走了一箭路，翻上了另一座亂石岡，盡是奇形怪狀的石林，好像無路可通。當先領路的羅幽蘭也呆住了，四面亂瞧。忽地格格一笑，指著那面屏風似的一塊石壁，笑道：「在這裡了。」

沐天瀾慌縱過去細瞧時，原來石頭上用紅土畫著一個鳥頭，鳥嘴是向右的。他一瞧這鳥頭，立時也明白了，笑道：「想不到她，暗記下在這兒。」原來杉樹上的錦雉和石壁上鳥頭，本是回信上和羅剎夫人約定的暗記。剛才羅幽蘭瞧見杉樹上箭穿的錦雉，還沒領會到，隨後瞧出錦雉的項頸，並不像死鳥般軟垂，像活的一般昂著脖子，側著鳥頭往西瞧似的。逼近一看，才明白另用細竹，把鳥頭也釘在樹上的，才有點明白了。一時還不敢斷定，姑照鳥頭所指方向走去，果然尋著了石壁上暗記，才斷定羅剎夫人已先到了。

不在澗南鎮上留暗記，特地在這山峰上留記，當然別有用意。而且算定從昆明到南澗，必定是翻過這座山峰，樹林內不便畫暗記，便用錦雉來代替了。兩人毫不費事的找到了羅剎夫人的暗記，精神陡長，立時照著石壁上暗記指示的方向走去。

果然，每逢方向不辨，鳥道分歧之處，便有暗記指示前進方向。不過走的盡是荒岩峻嶺，深菁陰壑。沐天瀾羅幽蘭武功精純，當然履險如常，只苦了跟來的三個家將一名苗婦，提心弔膽的拚命跟著主人，爬山越嶺，走得暈頭轉向。不知經過了多少幽險的溪谷，不記路程，不辨方向。只覺頂上日影已經西沉，四面亂山層疊，荒草沒徑。林內怪鳥咻咻，境界森森可怖。

沐天瀾、羅幽蘭走到此處，覺得這段路內斷了暗記，難道錯了方向，岔了路了？看看天色已晚，深山內日光被群山遮住，太陽一下山，便容易黑下來。沐天瀾掏出身邊指南針來一瞧，覺得方向並沒走錯，但是這兒有好幾處山口，究竟應該進哪個山口？沒暗記又如何走法？一時倒有點為難了。

忽見一縷白煙，從左面山嘴裡一片松林上面，裊裊而起。羅幽蘭喜道：「一路過來，並無人煙，那面定有人家，我們且去探明地名和路程再說。」

大家向白煙起處奔去，進了山灣子，穿過一片松林，是一處深奧的小谷。谷內一泓碧清的清潭，有幾十畝地的面積。潭邊搭著不大不小的一所茅篷，胡亂用粗竹松幹搭就，頂上蓋著青松毛，一定是新蓋成的，可是靜靜的沒有人影走動。

茅篷側面卻用山石疊成一隻長尾巴的彩鳥，門框的青竹皮上，用刀劃著「且住為佳」四個字。茅篷內地上亂鋪著一層松毛和樹葉之類，一邊疊著兩具竹兜子，一邊角上堆著一頭死的梅花鹿，和吃剩的幾隻獸腿，其餘空無一物。

羅幽蘭說：「這情形當然是羅剎姊姊替我們預備的，但是人上哪兒去了呢？」

沐天瀾說：「外面石墩上兀自冒著煙，未必走遠，我們也走乏了，先進茅篷去休息一忽兒再說。」

兩人進了茅篷，命隨從們卸下背上的行裝，取出隨帶輕便銅鍋，舀點潭水，就那火灶上煮水解渴，隨意吃點乾糧充饑解渴。跟來的健碩苗婦便拿了銅鍋，同了一個家將，走到潭邊舀水去了。茅篷內沐天瀾、羅幽蘭正和兩名家將，整理行裝等件，正說著今晚大約要在這茅篷內坐守天明……

話剛出口，猛聽茅篷外面潭水嘩嘩一陣奇響，同時鬼也似的一聲驚喊，聽出是去舀水苗婦的喊聲。沐天瀾、羅幽蘭先後一躍而出，在茅篷內整理行裝的兩名家將，也奔了出去。

一看潭中並無異狀，那苗婦四腳八叉的倒在潭邊，手上銅鍋，擲在草地上，她身旁一名家將，也變臉色的呆若木雞。

沐天瀾喝問：「什麼事？」

那家將直著眼，指著溪潭的那一面，半晌，才哆哆嗦嗦的驚喊：「大水怪！大水怪！」

大家向他指的所在望去，並無可怪之處。只潭邊草地濕淋淋的一路水跡。羅幽蘭把嚇得跌倒的苗婦，提了起來，問她細情。

苗婦翻著白眼，啞聲兒說：「我同這位將爺到了潭邊，我正蹲身想洗淨銅鍋，舀點水去，猛見潭心嘩啦啦一響，平空湧起一水塔來。從水塔裡現出一個金剛似的大水怪，裂著血盆大嘴，向我們齜牙一笑，一轉身，竄到對岸，只一縱，飛入松林，便沒了影兒。啊呀！我的小姐，太可怕了。你不信，問這位將爺，把這位將爺也嚇呆了。這地方人煙全無，天又慢慢的已黑下來。我們只求平安，還是趁早離開凶地吧！」

沐天瀾、羅幽蘭都有點不信，可是兩人嚇得這般模樣，那面潭邊，又明明有一汪水跡留在那兒。正在疑神疑鬼當兒，忽聽得對面高岡上，傳來一種又宏又壯，又慘厲的嘯聲，連羅幽蘭聽得也有點毛骨悚然，身邊幾名家將和那苗婦，一發嚇得手腳發抖。沐天瀾猛地記起自己在金駝寨異龍湖畔嶺上，第二次單獨去和羅剎夫人會面時，也聽過這種嘯聲——是玉獅谷人猿的嘯聲！羅剎夫人既然一路暗記引我們到此，此刻岡上起了嘯聲，定然羅剎夫人帶人猿們來迎接我們了。

正待向羅幽蘭說明就裡，身後黑沉沉一片松林內，突然發出一陣洪鐘似的笑聲。大家急轉過身去看時，只見樹林內現出一個髮眉皓然的老道士，步趨如風，飄然而出。羅幽蘭老遠已看清來人是誰，只喜得她啊呀一聲，嬌喊著：「父親！怎的你老人家會在此地？」便在這一聲嬌喊中，一頓足，飛一般縱了過去。到了老道士身邊，小孩子撒嬌般，抱著老道士大腿跪了下去，高興得淚珠兒直迸，話都說不出來。而且她一路喬裝男子，說話時大著舌頭，此刻真相畢露，想改變嬌音，情形非常可笑。

原來這位老道便是桑苧翁，羅幽蘭、沐天瀾二人，萬想不到在這種地方會碰到自己父親和丈人。沐天瀾也喜出望外，慌趕過來拜見這位通權達變的泰山。在桑苧翁雖然想斷絕俗緣，無拘無束的逍遙於名山勝境，無奈一見到這對可愛的嬌女嬌婿，不由他不銀鬚飄拂，笑得閉不攏嘴。這次會面，在沐天瀾、羅幽蘭二人，出於意料之外，在桑苧翁卻在意料之中。

桑苧翁說：「時已不早，此處非談話之地。這兒茅篷，是羅剎夫人暫時安置人猿之地。你們快跟我走罷！」

沐天瀾忍不住問道：「聽岳父口氣，似乎已知道羅剎夫人的行蹤。我們剛才還聽到人猿的嘯聲，怎的她不露面呢？」羅幽蘭一聽他惦記羅剎夫人，便向他盯了一眼，嗤的一笑。

桑苧翁笑道：「你問她嗎？這位奇特的姑娘，大約世間上，再也找不出第二位來。連我也被她鬧得莫測高深了。說來話長，我引你們到一個地方去，便是這個地方，也是她替你們安排下的。我們到了那兒，再細談罷。」

於是沐天瀾、羅幽蘭指揮三個家將和那苗婦，依然背上行旅，跟著桑苧翁走入谷底一片松林。走沒多遠，從一座插天峭壁下面的仄徑上，轉入窄窄的一條天然磴道。曲曲折折盤過一處險怪的岩壁，上下岩壁，翠葉飄空，朱藤匝地，盡是龍蛇飛舞的盤籐，擋路礙足的。似乎新近才用法掃除，開闢出一條鳥道來。

桑苧翁當先領路，走盡這段礙道。從岩壁間幾個拐彎，忽地眼前一亮，岩腳下露出銀光閃閃的一道寬闊的溪澗，如鳴琤琮，而且溪澗兩岸，奇岩怪壑，犬牙相錯。這條山澗，也隨著山勢，變成一轉一折的之字形。兩面溪岸，雜花恣放，嘉樹成林，許多整齊幽靜的竹籬茅舍，背山面水，靜靜的畫圖一般排列在那兒。紙窗竹牖之間，已隱隱透出幾點燈光，茅舍頂上，也飄起一縷縷的白煙。似乎村民正在晚炊，景象幽靜極了。只有那面靠山腳的溪澗中，時時發出一群輕脆圓滑的歡笑聲，和拍水推波的嬉水聲。隱綽綽似乎有幾個青年女子，在那兒游泳為樂。因為兩岸高岩夾峙，日已西沉，遠望去霧影沉沉的已瞧不清楚了。

桑苧翁領著他們走下岩腳，沿溪走近村子，立時從各家茅舍竹籬內，湧出不少男女老幼的苗人，俯伏於地。這種苗人，和其他苗族不同，男的頭纏白布，身披葛巾，女的綉巾網髮，紅花插鬢。身上花花綠綠，短衫花裙，細腰白足；年輕的女子，潔白瑩潤，亦有幾分豐韻。等著桑苧翁領著一班人含笑點頭過去，才站起來悄悄退入屋內。

桑苧翁走到一房最大的乾淨茅屋，門內兩個青年苗女，笑嘻嘻的飛舞而下。原來這種茅屋，都是臨空搭就，下面打著木樁，樁上再鋪厚板。上下分作兩層，下層也有三四尺高下，攔作豕圈雞柵，上層才是住室。門前還留出餘地，有扶欄長廊，中設幾級台階，可以上下。兩個苗女蝴蝶般從台階上搶下來，分立兩旁，伏下身去，似有肅客之意。

沐天瀾等跟著桑苧翁走上台階，進了屋內。一瞧這所屋子，用木板隔成好幾間住室，室內非常清潔，腳下一律鋪著細草編織的草席，並無桌椅。桑苧翁吩咐隨從的家將們，在進門一間屋內卸下行裝，適意坐地休息。自己領著沐天瀾、羅幽蘭進第一間室內。這間室內，居然在草席上放著一張白木矮桌，桌上擱著一具油燈。圍著矮桌設著幾個厚厚的蒲墩，三人便在蒲墩上坐了下來。

門外迎客的兩個青年苗女，一個提著熱氣騰騰的一木桶滾水，把一桶水放在桌邊，一個捧著木盤，盤內盛著米飯、鹽粑和椰瓢、木杯、竹箸等吃用傢伙；從盤內拿出來，分配在各人面前。一對滾圓靈活的黑眼珠，瞅瞅沐天瀾，又瞅瞅羅幽蘭，嘴上咭咕呱呱說個不停，笑個不停，一派天真無邪的神氣。

羅幽蘭細看這兩個苗女，一般的圓圓的面龐、白白的皮膚、彎彎的細眉；笑起來露出一排瑩潔的牙齒，非常可愛，卻聽不懂她們的話。心想：我生長苗窟，卻從來沒有聽到過她們這種苗語。看她們體態衣服，好像是「水擺夷」的一種苗族；細看卻又不是。一忽兒又進來一個白巾葛衫的老苗子，頭上頂著一大盤熱氣騰騰的獸肉，上面插著三柄小叉子，是用堅竹削成的，先在門口跪了下去。屋內一個苗女趕過去，把他頭頂一大盤肉，雙手端了過來，放在矮桌上。

那跪在門口的老苗子，突然張嘴說出一口流利的漢語來，他說：「老神仙，這是我們新獵來的香鹿肉，是這兒最有名的美味，請老神仙和貴客們隨意點飢罷。」

桑苧翁笑說：「我們這樣打擾，太過意不去，只有日後一併酬謝了。」

老苗子哈哈笑道：「老神仙這樣一說，我們格外慚愧死了。不提那位女菩薩，是我們救命恩人，一輩子報答不盡，便是老神仙和貴客們，肯到我們這樣小村子裡盤桓，我們全村老幼誰不說是福星下降，高興得沒法形容。老神仙和貴客們缺用什麼只管吩咐，老兒暫先告退。」說罷，誠惶誠恐的俯身而退。兩個年輕苗女，也跟老苗子走了。這老苗子說得一口流利漢語，沐天瀾、羅幽蘭卻不明白他說的女菩薩是救命恩人，不知什麼一回事。

桑苧翁笑道：「我們現在來到深山密菁裡面一個小小苗村，無異世外桃源。你們更是耳目一新，還不知羅剎夫人葫蘆裡賣的什麼藥，還得我和你們詳細說明。現在我們且飽餐一頓，嘗一嘗不易吃到的香鹿肉。吃飽了，再對你們說明就裡。」

羅幽蘭道：「父親，我得先明白明白，這是哪一種苗族？女孩子倒長得秀氣。女兒生長苗窟，見過了許多奇怪的苗族，卻沒有見過這一種苗人。」

桑苧翁笑道：「你們不要輕視他們，這是各種苗蠻裡面最優秀的苗人。他們的祖宗，在千百年前，還建設一個赫赫有名的王國。大約因為生殖不繁，不肯和別個苗族結婚，子孫逐漸稀少。到現在這種苗族，散處滇西深山之內的，更是越來越少了。他們天生的好潔好幽閑，沒有清泉碧溪的地方不住，鄰近人煙和別種苗族的地方又不住，倒像是個厭世獨立的隱士。男的漁獵，女的編織，偶然由懂得漢語的年老人，拿著獸皮草席等物，到遠遠的鎮上換點鹽米等類，過的是與世無爭的日子。你們瞧，我們用的椰瓢木杯，都雕著精細的花紋，可以證明他們非常聰明，和吃食用手的苗族相比，高出了萬倍，不過質而未學罷了。」

吃飯之間，跟來的男裝苗婦在門外探頭，向羅幽蘭說：「外屋家將們，老苗子招待得很周到，飯已吃過，特來請示。公子和小姐的行裝，是否拿進裡屋來？大家是否在這裡過夜？」

桑苧翁笑道：「你們用的東西，叫他們拿進來；跟來的人，便叫他們在外屋隨意睡覺好了。」

羅幽蘭依言吩咐，又叫苗婦到裡屋來睡覺。苗婦走後，桑苧翁道：「這黑油墩似的隨從，怎的單叫他進裡屋來。」

沐天瀾笑道：「原來蘭姊的女僕，改扮成這般怪模樣，倒瞞過岳父了。」

桑苧翁道：「有其主，必有其僕。不過主人易釵而弁，尚有破綻，這大腳蠻婆，一時倒瞧不出來。」

飯畢，兩個青年苗女又笑嘻嘻的進來，清理桌面，搬出食具，在各人面前，獻上一杯碧綠的筠心松子茶——據說是用嫩竹抽芽和竹心和松子煎的，別具清香。老苗子又掇進一具小小的石鼎，擱在屋角上；鼎內香煙裊裊，滿室幽馨，好像焚著沉、檀一類的異香。據說這種香末，可以驅除蚊蠅一類的小蟲，諸事周備，才躬身而退。

羅幽蘭伸手把矮桌上油燈裡的燈草撥了一撥，火苗燃高了一點，向沐天瀾笑道：「今天我們會巧遇父親，又會在這種地方作客；也不知這兒是什麼所在，羅剎姊姊又不知安排著什麼驚人詭計，一切一切我覺得彷彿在家裡做夢一般。」

沐天瀾笑道：「誰說不是？但是我覺得此刻這種境界非常有趣，更難得是出於意外的見著岳父。現在我們且聽岳父說明其中情由。」

桑苧翁嘆了口氣道：「人生本來是夢境，能夠明白一切都是夢幻，才能由悟證慧，怡情物外。我從前聽到你們說起羅剎夫人種種奇特詭秘的舉動，無非以為一個身世古怪、性情怪僻的女子罷了。不意在此巧遇，和她面談以後，冷眼看她一舉一動，譎不失正，智不悖理，依然是個性情中人。不過她智慧絕人，事事抱著玩世不恭的態度，處處以遊戲手段，卻又辦得嚴絲密縫，無懈可擊。確是個絕世無雙的奇女子！如果照人生夢境一句話來講，她倒是個勘破夢境，而又善於製造趣夢的人。」

羅幽蘭忍不住笑道：「父親，且不談夢。父親和她怎會巧遇？她又上哪兒去了？把我們擱在此地，是什麼主意？還有……」

桑苧翁一捋胸前銀髯，呵呵笑道：「用不著再來個還有，且聽我說。我先得向你們講一段苗族的神話，而且是一件確實有據的神話……」

兩人一愣，正事不說，先來一段苗族神話，這是什麼意思？

桑苧翁一看兩人神色，便明白他們意思，微笑道：「從前羅剎大王兩夫妻，沒有歸隱羅剎峪以前，縱橫江湖。為什麼要用羅剎大王的綽號？人已死去，無從查考。後來他們女兒，便是現在的羅剎夫人，她這個綽號無非是襲用她母親名號而已，這是我們知道的。」

說到這兒，他向羅幽蘭一指道：「便是你，從前也稱女羅剎，這是當年九子鬼母誤把你當作羅剎大王夫妻的女兒，才有此綽號，這也是我們知道的。但是羅剎夫人和你有這『羅剎』兩字的綽號，無非張冠李戴，陰錯陽差，並無多大意義存乎其間。哪知道現在滇西真個有貨真價實的羅剎出現了，而且也是一個古怪的女子。這位羅剎是這次榴花寨苗匪作亂的中心人物，也是蒙化、淋渡兩處失陷的主要人物，而且這人關係著整個滇西的安危。你們和羅剎夫人這次滇西之行，整個樞紐也便在這位羅剎身上。因此你們的羅剎姊姊興趣勃發，仗著她本領才智，要在那位羅剎身上施展奇謀，一決雌雄了。」

桑苧翁這一番話，沐天瀾、羅幽蘭兩人，聽得目瞪口呆，做聲不得。暗想世間真無奇不有，滇南一個羅剎夫人，費了多大精神，才弄到一起；不想滇西又出現了一位羅剎，而且掌握著整個滇西的安危。

羅幽蘭一聽這位羅剎，也是個女子，更多了一層疑慮。她想起羅剎夫人曾對沐天瀾說過：「將來再有個羅剎夫人出來，大約你是多多益善的。」萬想不到一句戲話，似乎變成預兆。現在只希望這位羅剎，是飛馬寨胭脂虎一類的蠻婆，免得我們這位美男子，又生出無窮風波。

桑苧翁在面上看他們兩人驚疑不定，羅幽蘭更是柳眉緊蹙，神色迷惘，低著頭不知盤算什麼。不禁哈哈笑道：「你們且慢猜疑，剛才我不是要對你們講一段苗族神話麼？這段神話，便和這個羅剎有關，你們且聽我從頭說來。」

桑苧翁喝了口筠心松子茶，緩緩說道：「我在金駝寨離開你們，便想一遊點蒼山洱海之勝；遂從哀牢山這條路到滇西去，順便在哀牢山中，去看望滇南大俠葛乾蓀。不想老葛遠遊未歸，從人們口中，又得知榴花寨沙定籌作亂消息，蒙化、彌渡已經失陷；想從蒙化到大理尹要穿過苗匪蠢動的境內。

「我不願自找麻煩，經人指點，從便道繞過蒙化。進了大理城，在城內耽擱了一天，湊巧碰著方外老友雲溪上人；立談之下，才知這位老友近年卓錫龍溪，做了摩訶寺的方丈。這龍溪正是點蒼山名勝十九峰十八溪之一，便和他出了大理西城，步入逶迤七十餘里的點蒼山。從此我便做了龍溪摩訶寺的上客，雲溪上人終日陪著我暢遊點蒼山內各處勝境。

「有一天，我們去玩十九峰之一的蓮花峰。看到峰腰一片蒼翠之中，露出長長的一段紅牆；牆內飛閣流丹，鴟吻高聳。我問雲溪上人牆內是何古剎，他說：『這是很有來歷的羅剎閣。』（『羅剎閣』現在尚存，為名勝之一），我一聽羅剎閣的名字，便想起了羅剎夫人和幽蘭從前的匪號，想不到此處建著羅剎閣。好奇之心引著我到了羅剎閣內，閣上塑的是觀音大士像。我早知雲溪上人博學強記，深通內典，便向他問道：『羅剎二字，究作什麼解釋？這兒明明是觀音閣，怎又稱做羅剎閣呢？』

「他說：『羅剎二字是梵語，其義為食人暴惡之邪龍。但是我遊過身毒，羅剎又是印度古民族的名稱；這羅剎閣的羅剎，卻是一條邪龍。因為這條邪龍就是經觀音大士收服的，而且禁閉邪龍之處，便是羅剎閣地基的大石下面，所以閣上建立一尊觀音大像以鎮之。這段收服邪龍的故事很有趣味，載入大理府志。你要明白這段故事的詳情，我們多走五六里路到聖源寺去，向寺內借本「白國因由」一看，便知道了。』

「我問：『「白國因由」是什麼書，書名多古怪。』雲溪上人笑道：『不必多問，看到「白國因由」會對你說的。你看過這本書以後，我還要對你講一段最近羅剎二次出世的奇聞哩。』於是我們專程趕到聖望寺，雲溪上人說明來意，由寺內方丈十分鄭重的拿出薄薄一本黃緞錦裝、硃絲欄格的手寫本來。金箋籤條上，寫著『白國因由』，旁邊還有細字注著梵音漢譯，一名『白古記』。翻開一瞧，裡面寫著的大意，我還記得，大概是這樣的：

「大理古時是澤國，洪水浸到山腰；後來洪水下落，顯出一片壩子。在隋末唐初的時候，為羅剎所據，羅剎譯言邪龍，喜食人肉，百姓受害不堪。貞觀三年，觀音大士西來，化一梵僧，故意向羅剎募化一塊地方結茅靜修。這塊地方，只要袈裟一展、犬跳四步那麼大就夠了。羅剎許之，不料梵僧的袈裟一鋪，覆滿蒼洱之境，白犬四跳，佔盡兩關之地。

「羅剎後悔，一看雲端裡天龍八部，擁護鑒證，無可奈何，乃向梵僧說：『我土地人民都屬你管了，我眷屬子孫沒地方住，怎麼好呢？』梵僧說：『好辦！』於是在上陽溪澗洞內，幻化出金樓寶殿種種具備；羅剎大喜，盡室遷移進洞。梵僧即顯神通，以大石鐵汁封塞洞門，於是羅剎之患始絕。觀音化梵僧降羅剎之後，授記『細孥羅』為大理國王，故後人傳說，『細孥羅為白國始祖』。（這段神話，直到現在還刻在聖源寺大殿內二十張屏門上。）

「我看了這段羅剎的故事，才明白『羅剎』二字的出處。我想起從前羅剎大王夫婦的名頭，大約江湖上，把他們夫婦當作邪龍惡煞一般，才得這樣的綽號。在羅剎夫婦本身，也和你們一般，未必知道這個綽號的出處罷了。

「那時我和雲溪上人同到龍溪摩訶寺，他說：『你遊了羅剎閣，看了聖源寺的「白國因由」，知道了大理的地面，最初還是屬於羅剎統治的。因為古時有這一段神話，現在竟有聰明的人利用這段神話，在大理城內故意放謠言，說是羅剎閣下面，被觀音大士禁閉的羅剎修行圓滿，二次出世。而且觀音大士慧眼看出大理百姓要受瘟疫刀兵之災；只有二次出世的羅剎，才能挽救這場浩劫。』

「這篇鬼話，沸沸揚揚，越傳越廣，越信越真。不久便傳說二次出世的羅剎，化身一個美貌的女尼，智慧絕世，武功驚人，已被石母山榴花寨土司沙定籌迎入寨內，百般供養；四近苗族，奉若神明。這個消息傳出沒多久，榴花寨土司沙定籌，果然率領悍匪，襲了蒙化、彌渡，不日便要攻取大理。現在大理城內人心惶惶，四門緊閉，官府雖然極力佈置防守之策，但是人心搖動。省城救兵，一時難以飛越，也許那段鬼話，真個要應驗了。」

桑苧翁頓了頓，繼道：「我一聽到榴花寨作亂的真相，大理危在旦夕，不由我不惦記著你們兩人，是否已回沐府？省城如出兵剿匪，沐府定然難以置身事外；同時那個假託羅剎再世的女尼，究竟是何人物？想探他一個明白，再赴昆明去會你們，我便辭了雲溪上人，扮作走江湖、賣野藥的遊方老道，離了大理，向石母山榴花寨這條路上走去。

因為這條大路上，苗匪充斥，行旅裹足；我也想避免無謂的糾紛，遂撿著小路僻境，踽踽獨行。不想走迷了路，繞過了榴花寨，走進了這兒的龍畔圖山。這座山佔地甚廣，群峰起伏，人煙稀少；無法探明路境，只在高處遠遠看到了南澗鎮。姑且走下山來，尋到鎮上，再作道理。

「到了南澗鎮口，一看有官兵駐紮要口，不准百姓出入，便未進鎮去。翻著山頭，抄出軍營把守之處，走近了峰腳，一條曲折溪澗的邊上；溪澗那面便是南澗鎮。正想渡澗進鎮，忽聽得對崗一陣鼓噪，從鎮內一排矮屋後面，閃出一個年老的苗人和一個年輕苗女，身上背著竹筐，沒命似的跳入溪內。

「溪身七八丈開闊，水又流得急；老苗子和青年苗女水性很好，頭上還頂著竹筐子，半踹半泅的亂流而渡。剛到溪心，鎮上追出二三十個揚刀舞槍的官兵，嘴上喊著捉奸細；趕到溪岸，便一個個跳入溪內，來捉一老一小。老苗子和年輕苗女嚇得丟掉了頭頂上竹筐，手腳用力，箭一般泅到對岸，跳上岸拔腳便跑。那時我不明白是怎麼一回事，隱身遠處，且看這事如何結果。

「一看一老一小已經逃上岸來，可是溪內追的二三十個官兵，依然不捨，已有十幾個官兵追蹤上岸，分作三面，飛一般向一老一小包圍上去。一老一小飛逃了一程路，快要逃進一片密層層的松林；老苗子後面的苗女，不知怎樣一失神，一聲驚叫跌在地上。

老苗子一回頭，慌不及回身來扶苗女；略微一停步，幾個官兵，已搶入松林，擋住去路。後面追的人，也一齊趕到，刀槍亂晃，把一老一小圍在核心了。

「一老一小正在性命危急當口，猛聽得松林深處，起了動人心魄的厲吼。實大聲宏，音帶淒厲！吼聲起處，松林內竄出兩個遍身金毛、體似巨靈的大怪物，舞著四條長臂向一群官兵衝去。官兵一見這兩個怪物，嚇得發聲喊，拔腳便逃，槍刀弄了一地。那老苗子和青年苗女，驚上加驚，已嚇得跌倒地上，腿軟如泥。可怪這兩個大怪物，望著一般官兵後影，咧著巨嘴磔磔怪笑，並不追趕；卻把跌倒地上的一老一小撈起來，一人一個夾在肋下，轉身便走。

「我看得這兩個怪物舉動奇怪，好像存心來救一老一小似的。驀地想起金駝寨講說羅剎夫人養著的人猿，便是這般模樣；這兒怎的也有這般怪物？倒要探他一探，看這兩個怪物把一老一小救到什麼地方去。那時一般官軍已沒命的逃過溪去，我便瞄著兩個怪物影子追蹤。說也慚愧，那兩個怪物的腳程太快了。一縱身，便十幾丈出去；連蹦帶跳，簡直像飛一般。多好的輕功，也要望塵莫及。因為人類決沒有這樣的長力，怪物更不必擇路而行，走的盡是荒岩怪壑。我追了幾程，便失了怪物蹤影，連自己的路境都迷失了。

「我正在停步辨別方向，忽聽得身後嬌滴滴的喊道：『老前輩遊興不淺。』我吃了一驚！回頭瞧見一個異樣英秀女子，一身雅潔的普通苗婦裝束，赤手空拳，亭亭玉立，我竟會不覺得她怎樣到了我身後。這手輕功，實非常人所及。她不等我張嘴，立時躬身施禮，自報腳色，對我說道：『晚輩已和沐二公子羅家妹子結為同心之友。在金駝寨，暗中也曾拜識前輩道範，故而一見認識。不想此地巧遇，實在欣幸之至。』

「她這樣一說，我立時明白是羅剎夫人了。我說：『姑娘武功才識，小女小娟一再談及，不想在此幸會。剛才人猿救了兩個苗人，定是姑娘指使的了。』羅剎夫人點著頭笑道：『此地非談話之所，晚輩斗膽，想請老前輩同往不遠一個地方，以便求教。』我笑道：『老朽孑然一身，毫無牽掛，而且也想和姑娘一談，我們就此同行好了。』

「於是羅剎夫人領我到剛才你們休息的山谷內，這是昨天下午的事。那時谷內潭邊的茅篷，尚未搭就，我和羅剎夫人到了潭邊，人猿已把老苗子同年輕苗女，放在潭邊的草地上。可是這一老一小，認為身落怪物之手，嚇得魂靈出竅，父女緊抱，縮成一堆。旁邊兀自站著巨靈神一般的人猿，而且不止兩個，還有兩個，肩上抬著一乘竹兜子，也遠遠立著。羅剎夫人一到，向人猿們呼喝了幾句，大約是猿語，四個人猿，便遠遠退入松林隱藏起來。

「人猿退去，我們兩人便向老苗子和年輕苗女撫慰，問他們家在何處？怎會到南澗鎮去被官軍追趕，認作奸細？苗人原多迷信，他們親眼看見羅刹夫人呼叱怪物，如驅牛羊，當作活菩薩看待，一老一小朝我們不住的禮拜起來。羅刹夫人止住他們禮拜，好言慰問。

「老苗子說得一口很好的漢語，遂說他們村子離此不遠；因為地僻境險，外人輕易不到，村民也不願和外人來往。只有老苗子是個村長，又懂得漢語；凡是村內需要與外交易的東西，均由村長帶著一個副手到南澗鎮去交換應用東西。因為不常赴鎮交易，不知近日鎮上商民停市，駐紮了官軍，老苗子照常拿著兩筐本村編織的物件，還帶了他長女，跋山涉水，貿貿然進了南澗鎮。不料一般官軍，瞧見他女兒長得俏麗甜淨，以為一老一小兩個苗人可以欺侮，便帶著兵刃蜂擁而上。老苗子一看情形不對，領著女兒沒命的逃出村來。

「他說完原因以後，跪求我們到他村裡去，口口聲聲說：『倘蒙女菩薩和老神仙降臨村中，便是降福全村，百世蒙庥。』羅刹夫人微一思索，對我說道：『有這個去處，我們正用得著。老前輩大約還不知道，沐二公子和令嫒已與晚輩約定南澗相會，不久便到。現在南澗商民逃避一空，市店全無，我們沒法存身，不如把他們也引到村內，倒是極妙藏身之處。這事還得晚輩佈置一下，現在請老前輩暫在這兒伴著這一老一小，晚輩去去便來。』說罷，嘬口長嘯。四個人猿立時從林內飛躍而出，羅刹夫人坐上竹兜子，兩個人猿抬著竹兜子，兩個人猿跟在轎後，飛一般向來路馳去，眨眨眼便走出老遠。

「我親眼見著這位羅剎夫人的舉動，也不禁暗暗稱奇；而且從她口中，得知你們也要到此。雖然她沒有說明你們前來的情由，我也可以推測個大概來了。不到頓飯時光，兩個人猿抬著羅剎夫人回來，後面兩頭人猿，還扛著許多竹竿松枝。據她說，你們已和她定下相會暗記，只要在你們必經之路留下暗記，便可引入谷來。她又命四頭人猿搭蓋一座茅棚，聚起山石堆個煙墩。人猿奉命唯謹，立時分頭工作起來，手腳並用，靈活的和人一般。一老一小的苗人，一旁瞧得驚奇不止，一發把羅剎夫人，當作活菩薩了。

「我問羅剎夫人：『既有苗村這個去處，這谷內茅棚煙墩，作何用處？』她說茅棚是四頭人猿的宿處，免得帶到村內嚇死人，煙墩也是引領你們到此用的。諸事停當，她又向四頭人猿吩咐了一陣，才命老苗子父女領路，到了這小桃源般的苗村。羅剎夫人看得這所苗村，幽僻潔淨，苗民溫良，非常樂意，便在這村長老苗子家中，暫時受他們仙佛一般供養。

「這是昨天的事，和你們到此，只差了一天。昨天晚上，我們長談之下，她說出你們和她約會此地的內情，我也向她說明，我在點蒼山看到『白國因由』一段羅剎神話，和榴花寨內供養的女尼，以羅剎二次出世的鬼話，意圖淆惑人心，佔據大理，稱霸滇西。本想暗探榴花寨的女尼是何人物，不料走迷了路；遂將錯就錯，想到南澗鎮，再作道理，不意倒彼此巧遇了。

「她聽了我這段話，神采飛揚，興趣勃發。看她默默盤算了一回，對我笑道：『這一來，晚輩和令嫒的羅刹名號，萬要不得了，讓榴花寨那位雄心勃勃的尼姑，獨家專有好了。剛才老前輩講的一段羅刹神話，非常有趣。那女尼以二次出世的羅刹自居，晚輩卻要以觀音大士化身標榜，和那女尼開個玩笑。最有趣是令嫒一到，三位羅刹會滇西；後人如果把這段故事加以神化，定比「白國因由」一段故事還熱鬧。今晚我們休息一夜，明天請老前輩在此，等候令嫒令婿到來。晚輩先到榴花寨去，暗地探個明白，等晚輩回來，大家再作計議。』第二天起來，便不見她的蹤影，也不知她什麼時候走的。她有飛行絕跡的人猿抬著走，當然履險如夷。我們現在只有等她回來，看事論事，再定辦法罷。」

桑苧翁這樣講明了先後經過，沐天瀾、羅幽蘭才明白了一切情形。三人又談了一陣，才分頭安息，靜候明天羅刹夫人到來，再作道理。

第廿五章　世外桃源

第二天，日色過午，羅剎夫人還未到來。羅幽蘭等得有點不耐煩起來，讓翁婿倆在屋裡談心，自己悄悄的走出屋外來，寶劍、暗器都沒有帶。外屋幾名家將站起來，預備跟後隨從，被羅幽蘭止住了。自個兒緩步出門，斜依著門外走廊扶欄上，觀賞山景。

只見峰巒合抱，山翠欲滴，門口淙淙有聲的溪水，倒映著峰影，碧油油的清澈可鑒。兩邊溪岸雜樹成林，林下淺草平鋪之中，一叢芬芳馥郁，五色繽紛的香花，到處都是。微風陣起，便覺得山川清淑之氣夾著各種花香，撲人眉宇，沁腦醒脾；全村卻又靜盪盪的，顯得那麼幽閑。只遠遠蘆葦淺水間，兩三老漁，駕著小小的獨木舟，趕魚入網；一群黃毛乳鴨，在溪邊泛泛而游，樹上的小鳥兒，啾啾唧唧的唱著歌。對面山坳的杉樹林內，斑鳩和布穀鳥的啼聲，也一遞一聲的唱和著。

羅幽蘭賞心悅目之下，覺得這個小小苗村，不用說在苗族裡邊尋不到，便是漢人的山村也少有這樣整潔雅緻的村落。

她轉臉看到左面的溪流，拐過一個山腳去，遮住了視線。這個山腳是左面一片赭黃色崗上伸下來的一條崗腳，崗腳上面疏疏的矗立幾株長松；龍蟠鳳翥的松蔭下面，建著一個小巧的茅亭。她被這個小巧茅亭吸引住了，走下門前的木階，沿著溪岸，順著崗腳斜坡，走了上去。

她一進茅亭，向崗腳那一面舉目縱眺，頓覺景界一變。原來這一面逶迤的山崗，臥龍似的環抱著一個半月形的湖面，有十幾丈寬闊。日光照在漣漪清澈的湖面上鱗鱗的波紋，閃閃的發出耀目的金輝。張著雪白翅膀的長腳水鷺，貼著湖面掠波飛舞，有時長長的利喙一個猛子扎下去，靜靜的湖面上，起了一圈圈的小暈。它卻從別處衝波而起，嘴上銜著銀光細鱗的小魚，飛入對湖綠蒲紅蓼的深處，悠然自得的享受牠的勝利品去了。

羅幽蘭樂而忘返，正在看得出神，忽聽得一陣輕盈的歡笑聲。一群青年苗女花蝴蝶一般，從這面崗腳下林內飛舞而出，頭上並沒用布纏著，一個個散髮披肩，耳鬢上綴著花朵。

上身短短的葛布衫，長長的花布裙，緊緊的束在細腰上，下面露出純白的赤足，一蹦一跳的趕到溪邊。毫不躊躇，一個個爭先脫下上身短衫。貼身並無抹胸之類，赤裸著光緻緻的上身，把脫下衣衫堆在岸上，卻不解裙；兩手擰起左右裙角走下水去，再緩緩的蹲下水去，花布裙也跟著提高起來。忽地一鬆腰扣，解下花布裙往岸上一拋，很迅速的全身浸入水內，向湖心泅去。十幾個苗女幾乎動作一致，碧清的湖心登時多了十幾個赤裸的青年苗女，雖然全身浸入水內，但是碧綠的湖水、雪白的皮膚，在飛波濺沫間浮沉隱現，宛似一群水仙，裸舞於翠綠的水晶宮中。

羅幽蘭眼看著這一群活潑天真的苗女，遊魚一般在湖中，自在遊行，幾乎也想脫光了躍入清波，參加游泳。情不自禁的走出茅亭，一瞧這面不是斜坡，是陡峭的山壁，上下有七八丈高。她一撩衣襟，正要施展輕功，飛身而下。忽聽得身後茅亭上噗嗤的一笑，悄喝道：「哪兒闖來的野男子，敢在這兒偷看人家沐浴！」

羅幽蘭一轉身，瞧見了亭內說話的人，頓時心花怒放。一聳身，躍得亭內，拉住那人的手跳道：「姊姊，怎的這時才來？叫我們等苦了。」嘴上說著，兩眼卻打量羅剎夫人一身裝束。

原來羅剎夫人這時裝束，與前不同。頭上用淡青綢帕攏髮，身上穿著月白色對襟佇絲衫，長僅及膝，腰束羅帶，下面露出月白色中衣，套著一雙鹿皮薄底尖尖的劍靴，身後斜背著一個包袱。臉上兩個酒渦，依然不斷的露出媚笑。她向羅幽蘭笑道：「我遠遠瞧見以為是他，到了你身後，才知是你。」

羅幽蘭笑問道：「他是誰呀？」

羅剎夫人秋波一轉，笑道：「我不知道他是誰？我記得在金駝寨樓上，聽到你喘吁吁的叫著那個的，便是他呀！」

羅幽蘭想起她聽隔壁戲的一幕，嬌羞不勝，笑罵道：「刁鑽的姊姊！我問你，你在玉獅谷是怎樣叫他的呢？」

兩人逗趣了一陣，羅幽蘭又拉著她的手，叫她瞧自己一身男裝，笑說：「姊姊，我穿著他的衣服，一路行來，和他兄弟相稱。人家一點瞧不出來，還以為我們是一母同胞哩！」

羅剎夫人道：「剛才你自以為女子，想縱下崗去和一群白夷姑娘廝混，可是在她們眼裡，你卻是個舉世無雙的美男子。白夷又是女多男少，雖然不和其他苗族結婚，但如果是漢人，她們便把祖傳神秘的蠱藥，下在你吃喝的東西裡面了。她在你身上種了蠱，便不怕你離開她們，而且對你說明，非和她終身廝守不可。你如不信，偷偷的跑掉，兩月以內，定然蠱毒發作，無藥可救。如果跑回來得快，她們自有靈妙解藥，立見功效。

「據說她們所放蠱毒有幾十種，一種有一種的解藥；所以一沾上她們，休想脫身。但是她們對於丈夫的溫柔體貼，真是世間少有，漢人甘心做她們不二之臣的，也未嘗沒有。凡是養蠱人之家，她們的屋宇器具，必定不染纖塵，內行的也看得出來。你瞧這小小苗村，不論哪一家，門內門外多麼整潔，這便是養蠱的標誌了。你看得這般活潑雅秀的苗女，非常可愛，哪知道她們俘虜情人的手段，異常可怕哩。」

羅幽蘭道：「從前我聽說水擺夷的女子，常有放蠱的事。水擺夷原是白夷後裔，這樣說來，這兒也是水擺夷了。」

羅剎夫人道：「白夷分好幾種，這村中女子近於水擺夷，卻比水擺夷還優秀。水擺夷的男子，好吃懶做。事事都由女子操勞。這村裡的白夷，男子和女子一樣操作，不過女多男少，這也是白夷逐漸衰微的緣故。你不要輕視她們，這種優秀的白夷，較其他苗族開化略早，而且的確是白國始祖『細弩羅』之後，所以稱為白夷。」

羅幽蘭忽然皺眉道：「我們住在她們家裡，我和他吃過她們不少東西；萬一她們看上了他或者她們也把我當作男子，暗暗下了蠱，我們可受了害了。」

羅剎夫人大笑道：「我的小姐，你又多慮了。她們非常迷信，蠱神是她們最崇敬的神道，她們個個都在神前罰過重誓，決不敢隨意下蠱。而且我救了一老一小的性命，把我們敬如神明，怎敢胡來呢！」

說罷，兩人手拉手的走下崗腳的斜坡，向老苗子茅屋走回。路上羅幽蘭忽然想起一事，問羅剎夫人道：「家父說，姊姊單身匹馬去探榴花寨。那個妖言惑眾、號稱『羅剎二次出世』的怪女尼，見到沒有？究竟是怎樣的人物呢？」

羅剎夫人明白她問的用意，暗暗一樂，故意逗她道：「想不到二次出世的羅剎，長得真像天仙一般，我見猶憐。我們這位公子，大約劫數難逃，我正為此事暗暗發愁呢！」

的姑娘麼？」

羅幽蘭一聽，急得了不得，慌說：「姊姊，你得思患預防，不必叫他上榴花寨了。」

羅剎夫人忍著笑道：「留他一人在這兒也不是事，你忘記了這兒也有一般善於下蠱的姑娘麼？」

羅幽蘭跺著腳說：「這怎麼辦呢？」

羅剎夫人忍不住了，撇著嘴，扭著腰，笑得風擺荷葉一般。

羅幽蘭立時醒悟，嬌嗔道：「你不用笑，你也不用使壞；不管你是真是假，橫豎不是妹子一個人的事，大約姊姊比妹妹還擔心哩。」

兩人一路說笑著，到了老苗子門前。沐天瀾已在門外走廊上笑臉相迎，向羅剎夫人輕輕叫了聲「姊姊」。兩人相視一笑，好像隔開了好幾年似的。

羅剎夫人進屋和桑苧翁相見以後，大家便在裡屋坐下。

老苗子和他兩個女兒，真把羅剎夫人當作活菩薩一般，凡是村中認為名貴的東西，不論吃的用的，盡其所有來供奉她。

羅剎夫人過意不去，只揀了幾樣解飢解渴的果品食物，其餘的好言謝卻。又對他們說：「你們需要的鹽粑、麵米等糧食，我替你們搜羅得幾口袋來，大約夠你全村吃用一時的，現在都擱在左面土崗上。不必驚疑，你們自己去拿來，按戶分發了罷！」老苗子和他二女，驚喜之下，千恩萬謝的一步一拜退了出去。把老苗子父女敷衍走了以後，四人開始密談起來。

羅幽蘭笑道：「姊姊，你送他們的東西，從哪兒尋來的呢？」

羅剎夫人笑道：「也可以說是偷來的。昨晚進了榴花寨，不意寨內空空，只剩了有限幾個苗匪看守寨基。前後搜羅了一陣，確是傾巢而出。人雖搬走，存的東西倒不少，想起這兒老苗子父女，本想到南澗鎮以有易無，不意受了一場驚嚇，反而把自己兩筐子東西都丟在溪裡了。所以我賊不空過，順手牽羊拿點糧食，叫跟去的人猿捎了回來。送與他們，也是禮尚往來，算我們在此打擾的禮謝了。」

沐天瀾道：「榴花寨是沙定籌的巢穴，怎會遷移一空？大約沙定籌和他部下這次傾巢而出，預備孤注一擲，有進無退了。」

羅剎夫人點點頭道：「苗匪們當然以為可以橫行無忌，才敢傾巢而出。其實沙定籌聯合的幾股苗匪，畢竟粗魯無謀，處處都受人愚弄，將來不管成敗，無非替別人賣命罷了。我對於滇西苗情，素來隔膜；幸而一到此地，便會見了老前輩。從老前輩口中，得知苗匪裡面，還有個女尼妖言惑眾。利用古時一段羅剎神話，又是本地風光，便以羅剎二次出世淆惑人心，又用詭計籠絡沙定籌一股苗匪，供其驅使。我一聽到這消息，不但是滇西又出了一位羅剎，引起我好奇心，同時我算定我們三人這次滇西之行，有否成就，關鍵全在這個女尼身上了。」

「昨晚決計先探一下榴花寨，暗地瞧一瞧那個女尼，究竟是何路道。從這兒龍畔圖山到石母山榴花寨，也有四五十里的山道，我坐著人猿抬的竹兜子，卻用不了多大工夫。路境是預先打聽了一個大概，幸而石母山只有這個大苗寨，石母山面積並不大，居然被我尋到了地頭。大約不過三更，我吩咐人猿在僻靜的山頭候著，自己暗暗躍進榴花寨內，察看寨內情形。寨內冷冷清清的沒有多人，只前後碉砦上，有一小隊苗卒在那兒守夜。從前寨探到後寨，一般的靜靜得沒有人聲。

「我覺得奇怪，正想捉住一個守夜苗匪，逼問實情；忽聽得後寨一間屋內發出鐵索摩擦的聲音。我從屋上躍下，側耳細聽對面屋內，有人長吁短嘆。一看四面寂無人影，走近那間屋子，門卻開著，影影綽綽似乎有個人鎖在屋內一根石柱上，不斷的發出鐵鏈和石柱的摩擦聲。我進屋去才瞧出石柱上用鐵鏈反鎖著一個披髮頭陀，長得非常雄壯。那頭陀也看得我突如其來，大為驚詫。

「我便問：『你是誰？怎的被鎖在苗匪窩內？』那頭陀倒是個硬漢，冷笑道：『此地絕對沒有江湖好漢到此，我知道你是妖尼一黨。要殺便殺，皆不皺眉。』我一聽口音是漢人，只說了一句：『不必多嘴！』使用指力將鐵鏈弄斷，將他放出，隨即轉身出寨。（編案：此處有脫漏。）那頭陀追蹤而至，武功似乎有相當造詣。到了離寨的一處山腳下，我停住身。那頭陀先不向我叩謝，欲問我為何救他，是否妖尼指使？

「我明白他這樣疑心，其中定有別情。遂微一冷笑，喝道：『路見不平，江湖常事，何況你是漢人。既然被我無心撞見，理應援手。現在我問你一句話，你如果知道妖尼所在和苗匪舉動，請你趕快說出實情，否則各奔前程，不必嚕囌了。』頭陀一聽我語氣便明白不是匪黨，慌不及向我合十禮謝，說明他被匪綁縛關禁的經過。

「原來這頭陀是嵩山少林門弟子，法號大化。他對我說：『立願苦修行腳，募化十方，朝參各大叢林。從河南一路行來，由川入藏，由藏入滇，參拜了雞足、點蒼各大名剎，到了蒙化南門外育王寺。適值苗匪亂起，佔據蒙化，一時不便啟程，暫在育王寺掛單。不料一夜更靜時分，無數苗匪突然包圍了育王寺，明火執杖，打入寺內。全寺僧眾軟弱無能，從方丈起到打雜燒火，共一百多個和尚，都被苗匪捆得像豬羊一般，只逃出了我一個掛單頭陀。最傷心的是窮凶極惡的苗匪，竟把一百多個和尚，拉到後山，盡數推下萬丈深淵，死於非命。我仗著身上一點武功，雖然逃得性命，苦於孤掌難鳴，而且失了安身之處。

「『幸而那育王寺原是一所敕建古寺，殿宇層層，地方極大。我晝伏夜出，尋點糧食，藏匿僻靜處所，一時還不致敗露。其實那時我要逃離匪窩，尚非難事，我所以不肯離開育王寺，是存心要窺探匪情，乘機殺死幾個苗匪首領，替全寺和尚報仇，稍泄胸頭之恨。不意我在暗中窺探了幾夜，覺察蟠據寺內許多匪人，裝束詭異，語帶川楚口音，並非榴花寨苗匪。他們把寺內幾層大殿也改頭換面，佈置得五光十色，非僧非道，我才明白是川藏邊界白蓮教餘孽，潛入滇西，和苗匪混合在一處了。又探出其中首領，便是苗匪敬如神明、號稱羅剎再世的女尼，苗匪尊為羅剎聖母。

「『羅剎聖母手下的匪徒，男女均有，苗漢混雜。有一夜起更時分，我偷偷的趴在屋角暗處，瞧出這夜情形不同。大殿門口月台上火燎燭天，裝束怪異的匪徒，布滿了月台上下，山門口苗匪像潮水一般湧了進來。後面還跟著蒙化城內老少住民，苗漢均有，人人手上都舉著一股信香，鴉雀無聲的跪滿了大殿月台下面一大片空地。

「『最奇怪的是，當初我瞧見大殿口卷廊的左右兩條紅漆柱上，各蟠著一條似龍非龍，烏油油泛著金光的東西，我以為是彩紮的裝飾之物。不料月台下擠滿了人們以後，殿門口升起極大的一盞紅燈，門內垂下五色琉璃珠簾。簾內華燈璀璨，寶光四燭，才瞧出簾外兩邊柱上蟠著的東西，竟是活的，斗大的怪頭、碗大的怪眼、火苗似的舌信子，以及烏光閃閃的鱗甲，在內外燈光交射之下，不斷的在那兒低昂擺動。

「『這一下，倒把我嚇得流汗。再定睛細瞧簾內，當簾似乎設著一個寶座，卻是空的，寶座兩旁，有兩個彩麗女子分執長柄孔雀寶扇，屏息肅立。一忽兒簾內細樂悠揚，簾外殿門口，平空從地上冒起骨嘟嘟的白煙。霎時煙霧迷漫，異香四澈，瞧不見簾內景象。月台下面的人們，個個俯伏於地，喃喃不絕。半晌，簾外香煙漸漸稀薄，漸漸看出簾內寶座上已經端坐著一位瓔珞披體、寶相壯嚴的女子。那時我驚疑之下，一不做，二不休，正想換個地方，看得清切一些。忽見簾外白煙又起，一陣煙過，簾內寶座上的女子，倏已不見。珠簾一捲，殿內走出兩個異樣裝束的匪徒，手上拿著一捲不知什麼東西，走向月台口。

「『正在這當口，我在屋角上偶一抬頭，猛見我四圍屋上牆上，從暗處都顯出人影來，手上都有傢伙。我便知不好，抽出身邊戒刀，預備逃出，不料對面殿脊上弓弦響處，彈丸已迎面飛來。我用戒刀護面一擋，正迎著飛彈。卜托一聲，彈丸竟會爆裂如粉，鼻子聞著一股異常的香味，立時頭目昏昏，失了知覺。等得神智清醒，身已被擒，當夜押解到榴花寨關禁起來。每天有一個奸滑匪徒，向我盤問來歷，勸我投降，而且每天酒食相待。這樣過了好幾天，苗匪看出我誓不投降，預備再過三天，如再沒有悔意，便要把我處死了。不料絕處逢生，不到三天限期，便蒙女英雄搭救出險了。』」

羅剎夫人繼道：「大化頭陀這樣一說，我又明白了苗匪一點內幕，可以斷定榴花寨的沙定籌定在蒙化城內，羅剎再世的尼姑，定把育王寺做了巢穴了。那時我對大化說：『你如尚有勇氣，我有法子讓你報仇。否則，你從此地向哀牢山走，可以遠離匪窟，從滇南轉昆明去。』大化憤然說道：『這條命是女英雄賜我的，倘然追隨女英雄得洩全寺僧眾慘死之恨，赴湯蹈火，誓不皺眉。』我又問他：『從榴花寨到育王寺有多遠？』他說他被匪徒押解到此，記得並沒多遠，大約二十幾里山路。

「我說：『好！現在你可以重進榴花寨，揀一匪徒不易找到之處，暫時藏身。因為寨中留下看守的苗匪，人數不多，反而容易隱身。明天發現你已逃走，更料不到你這樣大膽，仍在寨中隱跡。不過你在寨中偷點喝的吃的，可得當心，不要露出馬腳來。一兩天內在此相會，自有計較。』

「我送他重進榴花寨，指定逃藏地點以後，我也順手牽羊，替這兒村長找了點應用糧食，命人猿捎了回來。一路又辨明了進出路境，做了標記。這樣，我也耽擱很久的工夫，人猿們又沿路尋找自己的糧食，撈了幾隻野獸，足夠牠們飽餐幾天。諸事粗備，才動身回來，不知不覺也花費了一夜工夫。回來時，從高處看出一條捷徑，到此可以近不少路，所以我走的時候從右面小谷出去，回來時卻從左面山崗翻過來的。現在話已說明，我們得想進身方法，和那女尼一決雌雄了。」

桑苧翁坐在上面，很沉默的聽著羅剎夫人說話，右手不斷的撚著胸前的長鬚。此刻聽完了話，緊接著羅剎夫人語氣，緩緩說道：「照這樣情形看來，愚蠢的沙定籌，已經墮入白蓮教匪的圈套之中。不用說，榴花寨的苗匪，敬畏再世羅剎已在自己土司之上。那女尼為什麼要這樣做？當然為的是苗匪迷信的愚蠢，容易利用。巧使苗匪做擋箭牌，白蓮教的匪徒們，可以隱在背後，擴充基業。等得白蓮教的黨羽聚集，佔據了大理以後，像沙定籌這種東西，當然可以隨意擺布，也許棄之如敝履了。

「這樣說來，滇西的禍亂，不能當作苗匪之亂，實在還是白蓮教的死灰復燃。這種情形，省城的昏冗官吏，做夢也不會想到的。可是天下事真不可思議，老朽當年為了剿撫白蓮教匪，才由湘入黔，棄官偕隱，發生羅剎峪一段奇事。不料數十年以後，現在和你們又碰上白蓮教匪了。前因後果，那堪回首呢？」

羅剎夫人笑道：「老前輩飽經世故，不免感慨，便是晚輩當年和先師在三斗坪，手除追魂太歲左老禿一般白蓮教餘孽，何嘗不是前塵如夢？現在又要和此輩周旋，可是先師導育之恩卻不可復得。細想起來，人生真是如露如霜，一場春夢而已。」說罷，微微嘆息。

沐天瀾坐在羅剎夫人肩下，見她面有愁容，忍不住說道：「莫談往事，且顧眼前。現在我們總算探出匪情，敵人首要如今不是榴花寨的沙定籌，卻是育王寺的羅剎女尼，不是凶悍的苗匪，卻是詭異的白蓮教匪。對付苗匪似尚易圖，對付狡詐的教匪，怕不容易。只憑眼前我們幾個人之力，想把教匪、苗匪，一齊壓伏下去，實在覺得不易措手……」

羅剎夫人眼波一轉，朝他臉上瞅了又瞅，怡然媚笑，並不則聲。

沐天瀾面孔一紅，疑惑羅剎夫人笑他膽怯，胸脯一挺，朗聲說道：「我並非膽怯，因為大理危在旦夕，省城又少節制之師。我們身入虎穴，必須施用奇計，一舉而制其命脈，還不能耽延時日。論眼前情勢，真是難上加難了。」

羅剎夫人仍然微笑不答，卻向羅幽蘭問道：「蘭妹定有高見？」

羅幽蘭黛眉微蹙，似乎正在深思遠慮，突然聽得羅剎夫人問她，脫口說道：「妹子正在思索大化頭陀見到的殿柱蟠龍，被擒的迷魂粉彈。不知道匪徒們什麼鬼畫符，我們也得預籌防禦之策。」

羅剎夫人啞然笑道：「這點鬼畫符，毫不足奇。深山大澤的怪獸毒蟲，我見過很多，卻沒有見過神奇變化的龍。龍是什麼樣子的怪物，大約老前輩也未必親眼見過……」

桑苧翁只微微一笑，並不置言。

羅剎夫人又說道：「白蓮教鬼畫符，我有點明白。世人傳說白蓮教的種種怪誕異行，都是受了白蓮教匪人愚弄，故意渲染得神乎其神。其實他們這點鬼畫符，無非是江湖上一套把戲，改頭換面，裝神作鬼，哄弄愚民罷了。就算蟠在殿柱上兩條東西，真是活的，也許是兩條馴良無害的巨蛇而已，我可斷定。匪徒們究為什麼要裝點這種東西呢？無非使愚蠢的苗匪，格外敬畏，一半藉這兩條東西，使人們不敢近前窺視。

「大化頭陀不是看到簾外地上冒起白煙以後，簾內才現出羅剎聖母來，而白煙再起，聖母無蹤麼？這種都是同一手法的鬼畫符，故意裝得隱現莫測，使人們信為神通廣大罷了。其實明眼人一看即穿，何足為奇。

「至於迷魂彈，也是白蓮教的傳家衣缽，近於拐匪拍花用的迷藥，無非藥性較為靈速罷了。先師在日，也曾指教破法，臨時微一提氣，堵住鼻竅，趨向上風，便可無害。最好預先擦點龍涎香，再用濕棉塞住鼻竅，便萬無一失。這種下流鬼計，只要預先提防，毫無可奇，要緊的是剛才瀾弟所慮，必須一舉制其命脈。這話很對，我們對於這層，真得大費心機。我一路回來，坐在竹兜子上，已想了半天了。」

桑苧翁一面聽，一面不住點頭，向沐天瀾、羅幽蘭呵呵大笑道：「你們不用發愁，我察言觀色，你們羅剎姊姊定已智珠在握，成竹在胸了。」

羅剎夫人笑道：「老前輩休使激將法。回來時路上雖然想了個主意，未必有十分把握，還得向老前輩求教。這次我們能夠碰著老前輩，真是幸運，也許是成功的先兆。蘭妹，你說是不是？」

羅幽蘭道：「姊姊處處都要用驚人之筆。這一次，可不比飛馬寨，你把妹子蒙在鼓裡，令人嚇個半死。姊姊如果已有主意，就說出來大家聽聽罷。」

羅剎夫人搖頭道：「知己知彼，才能百戰百勝。我們到此不過一兩天，只從陌不相識一個大化頭陀口內，探得一點匪情的大概，哪能魯莽從事？蒙化城內和育王寺中，非得親自探個實在，才能看事做事哩！」羅剎夫人說到這兒，忽向沐天瀾問道：「你們行囊中帶著筆墨沒有？」

沐天瀾說：「我帶著我家軍符空白札子，預備臨時調用就地官兵，所以帶著筆墨，以便隨時填寫空白符。」

羅剎夫人道：「很好，軍符空札，也有用處。現在你去吩咐家將們濃濃的研一大碗墨水備用，再向老苗子討兩疋布來。這村子家家編草織布，討取兩疋布，大約拿得出來。不論什麼布都可以，只要寫得上字，看得分明使得。」

大家聽得摸不著頭腦，不知她葫蘆裡賣什麼藥。沐天瀾站起來，依言到外屋吩咐家將研墨，又尋著了老苗子，把羅剎夫人索布的話說了。老苗子奉命唯謹，一陣風似的跑到別家去，少時抱著苗人紡織的兩疋白紗布，交給沐天瀾，回到裡屋，便問有何用處。

羅剎夫人道：「回頭墨磨濃時，你替我在每疋布上，寫十個大字，便是『觀音大士捉拿逃妖羅剎』幾個字。字須寫得大大的黑黑的，要使人遠遠便瞧得出來。沒有大筆，胡亂用破布破帚便可。」

桑苧翁大讚道：「妙極，妙極！此舉好像治病的大夫，先抉病源，然後對症下藥。」

羅幽蘭道：「我也有點明白了。這是以毒攻毒，以鬼畫符對付鬼畫符。現在我們兩人是觀音大士身邊的金童玉女，要恭聆降妖的敕令了。」說罷，格格的嬌笑不止。

羅剎夫人也笑道：「不用笑！你自己瞧瞧，還像玉女麼？像個頑皮的野小子了。」

她說了這句，突然笑容一斂，轉臉向沐天瀾說：「你再替我填寫兩張調兵的密札，分送老虎關和大理的守將。不必細寫，只要說明苗匪在這幾天內，內部定有變動，非但攻不了大理，也絕不會竄擾老虎關，老虎關上只要多插旗幟，作為疑兵，便可無事。符札一到，迅速撥調大批精壯軍弁，移駐南澗，以壯聲勢。如果望見蒙化城內火起，務必大張旗鼓，佯作攻城之勢；如探得苗匪出城逃竄，不必攔截，乘勢克復蒙化。蒙化一經克復，彌渡便可唾手而得。這是對老虎關尤總兵說的話。

「至於大理方面，只要通知守將，多派諜報，探取軍情。如果瞭望蒙化起火，立時率兵出城；做出和南澗官軍，取腹背夾攻之勢，不必真個遠離城關，以免有失。這大理的符札，也找尤總兵設法投遞。老虎關通大理的官路，雖然彌渡已失，但苗匪究竟烏合之眾，志在劫匪，不諳軍機，定有捷徑可以繞道到大理去。這兩封公事，明天午前你得親自帶著，到南澗一趟，和該鎮領兵的官兒秘談一下，叫他立時派幹弁馳送老虎關，可是不能洩漏我們的內情。而且你得想好應說的話，回來時不要把來去方向，落在官軍眼中。今天你只要替我寫幾個字，旁的事你不用管了；可是那兩疋布，今晚便要用它，你就替我大筆一揮罷！」

沐天瀾深知她性情，絕不尋根究柢，拿著兩疋布到外屋寫字去了。

羅剎夫人向桑苧翁說道：「晚輩昨夜到了榴花寨，雖然苗匪首腦已經離去，可是寨前寨後一點形勢和平日佈置，也看得出一點大概來。像榴花寨這點基業，還比不上金駝寨龍家的規模，沙定籌憑這點小小基業，居然敢犯上作亂，真是喪心病狂。傳到省城，不知怎的渲染，認為火已燎原。其實照大處觀察，沙定籌沒有白蓮餘孽鼓動迷惑，未必敢佔據城池；一半也是平日地方有司，軟弱無能，養癰貽患。大約只要把幾個白蓮教餘孽壓服下去，沙定籌便無能為。所以晚輩預先佈置了一著閑棋，叫老虎關、大埋兩處官軍，虛張聲勢。萬一我們成功，他們也可不勞而獲，鋪張揚厲的表一下克復失地的功勞；骨子裡卻是叫官軍們明白是沐府的力量。而且使他們驚奇一下，猜不透沐府用什麼法子，能夠不動聲色剿住了方張之寇，以後對於沐府，總可保全一點威信，我們也不致白費精神。

「話雖如是，我們究有幾分把握，晚輩此刻也未敢自信。今晚老前輩替我們鎮守大營，晚輩和蘭妹還得親到育王寺偵察一下，順便把寫好字的兩疋布帶去，分別掛在城中寺內的高處，先叫匪黨們驚駭一下。這樣，好比秀才們做文章，白布上寫的十個字，好像是一篇文章的題目，緊接著照這題目做下去。文章的好壞，還得看我們文思靈活不靈活，還得觸景生情，隨筆潤飾哩。」

桑苧翁大笑道：「一定是篇好文章，我得從頭至尾細細拜讀。可是笑話歸笑話，你們兩人今晚能夠不露面才好；兵不厭詐，不要一下子開門見山，被匪徒們摸著門路。再說，匪徒突然發現了兩疋布上的驚人大字，定有一番騷動；尤其是那個妖尼，定要想法查究來源。卻叫匪徒們捕風捉影，無跡可尋，然後我們出奇制勝，突然一下子制住他們。不過怎樣才能夠一下子制住他們，還得今晚你們暗中查勘明白了，才能對症下藥哩。」

羅剎夫人兩隻潔白的玉手，輕輕一拍，點著頭說：「老前輩一語中的，這便是今晚我們暗探育王寺的本意。」

大家商討停當，日已下山。西面山角一抹晚霞，疊疊的金紫光輝，映得窗外花畦和茸茸草色，也浮著一片異彩。桑苧翁飄然而出，大約也被窗外溪山清幽之景所吸引，去到門外舒散筋骨去了。

沐天瀾正在外屋，凝神壹志的在那兒寫布上大字。兩女不去驚動他，自顧自在裡屋喁喁密談。羅幽蘭把自己懷孕一檔事悄悄的告訴她，請她想個辦法。

羅剎夫人笑道：「我的小姐，我和你一般都是外行呀！這種事，便是請教諸葛亮，也是一籌莫展。你不是愁肚內有喜，你是愁沒有開張，沒法出貨。其實你是多慮，你們這樣恩愛，早晚膠在一塊兒，大約沐府上下誰也瞞不過，順理成章的讓他出來，誰敢說不是沐二公子的孩子呢？我們這種人，只講天理人情，不講虛偽的禮法，只要我們自問是情理上應有的事，一毫都不用顧忌。不過女人偏有這檔麻煩的事，實在做女人的太吃虧了。」說罷，一想自己也是女人，難免也有這麻煩的事，不禁笑了起來。

羅幽蘭嬌嗔道：「人家求教你，你不替我想法子，反而取笑起來了。」

一語未畢，沐天瀾寫好了字，剛一步邁進屋來，問道：「你們笑什麼，我也樂一樂。」

羅剎夫人朝他瞟了一眼，笑道：「喂！你懂得『樂極生悲』這句話嗎？我們正在說你樂出來的禍，你倒還想樂一樂哩！」說罷，撇著嘴，笑得百媚橫生。

羅幽蘭卻又笑又羞，飛紅著臉笑罵道：「呸！做姊姊的，虧你說得出口。」

沐天瀾也覺悟了說的是那樁事，卻癡癡的望著兩人，飽餐秀色。

羅剎夫人向他招著手說：「你來！我對你說……」沐天瀾過去坐在她身邊的蒲墩上。

羅剎夫人說：「今晚我和蘭妹去探育王寺，你們翁婿在此看守寨基……」

沐天瀾攔著說道：「不行，我得同去。」

羅剎夫人笑道：「我好意叫你在家裡養養精神，你倒不樂意了，傻子，你知道我帶來只有四頭人猿，三個人兩個竹兜子，沒法抬呢！再說，叫老前輩一人在此也應該讓你陪著他呀！」

羅剎夫人這樣一說，沐天瀾才沒有話說，卻又問道：「今晚你們回得來麼，你昨晚定然一夜沒睡，你自己也得養養精神呀！」

羅剎夫人臉上不斷的媚笑，一對秋波，盯在他臉上，半晌，才說道：「你放心，我不礙。今晚不和匪徒見起落，也許不到天亮就回來了，事情完了，回家去再睡舒服覺罷。」說罷，眼向羅幽蘭瞟去，恰好羅幽蘭一對妙目，露著神秘的笑意正對著她，兩人眼光一碰，不禁都笑了起來。兩人一笑，沐天瀾神魂飄然，不斷的玩味著羅剎夫人最後說的那句話。

第廿六章　九尾天狐

蒙化小小的一座山城，原是山脈交錯之間的一塊盆地，地勢非常扼要，為滇西滇南的交通樞紐，城內商民，苗多於漢，不過這種苗族歸化較早，風俗習慣大半漢化。平日希望是安居樂業，過太平日子。自從榴花寨沙定籌率領凶悍的苗匪佔據了蒙化，城內商民不論苗漢，個個都怕在臉上，恨在心頭，緊閉門戶，藏匿財寶，提心弔膽的盼望官軍早早趕走苗匪，重見太平。可是對於羅刹二次出世的神話，以及育王寺內白蓮教匪徒的鬼把戲，大半信以為真，每逢寺內羅刹聖母開壇降福之時，城內城外一般商民，這時膽子忽然大了起來。一個個捧著一股信香，耗子出洞般，成群結隊奔出南門，擠進育王寺的山門，嘴上喃喃祝禱，跪求活靈活現的羅刹聖母，早點大施法力，挽救這場刀兵之劫。

可笑這般可憐的人們，也不瞧瞧大殿月台上進進出出的聖母門徒，一個個跨刀背劍，殺氣騰騰，扛著白森森梭鏢的苗匪們也一樣的跪在月台下面喃喃求福。求免災禍的人和發動刀兵的人，混在一塊兒同樣的喃喃求福，這種滑稽的矛盾，這般商民便無法解釋了。

育王寺羅刹聖母開壇降福，總在晚上起更以後。這一天晚上，無風無雨，一輪初夏的涼月，掛在大殿上面的挑角上。

月台下面的甬道兩邊空地上，排列著十幾株合抱的參天古柏，柏樹下面空地上已經鴉雀無聲的跪了一片求福的人們，月光被柏樹枝葉擋住，瞧不清樹下面人們的面目。月台上和大殿門口，這時也陰慘慘的尚未點起油松火把，只幾個裝束詭異，看守殿門的，捧著長矛，仲翁似的對立在月台上。

從山門到大殿口，整個鬼氣森森，令人頭皮發炸，尤其是柏樹下面，黑壓壓一片人們手上信香尖上的火光，跟著顫抖的手，不住的在那兒閃動，好像無數鬼眼，在那兒眨眼睛。

幾層殿宇後面，一座十三層寶塔高矗雲霄，大約年深日久，塔尖頂上，長著一叢矮樹，也許還有鳥巢。月光之下，這座塔影好像一個蓬頭鬼王，高高的監視著大殿樹影下的小鬼們。

據說這般跪在月台下面的善男信女平日口頭宣傳，這位二次降世的羅刹聖母，神通廣大，不可思議，別的不說，只說大殿門外蟠在兩面粗柱上的兩條烏龍，平時是沒有的，只要聖母開壇，山門一開，那兩條烏龍便會蟠在廊柱上，伺候聖母降壇了。天上的神龍都是伺候聖母，別的還用多說嗎？

所以一般善男信女們，跪在月台下，都不絕偷偷的向殿柱上瞧。雖然殿門緊閉，燭光全無，只要瞧出廊柱上面影綽綽蟠著兩條烏龍，無疑的聖母今晚必定降壇，便是跪得腳麻骨痛，也得咬著牙忍著，顯得十二分至誠。這樣足足跪了一個更次，才聽見大殿內鐘鼓齊鳴，燈火通明，當中殿門也慢慢的啟開了，從大殿前面左右走廊，二龍出水式，湧出許多捧著油松火燎的人們，從殿門到月台口雁翅般排列起來。

這樣殿內殿外，已經照耀得如同白晝，也格外顯得莊嚴神聖，只可憐大殿內泥塑木雕的如來佛和許多神祇，被這羅剎聖母鵲巢鳩占，一齊打入冷宮。月台下面一般善男信女，這時似乎也把這幾尊冷佛暫時擱諸腦後了。

這當口，月台下善男信女，個個抬起頭來，預備殿口神煙起處，聖母現身。不料大家一抬頭，個個從喉嚨衝出一聲驚喊，人多聲齊，這聲驚喊，可以震撼全殿！最奇的，非但台下齊聲驚喊，連月台上一切值班執事的人們，也直著嗓子怪喊起來，而且個個直著眼望那兩條廊柱上的烏龍。原來伺候聖母降壇的兩條烏龍，身子照樣蟠在柱上，龍頭卻齊頸斬斷；兩顆龍頭，並掛在殿門橫楣子上面。龍頭上的血，兀自滴滴嗒嗒的滴下來，柱上血淋淋的頭腔內，也是血污狼藉流了一地，而且腥穢難聞。

這一來，殿內殿外亂成一團糟，月台下的善男信女，更是嚇得魂靈出竅，忘記了十二分的虔誠，不由的都從地上站了起來，只有年老的，跪得發麻的，想立起卻立不起，在地上掙命。這樣，只見月台上人影亂竄，人聲嘩雜，混亂了多時，才漸漸的鎮靜下去，殿口掛的龍頭，柱上蟠著的龍身，被人摘下來，抬著送到殿後去了。

珠簾一動，從殿內大步走出一個非僧非道，濃眉大鼻的凶面漢子來，走到月台上，向下面大聲喊道：「聖母有諭，兩條孽龍，偷偷的變化人類到民間去作惡，罪犯斬條，所以聖母當眾用法力處死。不過今晚法壇被龍的血所汙，改期開壇，你們不必驚怕，且各安心回去。」

這凶面漢子話剛說完，正想返身，忽見台下人們各仰頭望著殿頂，又是一聲怪叫，說話的漢子一聳身，跳下平台，轉身一瞧，只見殿後近塔的左角上，紅光衝天，火鴉亂飛，無疑的寺內失火。凶臉漢子心裡一動，喊聲「不好」。竄上平台，顧不得再裝斯文，一跺足，旱地拔蔥！好俊的輕功，兩丈多高的殿宇，竟跺腳而上。

剛竄上簷口，站定身軀，驚見塔上「嘩啦」一聲響，匹練似的一道白光，從塔頂窗口直掛下來；這時火光燭天，全塔纖微畢露，定睛細瞧，塔上掛下來的，是整疋的白布。布上寫著斗大的字，這幾個字，非但飛上了屋的漢子瞧得明明白白，便是月台下一般善男信女，也瞧得清清楚楚。一個個都瞧清了布上寫著：「觀音大士捉拿逃妖羅剎」。十個驚心觸目的大字。

這一下，比雙龍斬首還來得神奇莫測，一般善男信女們，個個嚇得瑟瑟亂抖，如醉如癡。只見月台上的人們，亂鬨鬨齊喊救火，湧向寺後；殿頂屋脊卻有幾個怪異的人，手上揮著雪亮的刀劍，竄房越脊，飛一般望寺後寶塔奔去。第一個上屋的凶臉漢子，已不見蹤影，大約也從殿屋上起向寶塔去了。善男信女們中也有乖覺的，覺得兆頭不祥；聖母手下，不料盡是飛簷走壁的人們，布上寫的字多怪，這幾個字明明是對付聖母的，聖母何以始終不見？許多疑問湊在一起，雖然說不出所以然來，卻覺得其中定有說處，不如三十六計走為上計。

幾個開頭往外一溜，立時大家照方抓藥，一窩蜂的拔腿便逃，連許多求福的苗匪，也跟著擠出山門。眨眼之間，山門內的善男信女，走得一個不剩。萬不料這般善男信女回到城內，第二天一早起來，又齊吃一驚，只見城內最高的一株大樹上，也掛著和寺塔一樣的整疋白布，布上十個大字，和寺塔上寫的一般無二。雖然這疋布不久被苗匪移去，已十有八九瞧見的了，城內城外，誰不交頭接耳紛紛談論這件怪事。

在這樁怪事發生的第二天清早，東方將現魚肚白當口，龍啐圖山內那個小桃源似的苗村，村民還未起身的時分，左面崗腳上面茅草亭內村中的四位賓客，已在亭內促膝密談了。

沐天瀾笑道：「昨夜你們兩位，敲山震虎，斬龍降妖，定然把育王寺一般匪徒，鬧得倒山攪海；我卻在此安然高臥，今天你們得好好休息一天，送信搬兵，是我的事。但是我得聽聽昨夜你們怎樣的經過，才能安心再到南澗去哩。」

羅幽蘭笑道：「你不問，我們也得說，回想起來，非常有趣。」

羅剎夫人道：「你覺得有趣，我卻認為我們還是大意了。」

沐天瀾道：「你們休打啞謎，直接痛快的說出來多好，我還得動身趕路哩。」

年高有德的老丈人桑苧翁，坐在一邊，微微含笑的瞧著他們，心裡默默的遠想到二十年前，自己在羅剎峪的舊夢。覺得世事變化異常，羅剎大王的女兒和自己的女兒都會鍾情於一人，而且經過了離奇變幻遇合，才湊在一處。現在只希望他們月圓花好，英娥偕老，不要像我滿腹酸辛，不堪回首才好。原來羅剎夫人和沐天瀾結合經過，羅幽蘭已暗暗和她父親說過了，在桑苧翁回味舊夢當口，羅剎夫人和羅幽蘭兩人把一夜經過說出來了。

原來昨夜四人在老苗子家用過晚餐以後，斜影尚留餘影。

羅剎夫人和羅幽蘭略一結束，都帶上人皮面具；羅剎夫人換上苗裝，腰上束了一條花巾，依然赤手空拳。羅幽蘭仍然男裝，背上猶龍、飛龍兩口雌雄合股劍，佩了透骨子午釘鏢囊；又把寫好的兩疋白布，帶在身上，便自動身，到了人猿安身的山谷。羅剎夫人向四頭人猿吩咐了幾句話，抬出茅棚裡預備好的兩乘竹兜子，兩人坐了上去，風馳電掣的先到了榴花寨。把四頭人猿和兩乘竹兜子安置在一處幽靜的所在，由羅剎夫人暗入榴花寨內，喚出隱匿寨內的大化頭陀，叫他領路同往育王寺。

大化頭陀對於這位羅剎夫人的姓名來歷，尚茫然不知，羅剎夫人出門老帶著人皮面具，連真面目都沒有見過，現在又多了一個面具的男子。他以為對於這個男了，可以多問幾句，哪知道這位男子，沉默寡言，他一開口，羅剎夫人便斬釘截鐵的說：「不必多問，只要你明白，我們是替百姓除害的便夠了。」

大化心裡暗暗奇怪，這女的舉動和本領，都是平生所未見，而且瞧不出是何宗派。這男子大約也不是常人，現在我是領路的，我這兩條腿，自問在江湖上算得一等一的，功夫比不上人家，這雙腿可得掙口氣。他存了這心思，一塌腰，當先拔步飛奔，腿上還有真功夫，箭頭似的頭也不回，急走了一程，離育王寺還有一半路。一停步，喘了口氣，回頭一瞧，人影全無，自己一樂。這一下，她們最少也得落後兩三里路，不料樹林裡有人發話道：「你累了，我們再等你一忽兒，沒有關係。」

大化吃了一驚，轉過頭來，瞧見不遠林下站著一男一女，大化驚得背上冒汗，慌的反應道：「不累……不累……走！」沙、沙，沙！趕下去了。

到了育王寺近處，先看到殿內的高塔，巍然聳立於月光之下；羅剎夫人喚住大化，把自己背上一疋白布解下來，對大化說：「現在我們得分頭辦事，蒙化城內，你是到過的，路徑比我們熟。請你把這疋布帶進城內，撿一個妥當藏身之所，隱起身來，便是睡他一覺也可以。到了五更過後，你得在城內撿一處最高所在，把這疋布掛在上面，布上有字，不要掛反了，只要人們早上起來，大家能夠瞧見了布上的字，便是你的一件功德。至於這疋布，能夠懸掛多久，那就不必管它了。」

大化接過布來，忍不住問道：「兩位大約上育王寺，但是俺在城內做了這樁事以後，已在明天早晨，大白天怕不便露出城了。」

羅剎夫人道：「我早已替你想到，而且我們還要請你在城內隱藏處所忍耐個一天半夜，替我們在暗中窺探榴花寨匪徒的舉動。大約今晚沒有事，到了後天晚上起更時分，你得想法子偷出城來，仍然到此候著我們。到了那時候，我們要對你說明我們來歷，而且承你臂助，我們還有重要的話和你說。少林門下，我們很有淵源，彼此同道，你辛苦罷。」這幾句話，大化聽得很樂意，把手上那疋布緊緊扣在背上，很踴躍的先走下去了。

羅剎夫人和羅幽蘭兩人仗著一身輕功，潛入育王寺當口，正值城內善男信女手捧信香，湧進山門當口。兩人在寺前寺後，暗暗踏勘了一遍，才知道育王寺規模還真不小；寺內大小房屋好幾百間，黑沉沉的大半沒有燈火，兩人意思，想先偷窺一下，羅剎聖母畢竟是何人物，仔細留神各層殿宇上面，並無巡風瞭高的人，便向漏出燈光所在撲去，偷聽了幾處，都是一般嘍囉小卒，並無首腦，又向別處巡察。

忽見下面一條遊廊內，一個提燈籠的人匆匆走來，進了一所小院落，喊著一個人的名字，大聲的說道：「上面有話，龍餵了沒有？彩裝好了沒有？不要像上次，把龍鬚掛在龍角上去，上面幾位的火爆性，你們是知道的，當真，今晚『上煙簾子』是誰的班呢？」

這人堵著院門一吆喝，便見院內屋子裡，悠悠忽忽晃出一人，似乎喝醉了酒，腿上劃著之字，到了院門口，大著舌頭說：「煙簾子沒有我的事，休問我……」

那提燈籠的喝道：「瞧你德性，黃湯又不知灌了幾斤下去，煙簾子沒有你的事，怨我多問，龍呢？」

那人答道：「龍，對！是兩條掛鬚帶角的龍……天曉得，山門沒有開，替蛇畫頭描腳的便捆在柱子上了。這樣再捆一次，保證變成兩條死龍，餵牠仙丹也沒有用。」

提燈籠的冷笑道：「你懂得什麼，沒有幾天上大理，到了大理，也用不著這套把戲了。」說罷，轉身回去。

屋上羅剎夫人在羅幽蘭耳邊說：「不出我所料，龍是假的，現在跟他走。」說著向上面遊廊上提燈籠的人一指。兩人在屋上瞄著下面提燈籠的身影，跟了一程，見他從一重側門走進正中第三層殿宇去了。兩人向這重殿屋先打量一下，然後躍上殿屋後坡。羅剎夫人叫羅幽蘭隱身暗處，替自己巡風；又從身邊摸出一瓶丹藥，自己在鼻子裡聞了一點，又叫羅幽蘭也抹了一點。揣好瓶子，一塌身，便奔簷口，只見她在簷口縮身向下一卷，便不見了身影。

這層殿堂，比前兩層稍底，也有兩丈高，簷底下一層遊廊，羅剎夫人狸貓似的捲入廊頂，橫身於廊頂彩畫的橫匾上，真是聲息全無。她在上面，略一打量，便瞧清了四面情形。廊下殿門兩旁立著兩個帶刀的匪徒，距離她存身之處有幾十步遠；她毫不在意，四肢並用，蛇一般貼近落地屏門上面一層花格子。

從花格子內望進殿內，便見殿內佛像都已搬空，中間懸掛著琉璃燈，加上一大束燈草，點得明晃晃的。對面左牆角上還矗著一人高的銅燭台，點著臂膊粗的巨燭，靠著燭台一張大圓桌，圍坐著三個大漢，一色白灰道袍，卻用紅絹包頭。當中綴著一個八卦，弄得非僧非道，圓桌上杯盤狼藉，似乎剛吃過酒飯，旁邊有三個人，在那兒砌茶抹桌，跑進跑出，靠牆掛著各色兵刃。

桌上一個紫棠面皮、吊眉勾鼻的漢子，指著對面五短身材、滿臉黑麻的人說道：「你從滇南回來，南澗的官軍沒有盤詰嗎？」黑麻漢大笑道：「幾百官軍無非擺個模樣兒，小道上一樣可走，礙得什麼事？不過這次頭兒罰我去跑一趟飛馬寨，可以說勞而無功。岑鬍子、黑牡丹老是舉棋不定，推三推四的不說痛快話。細一打聽，才知他們最近被一個女魔王唬住了。」背著身子坐的一個瘦漢，慌問道：「女魔是誰？」

黑麻漢子道：「說也奇怪，我們這兒的羅剎聖母，原是一套戲法兒，他們滇南卻真有一個號稱羅剎夫人的女魔王。據他們說，那個女魔王確是個了不得的人物，飛馬寨新近便吃了羅剎夫人的啞巴虧。問他們怎樣吃的虧，他們又不肯細說。照我看來，他們嘴上的羅剎夫人，是真是假，不去管他，岑鬍子、黑牡丹之輩很是奸滑，沒有像老沙（沙定籌）容易對付。我們不打進老虎關，岑鬍子們是不敢大做的。」

吊眉勾鼻的漢子冷笑道：「總而言之，彼此都想取巧罷了。昨晚省城坐探派人來報，沐府雖然有點動靜，會同撫按每日下校場操練兵馬，無非是四近原有的幾營標兵。老沐公爺在世，幾處得力的苗兵已無法調動，何況新襲世爵的沐天波，是個不中用的。聽說他兄弟沐天瀾武功不錯，也無非是個小孩子，毫無用處。我們不用仰仗岑鬍子那般人，馬上先進大理，先把滇西佔了再說。無奈我們頭兒瞻前顧後，以為我們白蓮教成敗在此一舉，絲毫大意不得。我們許多教友還沒有到齊，人手不夠，暫時利用老沙的一股苗子，日久終不可靠，還得等幾天哩。」

黑麻漢點頭道：「我們頭兒話是對的，佔據一座像大理般的大城池，不像蒙化一點點地方。現在我們連頭兒算上，頂事的只有我們四個人，手上明白一點的教友，不過百把人。不是說大理的兵力雄厚，是說我們佔據了大理，不能像蒙化般再讓榴花寨的苗子們糟塌了，所以總得我們川藏一帶教友，到齊了再說。我從飛馬寨動身時，岑鬍子對我說黑牡丹對於我們頭兒仰慕得不得了，想到這兒會會我們頭兒，說不定馬上就趕過來拜訪。黑牡丹在滇南也是響噹噹的角色，她如果到來，我們不要被她輕視了去才好；因為黑牡丹的來意，無非也要瞧瞧我們有多大力量罷了。」

正說著，殿門口簾子高高掀起，兩個披髮童子提著一對紅紗宮燈，冉冉而進。殿內桌上三個漢子，一見這對紅燈，立時都站了起來，離桌而立。殿門口跟著紅燈，進來一個異樣女子，長眉通鼻，細挑身材，面上似乎蓋著淡淡的一層脂粉，似乎也有幾分姿色，不過眉目之間，帶著潑辣妖淫之氣。頭上也是紅綢包巾，一身暗藍窄袖密扣的夜行衣，腰佩寶劍，背扣彈弓。一進門，一對黑白分明頗具煞氣的大眼，向三人看了一眼，走過去，便向桌邊一把太師椅上坐了下來。

那女子向三人說道：「此刻我從城內回來，可笑老沙畢竟是個苗子，一衝性的把蒙化彌渡搶到手中，樂得好像得了萬里江山，連老家榴花寨也不要了；他能夠收羅的一般苗人，大約都擱在身邊了。其實也不過四五百人，全是烏合之眾，成得了什麼大事？好在我們也不指望他成事，我早已派人分途出發，叢集我們自己人，不久可到。滇南岑鬍子似乎比老沙強一點，但是苗漢一道界限，根深蒂固；想通力合作原是不易的，我們只有趕快擴充自己勢力。前幾天捉住的頭陀，手底下倒有點功夫，確是少林嫡傳，我所以沒有殺他，原想收服他歸入我們教下。不意被他扭斷鐵鎖逃去，看他不出，竟會把這樣鎖鏈弄斷，還是我們疏忽了。」

吊眉通鼻的漢子開口道：「現在我們知道，省城兵力薄弱，一時不會發兵，大理守兵也沒有多大實力。我們只要派人馬混進城去，內外夾攻，大理垂手可得。大理不比這兒，我們可以威脅許多人民，擴展我們聲勢；如若遷延時日，失掉機會，萬一夜長夢多，出了別的枝節，等得教友齊集，怕要多費手腳了。」

那女子說道：「他進了大理，百姓受災，不去說他；他必盤據大理城內。最少要和我們平分天下。像老沙這種蠢貨，去掉甚易，可是我們業基未穩，卻不相宜。現在讓老沙啃住了蒙化彌渡，替我們擋住官軍，沒有幾天工夫，我們教友大集，教中幾位有能耐的老前輩也到了，我們便可放手做去，沒有多大顧忌了。」女子侃侃一說，三人似乎不敢和她辯論，默然無言。那女子向門口兩個提紅燈的童子喝道：「到後面秘室去，瞧瞧聖母預備好沒有，快到開壇時候了。」說罷，站起身來出了殿門，提紅燈的兩童子也跟了出去。

羅剎夫人暗地瞧出那女子口氣態度，當然是白蓮教匪的首領，也就是二次出世的羅剎。但是那女子又叫人到秘室去瞧聖母，好像羅剎聖母另有其人。本想跟蹤女子去探個究竟，轉念開壇時間快到，今晚已從匪黨口中聽出內情，還有正事要辦，且辦了正事再說。主意一定，向下面門口兩個帶刀守衛一瞧，只剩了背立著一個，那一個已進殿去。乘機一飄身，像四兩棉花般飄落地上，再一點足，飛燕一般向走廊盡頭竄了過去，更不停留。

身形一起，已躍上一堵高牆，向殿角上微一彈指；上面巡風的羅幽蘭一探身，羅剎夫人在牆上一墊足，鑽天鷂子般飛上殿頂，兩人湊在一起。羅剎夫人在羅幽蘭耳邊秘授方略，叫她如此如此行事，並向羅幽蘭借了一柄猶龍劍，斜繫在背後。兩人計議停當，羅幽蘭帶了一疋白布，施展輕功，翻牆越脊，捷逾飛鳥，向殿後寶塔趕去。羅剎夫人看她去遠並無阻擋，才轉身向頭層大殿飛馳，四面留神；自己在寺內隨意縱橫遊行，並未發現了高看守的匪黨。定是輕視蒙化一帶，地小人稀，可以放膽妄為，也許開壇以後才有守望之人。

羅剎夫人伏在大殿簷口，一瞧下面柏樹下黑壓壓的盡是等候開壇的人們，大殿口燈火全無。她依然從簷口施展小巧之技，從殿上翻進簷下，好在她下去的簷口，被一排參天古柏遮住月光，功夫異眾，捷逾電閃，連一點身影都瞧不出來。

她毫不遲疑，攝著殿廊頂上雕花的椽子，微一接腳，人已飛渡到左面龍柱的頂上。壁虎似的貼在和龍柱相聯的橫楣子上，仔細向下面龍柱上一瞧，眼神如電，立時瞧清了兩條烏龍的把戲。

原來這兩條烏龍，無非是兩條烏鱗的巨蛇，確有碗口樣粗，一丈多長；硬把牠蟠在柱上，用細索緊緊綁縛，再用彩布蓋住。最可笑把一個蛇頭，另用細索絡住，高高的吊在殿門中間的橫樑上，蛇頭頂上假飾了一隻亮晶晶的雙角，頂下掛著一撮假鬚。兩條巨蛇兩頭相對，相距只一二尺遠近，形式非常整齊。大約蛇身綁得太緊，頭頂拉得遠遠的，又高高吊起，蛇也感覺痛苦，身子動不了，只可吐著血紅的蛇信子，把頭亂晃。

遠看兩條柱上一對烏龍形式如一，好像假的；再一看，龍頭明明在上面亂幌，卻是真的，可是不到柱上細看，卻瞧不出把戲來。愚蠢的苗匪和一般求福的人們，誰敢逼近龍身呢？

何況殿門外尚有平台隔著，平台上有人守著，是聖母降福之地，誰敢褻瀆呢？哪知道羅剎聖母引來了羅剎夫人——假羅剎碰著了真羅剎！

第廿七章　火獄

那時羅剎夫人一看兩條蛇常受活罪，業已神氣毫無，便存了玩笑主意，便隱著身子從橫樑上遊身過去。到了橫樑正中，正值大殿內鐘聲一響，殿內腳步聲響，將要大開殿門當口。羅剎夫人拔下猶龍劍，向下探臂一揮，兩顆蛇頭便一齊脫離蛇項，卻不掉下；因為上面原有細索吊著，蛇身卻痿了下去，噴出血來。

羅剎夫人不管這些，不等殿門敲開，一縮身，貼著廊頂，燕子一般飛渡到一丈開外的短柁上。不再停留，貼著一條廊柱從陰面溜下身來；一著地，一點足，斜著出去了兩丈多，便隱入大殿左面廊角黑暗處。身法奇快，真像一道輕煙，再一聳身，已經飛上側面偏殿頂上了，一塌身留神四面上下。

驀見第二層殿瓦上背著身靜靜的站著一個匪黨，面對寶塔，好像對於寶塔有點注意。羅剎夫人心裡一動，翻過偏殿後坡，沿著一條殿頂泥鰍脊，隱著身度過一重殿宇，到了二層殿屋近處暗地向那人細瞧。頭包紅巾，身穿夜行衣靠，背插兵刃仍然對塔遠望，似乎這人便是後殿見到的三人之一。大約開壇時，匪黨也上屋戒備，也許羅幽蘭上時略露身影，被這人瞧見一點痕跡來了。

羅剎夫人怕這人阻礙了自己計劃，不再遲延，一看這面房屋略疏，下面露出一片草堆點綴了幾座假山。毫不猶豫，撲下草地，躡足潛蹤穿過幾層僧寮，竟是寂無人影，卻有一排矮屋堆著草穀之類。抬頭一瞧，寶塔即在一排矮屋後面近處。

羅剎夫人忽地想起還缺一件東西，四面一看，燈影全無，總得找有人處才能想法。一頓足竄上一堵隔牆，驀見牆這面一人提著一個油紙燈籠，信口哼著小曲兒，沿著牆角走來。

羅剎夫人待他走過這段牆下，一飄身，落在他背後。這人毫無覺察，羅剎夫人一伸手便把他點了啞穴，拿過燈籠，卻又一掌把他拍醒。這人好像做夢一般，眼見自己手上燈籠，一陣風似的飄過了牆；嚇得失了魂，兩條腿抖得彈琵琶，卻又喊不出來。等他神魂歸竅，口嘴活動，隔牆一排草房，已經火焰老高，滿天通紅了。

原來羅剎夫人借他手上燈籠，存心在一排矮屋內放火的。

矮屋一起火，火光把寶塔照得逼清，塔頂上也在這時掛下「觀音大士捉拿逃妖羅剎」的一疋布來了。布上的字寫得雖大，天上雖有月光，倒底不易看清，這把火一放，上下通明，遠近都可以瞧得清清楚楚了，當然這把火是和羅幽蘭約定好的信號了。

羅幽蘭上寶塔的塔巔，卻費了點手腳。因為這座十三層寶塔，年深日久，塔心並沒扶梯，完全要仗著輕功一層層盤旋而上，還要當心落腳處是否牢穩。幸而羅幽蘭不比等閑，功夫略差一點便難達頂。可是她達到第十二層時，在塔口略一停身，吁了口氣；雖然立時隱入塔內，湊巧被第二層塔脊上匪徒遠遠瞧見一點身影。匪徒疑惑眼花，以為這座年深日久的高塔，要爬到最高幾層實在不易。他對著寶塔疑惑之間，大殿開壇之際，已發現雙龍斬首，齊聲驚喊。同黨中已有幾個飛身上殿，搜索奸細；不料後面一排矮屋起火，塔上突然掛下布來，這才明白有人搗亂。而且布上驚心怵目的十個字，明明白白的說明了有了對頭了。

對頭是誰，沒有現身，誰也摸不清，只要一想這樣驚人不測的舉動，非常惡毒，準是個厲害腳色。偏逢著開壇日子，大殿空地上無數善男信女個個瞧見，羅剎聖母的把戲，定然大大的打了折扣。匪徒們遭受這種厲害打擊，如何不急？自問有幾下子，都把這座寶塔做了目標，都上了屋頂。飛簷越脊趕向寶塔，想把搗亂的對頭人搜查出來，分個強弱。

羅幽蘭藝高膽大，掛好了一疋布，已瞧見前面幾層殿宇上，有匪徒出現向塔下趕來。她並不在意，從容不迫的從塔後陰面施展壁虎遊牆的功夫，一層層盤旋而下。到了第七層當口，聽得下面有了聲息，把身子貼臥在七層塔簷上，瞧出兩個勁裝匪徒趕到塔下，縱上了下面頭一層塔簷，另一個繞向塔後。

她立時明白，這兩個匪徒自恃輕功，想從兩面夾攻上來；匪徒起落的功夫，行家眼中一看便知。羅幽蘭並沒有放在心上，倒要試一試這兩個匪徒能把自己怎樣。其實這兩個匪徒，雖然知道今晚寺內出了毛病，大殿斬龍、塔上掛字、矮屋起火，似乎來了不少對頭。全寺匪徒立時出動，救火的救火、搜索的搜索，卻不見敵人半個影子，只有起初二層殿屋上瞭高的人，瞥見塔頂似乎有個人影。等到塔上掛下布來，才斷定塔上有人；這樣高的塔，四面凌空，下來不易。這兩個匪徒仗著身上本領，奮勇當先，飛身上塔，分頭向塔上一層層搜索上去，不怕敵人逃出手去。

還有幾個匪黨，沒有多大輕功的，便趕到塔下，拔出兵刃四面把住。存身在第七層塔簷的羅幽蘭，因為有塔簷擋住身子，又在塔的背面，火光照不到處所，下面的人一時瞧不出來。她在上面不必用眼瞧，只用耳來分辨，便可聽出兩個匪徒已經盤到第四層。

但是羅幽蘭知道盤到四層尚易，再上來，一層比一層難。

因為塔身一層比一層收束，上面幾層，沒有絕頂輕身功夫，休想存得住身子，不用說遞兵刃交手了。細聽已有一個匪徒盤上了第五層，她暗想一排矮屋的火，當然是羅剎姊姊放的，她放完了火，必然要來接應，卻沒法知她存身何處？現在我先把上塔的兩賊打發了再說，照說兩賊到了下面一層，只要用我兩枚透骨子午釘便可了事。不過今晚我們不預備露面，暗器一發，難免被人識破是誰來了。

她這樣一想，忽地一縮身進了塔窗口，回頭瞧塔內黑沉沉的，只露出亮處窗口的光線，兩個匪徒只在外層掙命。立時中氣一提，蠍子倒爬，兩腳勾住窗口，遊身面下，用手在塔內下層磚縫裡長出來的一株短樹上試了一試，居然根深柢固，便在這短樹上微一借動，翻身而下。眨眼之間，便到了第六層塔窗內，剛一探頭，萬不料呼的一聲，一柄飛抓，從第五層反掄上來。

羅幽蘭吃了一驚，慌一閃身。嗒的一聲，一柄飛抓上三個純鋼倒刺鉤，已把塔窗口的磚縫抓住；而且在下面試了試扣住沒有，把飛抓上軟索弓弦一般綳在塔簷上。羅幽蘭在上面立時醒悟，這笨賊勉強翻到第五層已無能為力，只好利用飛抓上來了。她暗暗一樂，一反腕把背上飛龍劍拔在手內，身子向窗口暗處一貼。卻聽得下層賊人開了口，向下面大喊道：「你們瞧見上面有動靜沒有？」

塔下四面把守的幾個人，大喊：「沒有，沒有，一點動靜沒有，八成跑掉了！」上面羅幽蘭聽著暗暗點頭，這匪徒未始沒有心計，他自己瞧不見上層情形，恐怕有失，才問一問下面的人。無奈下面的人和瞎子差不多，這當口，還有一個在四層的匪徒，似乎也從另一面翻上五層來了；嘴上喘氣的聲音都聽得出來，大約已鬧得筋疲力盡。

羅幽蘭不管另一面上來的人，眼光只注在飛抓的軟索上。

軟索越綳越緊，而三隻鋼爪扣住的磚縫上，簌簌作響，便知到了分際上了。飛龍劍輕輕朝綳緊的軟索上一劃，軟索喳的立斷，立時聽得下層匪徒「啊呀！」一聲驚喊，塔下把守的人，也齊聲怪叫起來。便知下層的匪徒，滾跌而下，準死無疑。

在匪徒跌下之際，羅幽蘭寶劍還鞘，不再顧忌；從塔簷翻身而下，已到了下面第五層，已瞧見下面的人圍著匪徒的死屍亂得一團糟。她一轉身，閃開了這一面，轉到了那一個匪徒身後。這個匪徒聽得使飛抓的跌了下去，嚇得膽戰心驚，從右面轉過來，想一瞧同黨跌下去還有命沒有；哪知勾魂使者已從左面到了背後。羅幽蘭並不貼近身去，一俯身，在身邊塔窗口，抽了半塊斷磚，一抬腕磚塊出手。前面匪徒大約聽得腦後風聲，一轉臉，這塊斷磚去勢太急，腳下又邁不開步，簡直無法躲閃，準的砸在腦門上。卜托一聲響，匪徒身子一晃兩晃，一個倒栽蔥，便直跌下塔去了。

羅幽蘭料理完了兩個匪徒以後，距離下面約有五六丈距離，近處卻有一堵花牆，靠近塔身，便想飛身而下。一抬頭，忽見對面屋脊上，刷的竄過一條黑影，身法似像羅剎夫人。後面另一重屋脊上追來一人，身影似個女子，立停身卸下身上彈弓，朝著前面逃的身影，接連發了發彈。逃的人並不閃避，只回身雙臂微揮，似乎飛彈都被接去。

羅幽蘭看得清接彈手法，準是羅剎夫人無疑；急慌一頓足，雙臂一分，魚鷹掠波，飛瀉而下。耳邊似乎聽得塔下的人們，瞧見了她的身影，鼓噪起來。她哪把這般人放在心上，在花牆上一墊腳，刷的又飛上近處屋頂，瞄著前面羅刹夫人身影，翻房越脊的直追過去。羅刹夫人身法太快，眨眼之間，已經躍出寺外圍牆，不見蹤影。那個打彈弓的女子，身手也不弱，在屋上縱躍如飛，兀自緊追不捨。

羅幽蘭一想，今晚目的已達，不必太露痕跡，如再往前趕去，勢必和前面背彈弓的女子碰上。心裡一轉，便改了方向，從斜刺裡奔了靠近塔後的一段圍牆，幾個起落，越過了圍牆，落在寺後圍牆根的草地上。四面一瞧，境頗荒涼，盡是高高低低的土崗子，半箭路外，是一片茂密的樹林。羅刹夫人在前面越牆而出，怎會不見？定然進了樹林了。慌一伏身，不管有路無路，從亂土崗堆裡奔去。驀地聽得林內起了輕揚的口嘯，腳步一緊，搶入林內。果然羅刹夫人從樹上飛身而下，向她說：「我遠遠瞧見塔上掉下兩個匪徒，便知你出了手，如果你用的是子午透骨釘，他們便能摸著我們來路了。」

羅幽蘭道：「不是。」便將塔上的情形說了。羅刹夫人點頭道：「好！……」剛說著，羅刹夫人一拉羅幽蘭，向林外一指；兩人一閃身，各人閃在一株樹後。

向林外看時，因為這片樹林，是亂土崗盡頭的一座山腳，地勢略高，可以看清育王寺後一帶圍牆。這時圍牆上不斷的冒出人影，有不少人舞著兵刃，跳出圍牆來，又聽得寺前尖銳的角聲，嗚嗚直吹。這種角聲，是苗兵集隊打仗用的，兩人一聽便知城內榴花寨的苗兵也出發了。寺內起火所在，紅光漸落；白霧似的小煙，冒起老高，定已用水救熄了。

羅剎夫人把猶龍劍還入羅幽蘭背後合股劍鞘內，拉著她手說：「這時三更已過，讓他們捕風捉影的鬧去，我們回去罷。」

兩人回到榴花寨近處的山腰上，找著了四頭人猿落腳處所，兩人在山腰舀點山泉，吃了點隨身乾糧，略微休息了一下。羅剎夫人把大殿斬龍、矮屋放火，以及用彈弓的女子追趕自己的情形說了出來。原來羅剎夫人把一排矮屋放火以後，看著起了火，塔上掛下布來，便想和羅幽蘭會合一起立時回去。忽然想起在後殿偷瞧那個背上帶劍的女子，明明是個首領，明明是個羅剎出世的主角，可是她又叫人到密室去瞧聖母，其中還有鬼戲。

羅剎夫人對於這層，心裡一轉，還得探個水落石出，她想到便做，不管就近火光沖天。兩臂一振，刷的又飛身上了近處屋頂，翻過幾層屋脊，從寺的右面又翻到左面層層院落之處。這時寺內匪徒，齊向寶塔奔去，能在屋上遊行的匪徒也是專心在塔上，萬不料敵人好整以暇，翻身復入重地。

羅剎夫人在左面各層院落，忽上忽下的盤旋了一陣，忽見一道短短花牆，中有一重月洞門，隔開了另一座精緻的小樓花木扶疏，很是雅靜。她越過花牆，便聽得樓上有人笑語。

她一瞧樓並不高，樓窗敞著，近窗一株梧桐，樹帽子比樓還高。心裡立時得計，一瞧樓下靜靜無人，便飄身而下，走近梧桐，一聳身便上了梧桐樹，藉枝葉隱身，移身到樓窗口。向內瞧時，只見樓內裝飾得錦繡輝煌，中間一張錦榻上坐著一個不男不女的怪物；頭上長髮披肩，齊眉束著一根金色帶子，面上擦著很厚的宮粉，而且畫眉點脂，身上披著一件八卦彩綉織金道袍，膝上卻摟著一個十七八歲的女孩子。

這女孩裝束，好像是個丫頭，那怪物摟著女孩子，醜態百出，女孩一面掙扎，一面笑罵道：「瞧你這怪模樣，你還是羅剎聖母呢，我問你，你這樣囉嗦，你究竟是聖母還是聖公呢？」

那怪物哀求道：「小寶貝，你依了我，公的母的你便明白了。」

那女孩笑罵道：「你是不要命了，我們首領哪一夜也少不了你，如果知道沾了我，我還有命麼？你以為此刻出了事，首領一時到不了這兒，你便放我不過去了，萬一……」剛說著，樓梯一響，赫的從門外竄進一人，是個年輕的匪徒。

這當口，怪物膝上的女孩子已經跳在一邊，面上卻嚇得變了色；進門的年輕匪徒，朝兩人一陣冷笑，向坐在床上的怪物喝道：「首領命你快把身上一套聖母行頭，立時脫下，免得被敵人瞧出我們把戲來。今晚突然來了對頭，非常厲害，還摸不清是何路道？來了多少人？事情很是難說，聽清了沒有？……快脫下來，面上也洗乾淨……我們碰著了厲害對頭，你還有心思背著首領找便宜……你惦著你自己的小命兒罷。」說罷，翻身下樓去了。

屋裡女孩子掩著臉哭了起來，那怪物也慌了神，手忙腳亂的把身上八卦袍脫下來，嘴上兀自罵道：「誰不知道你和首領也有一手，我不信你這雜毛，蓋過了我去。」樓內這幕活劇，在梧桐樹上羅剎夫人眼內，立時看出所謂羅剎聖母，原來是這樣的把戲，隨手在樹上摘了兩顆梧桐子，自己暗暗笑著說：「現在我替這位聖母做個記號。」

轉念之間，隱在梧桐樹後微一撮口，發出極輕微的嘯聲，樓內滿臉脂粉的聖母，聽著一點嘯聲，不禁朝著窗口抬起頭來。他一抬頭，這邊羅剎夫人手上兩顆梧桐子赫的射入樓內；只聽得那人「啊呀」一聲，兩顆梧桐子已經嵌入雙眼，捂著眼往後便倒。

羅剎夫人一個「黃鶯織柳」，一聳身子差不多跟著兩顆梧桐子飛進窗內。一伸手，便把掩面驚啼的女孩子拉到身邊，好言撫慰道：「不必害怕，我是觀音大士化身，捉拿這般妖孽來的。現在我問你一句話，你們首領外號叫什麼？這人假扮羅剎聖母，大約是他們一黨，在這寺內有幾個為首的，好好兒實說出來，我不難為你。」

那女孩瞧見羅剎夫人臉上可怕的血紅人皮面具，魂都冒掉了，被羅剎夫人很溫和的哄了一陣，才驚魂歸竅，跪在地上哆哆嗦嗦的說：「裝聖母的青年男子和我，都是被匪人擄劫來的，根本摸不清這般匪人是怎麼一回事。只聽得匪黨們私下稱首領叫作『九尾天狐』，首領下面還有三個有能耐的匪人，管著全寺的人。聽說明後天，還有能人到來，其餘便不知道了。」

羅剎夫人看了地上躺著的瞎眼聖母一眼，對女孩子說：「好，回頭九尾天狐到來，你只說『觀音大士化身到此捉妖來了。』你記住這話，將來你還可以回自己家去。」說罷！穿窗而出，燕子一般掠過一層側屋，向寺後飛馳。越過了幾層屋脊，距寺後圍牆還有一段路，忽聽後面有人喝道：「站住，暗地搗亂，算那門子好漢。」

羅剎夫人並不轉身停步，只腳下微一放緩，微一轉臉，瞧見身後幾丈開外，追來一個長身女子，便是後殿瞧見的女首領。大約這人便是九尾天狐了，見她一面追，一面把背上彈弓褪下來。羅剎夫人故意腳步放緩，仍然向圍牆奔去，猛聽得身後弓弦連響，一轉身，並不躲開，玉臂揮去兩手各撮住一枚彈丸。彈丸入手，一掂份量，便知不是五金一類的彈丸，隨手向懷裡一揣。九尾天狐的彈丸，聯珠般飛來，有時故意不打人，向羅剎夫人身前身後瓦上打去。

羅剎夫人施展身法手法，接了七八枚彈丸，有幾顆掉在屋下，有幾顆落在身邊屋瓦上，彈丸立時爆裂如粉，散開一種刺腦的腥香。羅剎夫人鼻子裡早已放了解藥，並沒覺得怎樣，明知這就是匪人看家法寶迷魂彈了。一面往前走，一面暗地留神身後九尾天狐已停身不追，彈弓也沒有發，似乎對著羅剎夫人身影萬分驚疑。羅剎夫人不去管她，腳下一緊，飛一般越出圍牆，辨明了方向，進了一片樹林，等候羅幽蘭了。

羅剎夫人和羅幽蘭兩人會面後，趕到榴花寨，仍然坐上竹兜子，由四頭人猿抬回龍畔圖山的苗村。到時天色已有點發曉，沐天瀾放心不下，早已在高高的茅亭上迎候了。片時，桑苧翁起來，也到了茅亭。四人見面一談，明白她們兩人在育王寺的一夜經過之後，沐天瀾不敢耽誤時候，帶著隔夜寫好的沐府密札和兩個家將，按照原定計劃趕赴南澗鎮去了。

沐天瀾走後，羅剎夫人和羅幽蘭便在老苗子家中暫時休息，靜候回音；桑苧翁卻叫老苗子做嚮導，逍遙自在的盡情暢遊四近溪山。這一天，差不多便在這樣的悠閑的境界中過去。等得沐天瀾從南澗趕回，一說細情道：

「南澗帶兵的參將，正愁著兵力單薄，坐立不安；一見到沐府調兵密札，又知道我是誰以後，高興異常，宛如絕處逢生。立時照我吩咐，派了兩名幹弁帶著密札，騎著快馬飛奔老虎關。據說南澗到老虎關，密設兵站，快馬傳遞，當天可等回音。果然，不到日落回音已到，說是尤總兵得到密札，立時親率勁旅立奔南澗，當晚可到。堅囑南澗守將，留住我等他趕到南澗，面商機宜。

「大理方面，也由他立派妥員繞道知會，照札行事，因此我一時不便回來，等到起更時分，尤總兵果然率領一彪人馬趕到南澗。和我見面之下，我便把匪情內容告訴他，囑他照計行事。尤總兵喜出望外，和他在南澗兵營內談了一夜，他屢次探問我的住所，和我們的下手的細情，我只推事關機密，另有高人臂助，不便預告。今天我告別回來，尤總兵和南澗守將送我過溪，眼見我走入絕無人煙的荒山密林，定是驚疑萬分，弄得莫名其妙了。」

羅剎夫人道：「官軍方面，我們已有相當聯絡，現在我們要和九尾天狐見個真章了，解決了白蓮餘孽，再對付蒙化城內的苗匪。」

桑苧翁道：「九尾天狐一去，沙定籌免死狐悲，自己便要擔驚害怕，存不住身。不過我在點蒼山似乎聽人說起過，九尾天狐是川藏交界出名的女匪；狐群狗黨，定然不少。你們昨晚在育王寺內，已從匪人口中聽出尚有匪黨到來，兵貴神速，你們還是趕快下手，免得夜長夢多。」

（編按：中間脫漏一段羅剎夫人對白。）

羅剎夫人說到這兒，從懷裡掏出幾顆彈丸來，擱在矮桌上，笑道：「這是九尾天狐的法寶，昨晚她白廢了不少迷魂彈，被我接住的，當然沒法爆裂。便是她故意打在我前後左右的彈丸，落在瓦上碎裂，爆開迷魂藥粉，也半點沒有發生效力。一則我預先嗅了解藥，二則我竄房越脊，並未停步，所以她這法寶算白廢了。」

大家細看這迷魂彈製法精巧，外面是薄薄一層膠泥，再塗一層銀衣，上面還印出九尾天狐四個小字。這種丸藥似的彈丸，當然堅脆易碎，外殼一碎，裡面藥粉便隨風飛揚，敵人如無預防解藥，一吸即暈。羅幽蘭看得有趣，隨手揣了兩顆，放在鏢袋內，向沐天瀾笑道：「這種迷魂彈，不知虎豹一類的野獸受得住受不住？否則利用這種彈丸，捉幾頭活的玩玩倒有趣。」

羅剎夫人道：「被你一提，我想起今晚預備帶著人猿堂而皇之和匪徒見個高下，人猿雖長得鋼筋鐵骨，也得抹上一點解藥，免得中了匪徒們的道兒。」

羅幽蘭笑道：「你預備叫人猿把我們抬進寺去麼？但是兩乘竹兜子抬不了四個人呀！難道叫四頭人猿，背著我們走嗎？」

沐天瀾也道：「育王寺被你們攪了一下，豈肯干休？今晚定必預防。白蓮教匪出名的詭計多端，無惡不作，我們還是謹慎一點的好。再說，和這般匪徒講什麼江湖過節，到時我們隨機應變，管什麼暗進明進呢。」

羅剎夫人向他媚笑道：「你放心，到時我自有辦法。」又向羅幽蘭道：「你以為兩乘竹兜子，抬不了四個人，這層我早已想定主意。而且我們四個轎夫，我還要替他們改扮一下，像個人樣才合式哩。」說罷，飄身出屋，找著老苗子，又搜羅了幾匹紅綢，匆匆走向人猿棲息的山谷去了。她回來時，夕陽下山，老苗子兩個女兒已在張羅幾位貴客的晚餐了。

飯罷，羅剎夫人換下身上苗裝，換了茅亭上羅幽蘭初見她的一身雅潔的裝束，羅幽蘭也把男裝換了，還她本來面目，改穿一套俏麗飄逸的夜行衣。兩人都戴了人皮面具，另又拿出一具，硬逼著沐天瀾也戴上了，這是羅幽蘭的主意；似乎沐天瀾戴上了面具，回頭和九尾天狐接觸，似乎放心一點。沐天瀾面具以外，仍然一套通身玄色武士裝，只有鶴髮童顏的老泰山，依然道袍雲履，大袖飄飄，未帶寸鐵。在桑苧翁心裡，認為眼前的嬌女嬌婿有羅剎夫人主持其間，萬無一失，自己跟去無非湊個熱鬧，站在一邊，看他們各展身手，掃蕩群魔，也是一樂。

時值仲夏月圓之夜，天上萬里無雲，捧出一輪冰盤似的皓月，高掛層巒之上。溪山草木，罩上了爛銀似的一層月光，另有一種縹渺清幽之境。桑苧翁、羅剎夫人、羅幽蘭、沐天瀾四人，把隨從留在苗村，先到人猿棲息之處。只見巨靈似的四頭人猿，圍住了一潭泉水，站在潭邊，向水裡照自己的影子。個個咧著闊嘴，不斷的桀桀怪笑，笑得毛臂亂飛，聲動山谷。一見羅剎夫人等到來，立時奔過來，爬在羅剎夫人腳邊，顯出親昵的樣子。

桑苧翁等一瞧今晚四頭人猿，金髮披拂的毛頭上纏著大紅生絹，腦後拖著幾尺餘絹，腰上也緊緊的束著幾匝紅絹，前面打個結，垂下餘絹來，正把私處蓋住，後面一條短尾，也束在紅絹裡面了。這樣一裝扮，遍體發光的金毛，配上纏頭束腰的紅絹，益顯得山魈海怪一般，格外猙獰可怖。

最有意思的是，潭邊擱著兩乘奇異的竹兜子，抬肩的兩支轎扛特別加長，中間一先一後，綁著兩具竹椅子似的東西。大家一看便明白，這是羅刹夫人的新花樣，這樣，每乘竹兜子可以坐兩個人，四個人都可以叫人猿抬著走了。

像巨靈似的人猿，再多抬幾個人，原是不成問題的。於是，桑苧翁和沐天瀾一先一後合坐一乘，羅刹夫人和羅幽蘭合坐一乘，立時出發。趁著一片皎潔的月色，讓四頭人猿輕車熟路的，馳騁於萬山叢中。片時，到了榴花寨上面一條高嶺上，忽聽得一株松樹上，有人急喊：「女英雄止步，俺有機密報告。」

這人喊時，樹下人猿腳步如飛，已抬出老遠，羅刹夫人慌喝住人猿。回頭看時，那人飛身下樹，腳不點地的跑了過來。到了跟前，原來是那個大化頭陀。大化頭陀沒有見過人猿，剛才一陣風過去，他已瞧得疑神疑鬼；此刻逼近一看，這四個怪物幾乎比他高出半個身子。連竹兜子上坐的人，也覺高高在上，顯得他格外渺小了，未免膽戰驚心，駭得望後倒退。羅刹夫人笑道：「莫怕，這是我家養的人猿，不礙事，你有話快說罷。」

大化頭陀說道：「前晚俺照女英雄吩咐：進了蒙化城。先在僻靜處所養足精神，不等天亮，便把帶進城去的那疋寫字的布，掛在一株最高的樹上。趁著天尚沒亮，悄悄越城而去。

「路過育王寺，暗地瞧見寺後人影亂竄，松油亮子在寺後亂山崗上到處亂晃，寺內兀自冒著白煙，大約遭了火。俺躡足潛蹤，飛奔至榴花寨，遠遠便瞧見寨前石碉上，苗匪多了幾倍，要路口也有持槍帶弓的苗匪把住了。

「我又從荒僻小路亂竄，想繞道避過苗匪耳目，翻到這面嶺上。一不小心，被一個伏在暗處的匪徒瞧出形蹤，追了過來。我一閃身，等那匪徒近前，出其不意的把他擒住，拖到僻靜之處。一看不是苗匪，是育王寺羅剎聖母手下的小頭目，這人被我制住，禁不住俺拷打恐嚇，便說出前晚女英雄斬龍燒寺殺匪的情形。

「他說他們首領暗地跟蹤，已經探出兩位女英雄是從龍啐圖山這方面出來的。不過女英雄腳程太快，出了榴花寨，連腳印都找不出，摸不清是哪路英雄。連夜知會苗匪首領沙定籌增派苗匪，保住老巢榴花寨。從榴花寨到育王寺一條路上沿途要口，由育王寺匪徒們，率領苗匪沿途埋伏，等候女英雄再去時，便用亂箭截殺。

「又說育王寺內又出了幾個厲害匪黨，暗地設計，用全力對付女英雄們。我得了這樣消息，先把那小頭目殺了滅口，翻過了幾處險峻山頭，繞過了榴花寨，才在這條嶺上靜候女英雄們到來。俺在這嶺上蹲了一天一夜，幸而在蒙化城內，順手牽羊，摸著可吃的帶在身邊；嶺腰有泉水，倒不愁饑渴，躲在嶺上，可以望到下面榴花寨的動靜。

「午後瞧見榴花寨進進出出的苗匪絡繹不絕，通育王寺這條路上，時常聽到馬蹄奔馳之聲，想必在那兒佈置沿途埋伏的詭計了。我怕誤了事，太陽一下山，便爬上高樹眺望女英雄的來蹤，想不到竟被俺迎候著了。」

羅剎夫人聽了大化頭陀一番報告，和頭陀客氣了幾句，便止住人猿，和大家跳下竹兜子，走入嶺巔氣密的一片松林，吩咐四頭人猿把竹兜子藏在嶺背隱密處所，待命再進。

大家在松林內席地而坐，羅剎夫人替大化頭陀引見了羅幽蘭、桑苧翁、沐天瀾。羅幽蘭是昨夜見過的，不過今晚改了裝束，不是男裝，除出桑苧翁，都戴著面具。不過羅剎夫人今晚卻對他說明了眾人的來歷，大化頭陀格外起敬；其中沐天瀾是少林外家掌門人滇南大俠葛乾蓀的得意門徒，和他還是同源嫡派，又是對付匪徒的負責人物。大化頭陀這才明白了一點眼前情勢，暗自慶幸自己沒有白費氣力，育王寺百餘僧人的怨仇，也許在幾位身上穩穩的可以報復了。

這時羅剎夫人向大家說道：「匪徒在這條路上便是十面埋伏，大約也擋不住我們，不過我們得多費一點手腳。現在我們不如將計就計，襲用圍魏救趙之策，把匪徒首腦引到這兒來。我們卻雙管齊下，乘機分人暗入蒙化，直搗匪巢，在蒙化城內四周縱火，引官軍乘虛克復了蒙化。如果事情順手，今夜便可一舉成功。匪徒們既然在這條道上設了埋伏，把幾個匪首引到此地很是容易；我們只要在這嶺上安坐片時，不用我們自己出手，命四頭人猿下去，便把這苗匪老巢，攪個稀爛。放把野火，定把沙定籌和九尾天狐等匪首引了來了。」

羅幽蘭道：「我知道滇西苗匪，善用一種伏弩，名叫『偏架』，原是諸葛武侯傳下來的軍器，箭頭上多用毒藥淬過。人猿長得高大，目標顯著，不要教牠們吃虧才好。」

羅剎夫人笑道：「你不知道，人猿遍身毛厚皮堅，刀槍不入，只兩眼和胸前一塊小地方，是柔嫩之處。可是牠們眼能夜視，空手接箭更是天生的本領。不用說是伏箭，便是我們用十分厲害暗器，也不易制服牠們的。」

說罷，轉身向四頭人猿咕哩呱啦說了一陣猿語，大約是面授方略，只見四頭人猿一面聽著，一面咧著大嘴，好像樂得了不得，一對血紅的怪眼，滴溜溜亂轉。聽完了話，樂得亂蹦亂跳，好像叫牠們去吃美食一般，突然齊聲怪叫，轉身一跳丈把路，立時分頭向嶺下奔去。羅剎夫人向羅幽蘭笑道：「今晚叫你瞧個新鮮景兒。」

人猿一走，大家走向林口，齊向嶺下注目，這條嶺腳下便是榴花寨，山嶺雖高，從上望下，卻可看清全寨形勢。只見人猿縱躍如飛，手足並用，眨眼之間，已奔到嶺下榴花寨碉牆之下。奔下去時卻沒擠在一塊，分頭散開，向榴花寨四面進身，四肢並用，捷如飛鳥，煞時失了四頭人猿的蹤影。

一忽兒榴花寨碉樓上人影亂竄，弓弦亂響，寨內也極嚷怪叫，鬧成一片。月光之下，看出寨前寨後的碉砦角樓上，標箭紛飛，卻向寨內亂射。片時，寨內紅光上湧，四面起火，越燒越旺，烈焰飛騰，上沖霄漢，逼得全寨通紅。

一片火海之中，四個天魔般大怪物，飛舞上下，連聲怪嘯，震動山谷。最奇四個怪物，長臂揮處，便從牠手臂上抛起一團人影，抛球一般直上高空；然後這團人影，搖手舞腳而下，直鑽入血紅的飛焰火舌之中。從四個大怪物手上，不斷的抛起人球，此起彼落，連綿不斷；不管遠近，凡是抛起的人球，沒有一個不滾落於火焰之中。

在嶺上遠望的人，看到榴花寨變成一座火焰地獄。隨風而捲的狂焰，好像幾條張牙舞爪的火龍，惡狠狠的爭先搶奪四個天魔抛進去的鬼影。火舌亂捲，好像一呼一吸，吞吐著抛去的鬼影。最慘烈的碉砦上人影滾滾，大約嚇得魂飛膽落，不顧死活，擠著向寨外跳下；活像落葉似的紛紛掉了下去。

不料天魔飛來，長臂抓去，隨意一抛；只聽得鬼也似的一聲慘叫，跟著這聲慘叫，又抛入火海裡去了。場面雖然奇凶絕慘，遠看去卻似蜃樓海市般，一幕光怪陸離的幻影。

在榴花寨烈焰飛騰當口，寨外通育王寺一條路上，近寨一段密林叢篠之間，鬼影似的紛紛跳出許多人來，飛一般向榴花寨趕來。似乎趕來救火的，趕到寨前，猛見一片紅光映出碉砦上飛舞著天魔般幾個怪物，在那兒亂拋人球，嚇得棄弓丟箭，齊聲驚喊；乖覺一點的，便轉身沒命的飛逃。不料這聲驚喊，偏被怪物聽到，瞧見了寨外還有許多可拋的人，怪嘯起處，每個怪物隨手拆下一頭著火的竹窗木柱之類，向寨外驚喊的人們擲去。這些短椽長柱，到了怪物手中，又變成了飛空的火箭。

在嶺上旁觀的眼中，卻不像火箭，又似大大小小的許多火龍火鴉，帶著半身烈焰，曳著奇怪的嘯聲，向驚喊飛逃的人們追去。四個怪物，八條毛臂，拋厭了人球，目標移到寨外。著火的東西俯拾即是，勁足勢急，一溜溜的火箭火球，呼呼亂飛，射出老遠。逃走的人們，跌跌滾滾，只要挨著一下，立時送命。而且火星飛爆，火舌亂捲，寨外一段路上，又畢畢卜卜的，從林木榛棘之間，燃燒起來。隨著風勢，火蛇亂竄，又幾乎變成野燒。幸是夏季，草木滋潤，不比秋冬草枯木禿，還不致延燒到不可收拾。

這當口，嶺上的羅剎夫人眼看榴花寨已經燒得只剩四面的碉樓，連四頭人猿都站不住了。跳出寨外，還要追逐奔逃的苗匪，便從她櫻唇上發出清揚幽遠的嘯聲。這邊嘯聲一發，榴花寨外四頭天魔似的人猿立時停步，轉身向嶺上奔回。

同時那面育王寺來路上，蹄聲急驟，火燎如龍，一隊人馬呼嘯而來，約有二三百人。風馳電掣的趕到一片焦土的榴花寨，從一片松油亮子的火光中，看出這隊人馬裡邊，並非全是苗匪，有不少裝束詭異的人物，騎在馬上東西亂指，嚷成一片。似乎看得寨內火光未熄，已經燒光，無法可想。有幾個施展本領，在馬鞍上騰身而起，竄上尚未倒塌的碉樓，向寨內查看；也有抬頭向嶺上探望，無奈嶺高林密，從下望上，如何瞧得出來。

羅剎夫人一般人立身所在，原是一座陡峭的山嶺，從嶺上到下面榴花寨，少說也有二三十丈的高下，便是在嶺上看下去，只能藉著下面一片松燎的火光，看出一點匪徒的動作，卻辨不清匪人的面貌。

惟獨羅剎夫人目光銳利，約略瞧出騎馬的匪徒當中，非但有九尾天狐在內，似乎還有幾個異樣的人物。暗想：果然不出我所料，這把火把匪徒們引了來了，九尾天狐定然料到榴花寨出事，與前晚寺內搗亂的人有關，幾個首要匪徒，所以糾合大隊人馬前來察看了。她心裡暗暗得意，悄悄和眾人一計議，大家馬上向後撤出一段路去。到了適宜地點，再分頭潛蹤隱身，並請桑苧翁領著羅幽蘭、大化頭陀照計行事。

她只把沐天瀾留在身邊，獨擋群寇，又向四頭人猿吩咐了幾句，然後悄立嶺巔，靜看下面匪徒們的舉動。

嶺下大隊匪徒，非但其中有白蓮匪首九尾天狐，和榴花寨土司沙定籌，而且還有幾個當天趕到育王寺的厲害匪黨。

因為得到老巢起火的飛報，明知是對頭的毒計，更恨的是還沒有摸清對頭路道，好在幫手已到，人多氣壯，才率領大隊悍匪，一陣風趕來。料趕到以後，火光未熄，敵影全無。

幾個首腦正在商量搜查敵蹤之策，猛聽得這面嶺腰內發出奇特的長嘯，非人非獸。其音淒厲，聽在耳內，不由得令人心悸。而且這種怪嘯一發，遠處的也有同樣的怪嘯相和，倏近倏遠，忽高忽低，歷久不絕。加上四面山谷的回音，好像遠近林谷之內，藏著無數凶魔厲鬼，向這隊匪徒示威。一忽兒便要飛舞而出，擇人而噬一般，饒是一等潑膽，也不由得膽戰心驚。加上匪徒們來時，原聽到從榴花寨逃出來的匪徒，報稱有四個巨靈神似的怪物，縱火燒寨，拋人如球，此刻親耳聽到這種怪聲，豈止四個，似乎前後左右一忽兒便有無數怪物出現一般。

頭一個苗匪首領沙定籌，性雖凶悍，人卻迷信，早已面上失色，幾乎要傳令退兵，無奈當著九尾天狐一般人面前，只好硬著頭皮充硬漢，且看他們怎樣對付？可笑九尾天狐這般白蓮教餘孽，從教祖徐鴻儒傳下來，原是裝神裝鬼，慣弄鬼把戲的匪教。不想從那夜起，被別人做了手腳，破了鬼把戲不算，今晚似乎又落入敵人把戲之中；竟猜不透這種怪聲後面，藏著什麼詭計？把一個凶淫奸滑的九尾天狐，也鬧得有點虎頭蛇尾了。

其中有幾個跟來的厲害腳色，向九尾天狐道：「休管牠是鬼是怪，無非是敵人一種詭計，我們有這許多人在此，難道憑這怪聲便把我們嚇退不成？今晚好歹先摸清了敵人的來蹤去跡再說。」這幾個匪黨一壯膽，九尾天狐冷笑道：「當然是敵人詭計，照眼前地勢，前面嶺上我們必須上去搜查一下。」

她說完了這話，首先跳下馬鞍，拔下一柄長劍，叫沙定籌指揮大隊苗匪分頭殺上嶺去，尚未分派停當，嶺腰上怪嘯忽絕，卻有人在嶺腰上順風大喊：「請白蓮教首領九尾天狐上嶺談話。」接連喊了幾遍，最後卻喊出了，「有膽量的上嶺來，有位過路朋友在此候教。」夜靜聲高，喊出老遠，嶺下匪徒們聽得逼真；這一喊，又出於一般匪徒意料之外。

九尾天狐舉劍一揮，高喝一聲：「跟我上嶺！」一伏身便向嶺腳奔去，馬上的匪黨，一個個都拔出兵刃，跳下馬跟蹤上嶺。苗匪首領沙定籌這時豈能落後，立時率領苗匪，分頭尋路上嶺，留下一小隊苗匪把守嶺下，於是苗匪手上的松油亮子和長桿梭鏢上的雪亮鋼鋒，漸漸的閃上陡峭的嶺腰。可是這般匪徒好容易爬上嶺腰時，卻又聽得頭上嶺巔有人喊著：「嘿！早知道他們上嶺費事，還不如我們下嶺去好了。」

九尾天狐一般匪首聽在耳內，恨在心裡，一聲不吭，一個個施展本領，輕登巧縱，撲奔嶺巔。苗匪首領沙定籌也只好指揮自己部下，奮勇而上。九尾天狐帶了幾名有能耐的匪黨，和十幾名勇敢的教匪，首先竄上嶺峰；只見嶺上地勢較坦，一片密層層的松林，隨著山嶺蜿蜒之勢，向左右兩面擴展開去。月光之下，只有怒濤一般的松聲，不見敵人身影。

回頭向嶺下看時，沙定籌率領的苗匪還盤旋於怪石矮樹之間。

九尾天狐和一般黨徒，拿不住敵人在左在右，未免停步私下計議，忽聽得松林深處，有人說話，似乎便在對面沒有多遠，只聽得一點語音，早被狂吼的松濤混亂了。九尾天狐明知碰著了不可測度的厲害人物，若明若昧的佈置著步步誘敵的詭計，但是率著大隊人馬上嶺，已成了有進無退之勢，好歹要認清了敵人面目，作個了斷，才是辦法。心裡略一盤算，且不理會敵人，等得沙定籌率領的大隊苗匪上了山頭，便又派了幾十名帶弓箭的苗匪，守住這處上嶺的要口，這樣和嶺下的苗匪，可以上下呼應，免得進退失據。

在九尾天狐以為步步謹慎，算無遺策，其實她這樣一佈置，正墜入羅剎夫人的算計了，故意一步步誘他們上山頭，使匪徒們不得不分兵把守退步，然後可以用少擊眾，穩操勝算了。九尾天狐佈置好了退步，自己率領黨羽，居中穿林前進，卻教沙定籌指揮苗匪，撐著松油亮子，分作兩翼，同時進入松林。

進林以後，搜索了一段路，業已穿過松林，才看出林外是這一面下嶺的斜坡，卻沒有上乘一面的陡峭高拔。斜坡下面盡是寸草不生的亂石崗子，對面幾十步開外地勢又隆然高起五六丈，形若駝峰；峰頭是塊平整的草坪，密層層的松林，屏障一般，排列在草坪後面。從黑沉沉的林下，閃出一個黑影來，緩緩的走到草坪空闊之處，月光照體，顯出是個身背長劍，一身勁裝的少年壯士。

這人在草坪上，很自在的抬頭望月，似乎把這面嶺頭一般匪徒，毫不在意一般。九尾天狐等這時一心要與敵人會面，弄個水落石出，不再留神敵人什麼陣式，一個個施展輕身功夫，從斜坡飛身而下。猿猴一般，縱躍如飛，渡過下面一片亂石崗子，再向那座峰頭飛躍而上。好在這座駝峰，並不高峻，一湧上峰。踏上峰頭那塊平整的草坪，卻見那勁裝少年竟帶著面具，在坪心挺然卓立，見了這許多人湧上草坪，毫不驚奇，而且連背上長劍都沒有拔在手中，只雙拳微抱，朗聲說道：「哪一位是九尾天狐，請過來俺有話說。」

這當口，九尾天狐一般黨羽和沙定籌手下的苗匪，陸續搶上峰頭，雁翅般在草坪的一頭排開，苗匪手上的松油亮子，把這塊草坪中心照得雪亮。在九尾天狐眼內，把對面的人當作昨晚進寺搗亂的二人之一，仇人相見，當然眼紅，何況指名叫陣，她身邊的健將，個個想爭先會敵，她說：「且慢，讓我先問個明白。」

她說了這句話，一個箭步離隊而去！竄到坪心，和那蒙面壯士相距六七尺遠近，對面立停，橫著寶劍喝道：「我與尊駕，大約素未相識，當然談不到怨仇，為什麼昨夜在我寺內暗地搗亂，今晚你又在榴花寨放火？這種行為算不了英雄，現在既然你有意和我們覿面談話，我便是九尾天狐。我先聽一聽你的萬兒和來意，你既然有意和我見面，你面上的人皮面具大可去掉，不必再弄玄虛。」

她嘴上侃侃而談，一對勾魂攝魄的眼珠，不斷的打量對面的人，只覺這人猿臂蜂腰，一身青的夜行勁裝；從頭到腳，處處透著英挺不群，不用去掉面皮，便知是個與眾不同的人物。在九尾天狐說話時，這人面具上一對眼窟窿內，兩道炯炯放光的眼神，也向對方上下打量，覺得九尾天狐雖沒有羅幽蘭的姣艷如花，羅剎夫人的秀媚絕俗，卻也面目楚楚，身材婷婷，有幾分姿色。尤其眉目之間，風騷入骨，不過帶著一種潑辣狡凶之態。

原來九尾天狐覿面談話的蒙面壯士便是沐天瀾，他是按照羅剎夫人面授方略，逐步實施；他等九尾天狐說了幾句話以後，微一冷笑，突然右臂一抬，把自己臉上面具揭掉。他把面具一揭，九尾天狐立時覺得眼前一亮，心裡一驚！兩隻眼直勾勾的盯在他臉上，再也捨不得離開。沐天瀾故意又向前邁了一步，可笑九尾天狐情不自禁的也向前走了兩步，而且手上橫著的寶劍軟軟的垂了下來，這樣兩人距離只有三四步的遠近了。

沐天瀾肚裡暗笑，故意低聲說道：「我久仰九尾天狐的大名，今晚偶然路過此地，和你無意相逢，才想和你談一談。剛才你向我說的話，我摸不著頭腦，大約你看錯了人，怪不得你們帶著這許多人，其勢洶洶的似乎要和我拚命一般。我和你們素不相識，無怨無仇，幾曾到你們寺裡搗亂過？也許是我朋友幹的事，倒沒有準兒。現在你們擺成這樣陣勢，是不是依仗人多，想欺侮我單身的過路客人？哼！不是我小看你們，我還沒有把你們放在眼裡哩。」

這一套迷離恍惚，難以捉摸的話，九尾天狐聽得摸不著頭腦。這位騷狐，生平又沒有見過這樣英俊不群的美男子，色令智昏，身子早已酥麻了半邊。把右手一柄寶劍垂拄地上，左手指著沐天瀾笑道：「說了半天，我還不知道你是誰？你說的話，我也不能全信，喂！難道你想見我，便是這幾句話嗎？」

沐天瀾眼神注定了她手上寶劍，還隨時注意她背後遠遠站著的一般匪徒，聽她這樣一說，微微笑道：「當然有重要的事，才想和你一談。現在我先叫你知道我是誰，我便是江湖上傳說的玉獅子，我知道你們這般人，在川藏一帶出沒，也許沒有聽過我的名頭。」沐天瀾不說姓名，故意把這風流綽號蒙她，九尾天狐嘴上低低的不斷念著「玉獅子，玉獅子」，似乎滿肚皮搜索，兀自想不起江湖上有玉獅子這麼一個人。

沐天瀾卻又朗聲說道：「你在川藏一帶稱雄，倒也罷了。偏又跑到滇西來，和最沒出息的苗匪合起夥來，苗匪是仇視漢人的，你們難道忘記自己是漢人了？這且不去管他，你們也許另有用意。但是你們自己太不量力了，憑你們這點微末的殘餘根基，居然想佔據大理，雄霸滇西，造起反來。

「你們定以為沐啟元老公爺去世，省城調不出雄兵猛將，可以為所欲為了。其實你們想左了，而且你們到此刻還在夢裡。據我所知，沐府早已暗暗調派精兵，把你們四面咽喉要路扼住了。一面又密派能人深入你們巢穴，把你們虛實動靜，調查得清清楚楚，一舉手，便能把你們和苗匪一鼓成擒，面面張著網羅，誰也逃脫不了。你們偏又晦氣星照命，偏又舊事重提，把點蒼山羅剎閣一段神話，當作護身的鬼畫符，編出羅剎二次出世的鬼話，鬧出羅剎聖母降壇的鬼把戲。你們一鬧這種鬼把戲不要緊，無意之中卻得罪了兩位厲害人物……」

沐天瀾話風略停，暗地留神九尾天狐的神色，見她聽得秋波亂轉，臉色屢變。忽然她順著話風，問道：「你說的兩位厲害人物是誰？快說。」

沐天瀾朝蒙化城和育王寺所在的方向，看了幾眼，尚無動靜，知道時機未到，再說下去，圖窮匕現，便要見真章。故意把話引了開去，好像關切似的，盯了她幾眼，嘆口氣說：「我早知道川藏有你這樣的一個人，也是一位難得的女英雄；何苦飛蛾撲火，身投羅網？不過我有點交淺言深，但是既然被我碰上，我還得好言相勸。現在危機就在眼前，為你著想……」

沐天瀾說到此處，故意輕輕的說道：「最好你幡然悔悟，馬上領著你心腹黨羽，遠離是非之地，否則你把苗匪的首領殺了，也是將功折罪的一策。這是我閑人閑語，聽不聽在你。好，現在我把想說的話說盡了，我不打擾你們，後會有期，我要上路了。」

九尾天狐突然把劍一橫，向沐天瀾面上看了又看，兩道秋波，射出異樣的神采，咬著牙，點著頭，似笑非笑的向他說道：「你這番好意，如果句句真個從你肺腑裡出來的，我當然得領你的情。不過你剛才所說兩個厲害人物，究竟是誰？我得問個清楚，也許憑你一番好意和這兩位厲害人物，我只好偃旗息鼓，順從金玉良言了。」說罷手上劍光一閃，腳下微動，身子又逼近了一步，嘴上卻笑著說：「玉獅子，你說的兩個厲害人物，究竟是誰？」

沐天瀾見她神色有異，霍地向後微一滑步，便退出六七尺去，九尾天狐冷笑了一聲，忽又嘆了口氣，向沐天瀾說：「你既然多心，為什麼不亮劍呢？」

沐天瀾不理會這話，向她說道：「滇南有位羅剎夫人，你知道不知道？」

九尾天狐點頭道：「最近聽人說起過這個人。」

沐天瀾又說：「從前滇南秘魔崖九子鬼母手下有位女羅剎，知道不知道？」

九尾天狐一聽這話，忽地一跺腳，指著沐天瀾恨聲說道：「謝謝你，現在我都明白了。」說了這句，忽地死命盯了沐天瀾幾眼，失驚似的指著他喊道：「咦！你們的鬼把戲真不少，你也不是什麼過路客人，你定然是人們傳說的沐二公子。好呀！你們三人在飛馬寨鬧得不夠，現在又鬧到滇西來了。」

沐天瀾大笑道：「這得怨你自己，為什麼編出羅剎出世的鬼話，犯了她們的名諱呢?至於我剛才對你說的話，並沒半句虛言，確是一番好意呀。」

九尾天狐苦笑道：「對，你這好意我心領。現在不用多說，我得會一會你的兩位羅剎，是什麼千嬌百媚的美人兒。至於你……」

沐天瀾劍眉一挑，厲聲喝道：「怎麼樣?」右臂一翻，身形一挫，劍光一閃，背上辟邪劍已拔在手內。

九尾天狐看他拔出劍來，毫不在意的笑道：「今晚我門的是你的兩位羅剎，我找的是到我育王寺搗亂的人，而且我可以料到她們兩人，定是跟著你影兒走的。此刻故意叫你一人出面，又不知鬧著什麼壞主意，這樣鬼鬼祟祟算什麼人物，有本領的出來當面比劃……」

九尾天狐嘴上滔滔不絕當口，猛聽得遠遠起了驚人的怪嘯，一忽兒嘯聲越來越近，到了玉獅子身後一排深林的後面，嘯聲忽止。九尾天狐和身後一般匪黨，聽到這種非人非獸的怪嘯，都有點聳然動色，各人都暗自戒備。舉目齊向對面瞧時，只見林內走出一位秀逸絕俗的美人來，見她從容不迫的走到沐天瀾身邊，對於近立的九尾天狐，和遠立的許多匪黨，連正眼都沒有看一眼。卻向沐天瀾嬌嗔道：「怪道等了你老半天沒有影兒，原來有人把你拴住了。」

沐天瀾聽得幾乎笑出聲來，暗想羅剎夫人真會逗人，她這樣一做作，這位騷狐狸饒是精靈，也被她鬧得暈頭轉向。心裡一樂，慌轉臉向九尾天狐笑道：「你不是要會一會滇南的羅剎夫人嗎？湊巧得很，這位便是。」

九尾天狐早已全神貫注，一聽這人便是羅剎夫人，更是上下打量；羅剎夫人這時沒有帶面具，露出本來面目。九尾天狐一見羅剎夫人，心裡暗暗打鼓，覺得這人秀美絕倫，卻又氣定神閑，隱隱的蘊藏著一種難以抗衡的氣魄。而且寸鐵不帶，談笑從容，更是難以窺測高深。她心裡打鼓，嘴上卻厲聲喝道：「我和你井水不犯河水，平時無怨無仇，為什麼夜入育王寺，放火殺人，暗下毒手……」

羅剎夫人不等她再說下去，微微一笑，毫不經意的笑道：「育王寺一百多個和尚，和你井水不犯河水，平時和你們無怨無仇，為什麼都把他們害死？」這幾句話宛似一柄利刃，已夠鋒芒，她又冷笑著說道：「照你們這樣昏天黑地的蠻幹，殺死百把個無為無欲的出家人，原沒放在心上！但是我替你們有點惶恐，你們把滇西當作川藏邊界，以為可以任意橫行，你們這主意便大錯而特錯了。起初我還以為你們這樣胡來，總有幾分把握；這幾天我暗地一瞧，我暗暗好笑。憑你們這一堆人，和一群蠢如豕鹿的苗匪，也想雄霸滇西，稱孤道寡麼？那真是天大的笑話，你們還不如飛馬寨岑鬍子知機識趣呢！」

這一番話，連罵帶損，幾乎把九尾天狐噎得透不過氣來。氣得她寶劍一揮，丁字步一站破口大罵道：「利嘴賤人，誰和你鬥口？快亮兵刃，立時叫你識得九尾天狐的厲害。」羅剎夫人仍然談笑自若，長眉微挑，冷笑道：「和你們這般人比劃，如果要用兵刃，便不是羅剎夫人了。我還通知你，你看家本領幾顆迷魂彈我已領教過，做得很精巧。我希望你盡量施展，我好慷他人之慨，帶回去送人。」

在雙方交口之際，那面站著的一般匪徒，看得對面敵人只有一男一女，滿不在意。九尾天狐手下幾個心腹健將，各持兵刃，躍躍欲試。其中有兩個新從川藏老巢趕到的凶匪，一個綽號花面雕，一個綽號二郎神，這兩個匪徒，都是好色如命，和九尾天狐是老交情。起初九尾天狐單獨和沐天瀾說話時，瞧出九尾天狐對於這位美男子，語氣神情，顯出異樣。明知她又犯了老毛病，兩人心裡酸溜溜的，不約而同的越眾而出，趕到九尾天狐身後，恨不得立時制沐天瀾於死地。後來羅剎夫人一現身，兩人四隻色眼，又直勾勾的瞧個不定，暗想這女子太美了，站在九尾天狐面前，那女子好像從月宮下來的仙子，九尾天狐好像從地洞鑽出來的妖魔。

兩人同一心思，又同一存著癩蛤蟆想吃天鵝肉的念頭，也沒細想這位美人寸鐵不帶，氣度何等從容！語言何等鋒芒！豈是平常人物？可笑這兩個色鬼，依仗平日橫行川藏邊區的名頭，以為這樣嬌滴滴的美人兒，強煞總是女人家。一看九尾天狐被美人兒挖苦得氣破胸脯，立時要下毒手，兩人心裡一急，居然還想起了憐香惜玉之心；怕美人兒命喪劍飛，而且都想佔個先籌，不約而同的齊聲大喊：「割雞焉用牛刀？」

一面喊，一面從九尾天狐後面跳了出來；二郎神在左，手上揚著把三尖兩刃刀，花面雕在右，雙手拽著一根鑲鐵齊眉棍。這條棍分量不輕，有鴨蛋那麼粗細，怕不有三四十斤重，憑這條鐵棍，可知花面雕兩臂臂力，著實可觀。兩人一現身，沐天瀾便要仗劍迎敵，羅剎夫人低喝道：「退後！」

在這聲低喝之中，二郎神先到了羅剎夫人跟前，大約二郎神腳步比花面雕輕快，一半花面雕被手上沉重的齊眉棍受了累。二郎神搶到羅剎夫人面前，三尖兩刃刀一晃，似乎還想嘴上交代幾句。不料嘴未張開，猛覺對面美人兒身形微晃，自己腰眼上一酸，身子一軟，像一堆土似的堆在地上。三尖兩刃刀早已脫手，死一般暈過去了。後面趕來的花面雕吃了一驚，才明白這位美人兒，不是等閑之輩，鑌鐵棍一順，想一力降十會。大喝一聲，一面橫掃棍帶風聲，向羅剎夫人攔腰掃去。

羅剎夫人並不閃避，向前一邁步，疾逾電閃，左臂一沉，正把掃過來的鐵棍接住，同時右臂一抬，劈啪一聲脆響，花面雕左頰上，實劈劈的吃了一下耳光。這一記耳光，非但花面雕面上真個開了花，而且把他掃出去一丈開外，跌得發了昏，一時爬不起來，一條鑌鐵棍卻在羅剎夫人手上了。

羅剎夫人兩臂暗運功勁，把手上鴨蛋粗的一條鑌鐵棍，當胸一橫，兩手捏住左右棍頭，漫不經意的兩臂往胸前一攏，這樣粗的鐵棍，變成麵條一般，隨手很快的把鐵棍拗過來，像繩子一般，挽了一個同心結。挽結以後，又兩頭一抽，結子縮小了許多，隨手向九尾天狐面前一擲。毫不在意的微笑道：「我懶得和你們動手，古人說得好，『冤家宜解不宜結』！你們不論是誰，只要能夠把這鐵結解開，鐵棍還原我便丟開手，不干涉你們的事。你們如果連這樣結子都解不開，這滇西鎮上，藏龍臥虎，有的是能人，便是我羅剎夫人不干涉你們，你們遲早也得性命難保，休想在這兒稱王道寡了。」

羅剎夫人這一手，非但把對面九尾天狐以下一般羽黨，鎮得一時鴉雀無聲，連她背後的玉獅子沐天瀾也驚得吐了舌。心想這般粗鐵棍，要像她手上麵條似的挽起結子來，非有千斤以上的膂力不可，平時總以為羅剎夫人內功獨得真傳，輕功也高人一等，想不到還有這樣驚人的實力。

在九尾天狐一般羽黨，做夢也想不到會碰見這樣硬對頭，講單打獨鬥已不濟事，惟有依仗人多勢眾，立下毒手，諒她一等鋼筋鐵骨，也擋不住硬弓毒箭。奸滑的九尾天狐，這當口，業已撤身後退，向一般匪黨一遞暗號。匪黨和苗匪，紛紛向左右散開，成了扇面形的陣勢，帶著飛鏢飛叉和弓箭的居先，從左右兩面包抄過來。顯而易見的，要把羅剎夫人、沐天瀾兩人攢射成刺蝟了。

第廿八章　一箭了恩仇

羅剎夫人一見對面教匪和苗匪的陣勢，已到了最後的地步，可是蒙化方面的信號，還沒有發現，霍地一退身，拉著沐天瀾的手，嬌喝一聲：「跟我來！」兩人同時轉身雙足一點，飛身而起，竄入身後密林之內，霎時身影全無。

羅剎夫人和沐天瀾退得太快，九尾天狐一般手下，來不及拉弓放箭，只步步向那面松林逼近。卻又不敢入林，猜不透林內有無埋伏；因為林外月光普照，而且林內深處，怪嘯又起，忽遠忽近，如鬼如魔，令人心悸。

九尾天狐一看這片松林，密層層的究有多深，沒法測度；只看從兩邊展開，隨著崗巒起伏之勢，已有好幾里路長。手下二三百人，無法把這片松林包圍起來，而且大敵當前，兵力不便分散。包圍既不可能，縱火燒林，也辦不到。何況這片山林，坐東向西，時值東南風季節，自己人馬在下風頭，縱火更不可能，九尾天狐面對著這座松林，一時委決不下，連敵人是否尚在林內，也無從測度。這一來，九尾天狐這般人，弄得進退兩難，未免耽延了不少工夫，其實九尾天狐已經墜入羅剎夫人算計之中。

羅剎夫人和沐天瀾退入深林之時，她們並沒藏身林內；只留下兩頭人猿，在林內時發怪嘯，逗著林外一般匪徒，拴住了九尾天狐，磨菇時候。他們兩人從林內坐上竹兜子，由兩頭人猿抬著，從遠處繞出林外，越過一重亂崗脊，又回到榴花寨上面的高嶺上，卻在九尾天狐一般人的背後了。

在嶺口上九尾天狐、沙定籌等，原留下一小隊苗匪，約有三四十名，看守下面的要道。羅剎夫人胸有成竹，一到嶺上，遠遠停住，命兩頭人猿，悄悄的掩了過去。兩頭金剛般的人猿，只一聳身，便憑空竄入看守嶺上的苗匪隊內，鐵爪揮去，人似草束一般被擲向嶺下。三四十名苗匪，碰著這樣的怪物，魂都嚇傻，宛如滾湯潑鼠，一個個滾下嶺去。這樣陡峭的山嶺，十九都弄得身死骨折，命喪人猿之爪。這一陣折騰，雖然免起鶻落，時間極短，但是人猿口中的怪嘯，和苗匪們的驚喊，在嶺這面松坪上圍守著的九尾天狐一般大隊人馬，當然業已警覺。

偏在這當口，九尾天狐遠遠望見蒙化城內紅光驟現，煙火燭天，順風吹來，隱隱還聽得金鼓喊殺之聲。這一驚非同小可！猛又想起，剛才沐二公子說過，沐府早已暗調精兵，扼住四面要路的話，看來並非虛言。這火光、這戰鼓的聲音，定是官軍乘虛而入蒙化了。啊呀！不好！苗匪們失敗不足惜，自己費盡心血得來的一點根基，又要化為泡影了。

這時九尾天狐和她一般黨羽，又驚又怒，不知怎樣才好。尤其苗匪首領沙定籌眼看榴花寨老巢已成飛灰，視為根據的蒙化城，今晚也怕難保，急得他大嘆大叫，要九尾天狐率領匪黨，火速趕回蒙化，探個實在。九尾天狐這時心亂如麻，除出火速回去救援，也別無辦法。

在九尾天狐率領匪黨，沙定籌指揮苗匪，預備趕回蒙化當口，不料身前的松林內，厲嘯突起，音洪而近，似乎怪物就要出現。這邊林內怪嘯一起，九尾天狐來路上的嶺巔，同樣起了怪嘯。只憑這前後不可捉摸的怪嘯，已先聲奪人，使九尾天狐等明白了落入人家前後夾攻之中。最難受的，現身的敵人，僅只羅剎夫人和沐二公子兩人，而敵人虛實莫測的疑陣，究不知埋伏著多少人？加上這種驚心動魄的怪嘯，究不知是何種怪物？不用說一般渾渾沌沌的苗匪，被這種怪嘯嚇得亡魂喪膽，便是自己的黨羽也有點膽寒心虛。事到臨頭，不論前途怎麼凶險，也只可往前硬拚，殺出重圍，趕到育王寺，探個虛實，再作道理。

她和沙定籌心神慄亂，指揮黨羽們撤圍回身之際，猛聽得松林上面幾聲桀桀怪笑。在這一陣怪笑聲中，九尾天狐一般人，不由得毛骨悚然的回過頭去，向林內張望。萬不料松林上葉帽子嘩嘩一陣怪響，月光底下，突見林上飛起兩個遍體金毛、頭纏紅巾的大怪物，其快如風，半空裡向這一大堆人裡面撲下來。嚇得匪黨們丟弓棄箭，四散奔逃。

九尾天狐和幾個有能耐的黨羽，雖然事出非常，還能強鎮心神，閃開了身形，各自掏出厲害暗器，紛紛攢射。無奈兩個大怪物，捷如飛鳥，一聳身，便十幾丈出去；連九尾天狐的迷魂彈，也是白費，而且在一起一落之間，長臂揮去；晦氣的苗匪教匪們，挨上身的便拋出老遠。幾個起落，兩個大怪物已縱下松坪，隱沒於亂石崗之間。一瞬眼的工夫，桀桀的怪笑，已在來路的高嶺上了。

兩頭人猿出其不意的一鬧，教匪苗匪堆裡，被兩頭人猿順手牽羊、隨手撈起、遠遠攢死的，已有十幾名之多。偏偏苗匪首領沙定籌，誤打誤撞的，也在死的十幾個人內。大家趨近看時，沙定籌頭折胸穿，業已慘死。九尾天狐一般人，雖然和苗匪首領沙定籌同床異夢，這時卻有點兔死狐悲，益發難以措手。最可怕的，本來聽得嶺上和這面林內怪嘯同發，遙遠相和；現在又眼見兩個大怪物飛奔嶺上，可見這種大怪物不止兩個，定已在回去必經之路的嶺脊上截住歸路了。

在坪上僅僅跳出兩個大怪物，便被鬧得落花流水，在嶺上更不知有多少怪物埋伏著。不用說回救蒙化，探聽虛實，眼前高嶺上這步難關，便沒法過去。最可恨的沙定籌陳屍坪上，一般苗匪蛇無頭不行，個個變成掐了頭的蒼蠅一般，沒命的向坪下亂竄，各自逃命。九尾天狐和一班黨徒，高聲喝止，沒人聽命。一霎時，逃散了大半，坪上七零八落的不成隊伍。

九尾天狐和手下的黨羽，人數有限，益發顯得淒慘孤單。九尾天狐和黨羽們，弄得束手無措，剛才是不敢前進，現在是不敢後退，一個個變成熱鍋上的螞蟻了。

羅剎夫人、沐天瀾兩人，在那面嶺上居高望遠，而且並沒十分遠，中間只隔了一段亂石崗，這面坪上的情形，當然一一入目。雖然沒有看到苗匪首領沙定籌已死人猿之手，至於苗匪四散逃命，九尾天狐一般匪黨走投無路的情形，一望可知。同時蒙化方面火光燭天，越來越盛，金鼓之聲也隱隱入耳，便知桑苧翁、羅幽蘭、大化頭陀三人已經得手。

沐天瀾高興得像小孩子般跳了起來，拉著羅剎夫人玉臂，笑道：「今晚又仗著姊姊智勇兼旋，一舉成功。像姊姊這樣天仙化人，我不知幾世修來，才能夠得到姊姊的同心合意，叫我怎樣報答姊姊才好呢？」

沐天瀾嘴上連珠似的叫著姊姊，兩臂一展，抱著羅剎夫人，扭股糖似的貼在她身上。羅剎夫人伸手向他臉頰上輕輕扭了一下，媚笑道：「小嘴多甜，少灌米湯。在羅幽蘭面前，也敢這樣這般的叫我，這般的不老實，才算你本事。」

沐天瀾發急道：「怎麼不敢呢，連她也得心悅誠服的欽佩，何況我們三人是一心合體的呢！」

羅剎夫人讓他親熱了一陣，笑道：「我問你，你對待我和羅幽蘭是一般的愛呢？還是有點不同呢？」

沐天瀾嗤的一笑，故意一字一吐的說道：「當然是一般的愛，不過我對於姊姊，愛是愛極了，恨也恨極了。」

羅剎夫人秋波一轉，嘴上噫了一聲，急問道：「既然愛極了，怎麼又恨極了呢？」

沐天瀾笑道：「姊姊如果真個愛我，這句話用不著我解釋的，姊姊怎麼不關心我日夜相思的苦呢？怎麼不令人恨得牙癢癢地呢？」

羅剎夫人笑啐道：「小油嘴，小心眼兒成天想著左擁右抱，償你的心願。此刻你在我面前說得嘴滑，回頭我把你這話一字不漏的對羅幽蘭說，你便吃不了，兜著走了。」

她這麼一說，沐天瀾果然暗暗吃了一驚，嘴上囁嚅了半晌，一時說不出話來。羅剎夫人嗤的一笑，嬌嗔道：「小油嘴，你還恨不恨呢？」

可笑這兩位在這當口，忽然好整以暇，情意纏綿起來，忘記了身處何地，幾乎把對面嶺上九尾天狐一般匪徒和蒙化城內的大事，置諸腦後了。可是四頭人猿，不解溫柔，像貓捉耗子一般，八隻眈眈怪眼，遠遠的注定了坪上的一般匪徒，驀地齊聲怪吼，聲震山谷。四頭人猿，八隻毛臂，一齊發動，飛一般竄下嶺去。

羅剎夫人和沐天瀾突被四頭人猿震天價一聲怪吼，猛地驚覺，齊向這面嶺下看時；

原來對面坪上九尾天狐一般匪黨，無計可施，忽然想出死中求活的計策。趁著天上風堆雲湧，一塊烏雲遮沒月華之際，悄悄把黨羽四面散開，分頭下坪，想避開來時嶺上的一段要口，把人們分散。不管有路無路，遠遠的繞過怪物把守的嶺口，再各自尋路上嶺翻過嶺去。

萬不料人猿眼光尖銳，視夜如晝，坪上匪徒們一點動作，逃不過人猿的監視。坪上眾匪徒，紛紛跳下松坪，躡足潛蹤於一段亂石崗之間，正想分頭繞路翻嶺當口，四頭人猿已縱下嶺去，撲向嶺下的亂石崗。一般匪黨，立時鬼哭神號，如逢惡煞，腿快體輕的，或者僥幸還能逃出一條性命，手腳略笨的，便死在人猿厲爪之下。

四頭人猿，在一片混亂石崗上往來飛躍，活似餓鷹抓雀，猛虎攫羊。只見長臂舞處，人影騰空，跌下來便粉身碎骨。

這般平日積惡造孽的匪徒，碰著四頭天魔似的人猿，活該遭報，可是這種凶慘場面，也是不忍卒睹。

羅剎夫人在嶺上遠遠瞧著，也有點不忍起來，向沐天瀾笑道：「不管九尾天狐是否在劫難逃，經此一來，不論白蓮教匪和榴花寨苗匪，被我們這樣一攪，定必風流雲散，滇西已難立足。君子不為已甚，我們就此趕往蒙化，和他們會合罷。」

說罷，玉掌在櫻唇上一攏，向嶺下撮口長嘯。在下面亂石崗上往來飛躍的四頭人猿，一聽到嶺上羅剎夫人的嘯聲，奉命唯謹，立時停手，發出遙應的怪嘯，一齊向嶺上奔回來。

羅剎夫人不便帶著四頭人猿，到人煙較密的蒙化城內去，吩咐牠們抬著兩乘竹兜子，自回龍啐圖山苗村相近的山谷，等候主人到來。不准進村去闖禍嚇人，四頭人猿乖乖的領命自去。

羅剎夫人、沐天瀾留神嶺下亂石崗間，匪屍縱橫，死氣沉沉，寂無人影。大約死的死，逃的逃，藏匿的藏匿，景象非常淒慘。

羅剎夫人嘆口氣道：「兵凶戰危，都由貪婪一念而起。但是今晚我們也是行險僥倖，我們全仗著虛虛實實，步步制其機先，令匪徒們難以捉摸，其氣先餒，處處進我圈套。一半也是時機湊巧，如果九尾天狐黨羽大集，知我虛實，苗匪們齊心拚死，一湧而上，我們兩人究係血肉之軀，人猿雖然毛厚皮堅，禁不住硬弓毒箭，四面攢射，也難持久。」

沐天瀾笑道：「姊姊虛懷若谷，功成不居，見解自是高人一等。現在此地事了，他們在蒙化城內，是否大功告成還未可必，我們快去接應他們罷。」

羅剎夫人朝沐天瀾面上盯了幾眼，點著頭說：「我明白你是一時半刻也離開不得那位姊姊，你放心，羅幽蘭對付蒙化城內一般苗匪綽有餘力，何況還有你那位老泰山保駕呢？」

沐天瀾一看她面含薄嗔，音在言外，嚇得不敢答腔。心想女人總是女人，這一位胸襟何等闊大，一涉兒女之私，也難免打破醋罐，可見女人果真一點也不含醋意，便不成為女人了。

從榴花寨到蒙化城，原只二三十里路程，一路上苗匪餘黨，早已聞風遠飆。羅剎夫人和沐天瀾趕到蒙化，坦行無阻。

到了蒙化城近處，瞧見城內火光未熄，經過育王寺，山門大開，人影全無，可見盤據寺內的匪徒，也逃得一乾二淨。兩人腳步一緊，趕到城門口，城門緊閉，城上燈球高矗，插著不少官軍旗幟，似有不少官軍把守。在敵樓上，還掛著累累的苗匪首級，一切都可證明確已大功告成，蒙化已被官軍克復了。

這時東方已現魚肚白色，晨星稀疏，玉器霏微，快到天亮時分。沐天瀾、羅剎夫人兩人剛走到城外弔橋口，忽見兩扇城門嘩啦啦推開，火光照耀，潑刺刺湧出一隊騎兵。當頭一個披甲軍官，騎在馬上，已經跑上弔橋，一眼瞧見橋下立著沐天瀾、羅剎夫人，立時韁繩一勒，止住馬蹄，睜著眼珠向兩人打量。

沐天瀾立時上前，向他說明自己來歷。馬上軍官立時滾鞍下馬，躬身致敬，口稱「奉總兵將令，正想一路迎接公子進城，不料出城便逢公子駕到。快請公子進城，尤總兵正在盼望呢。」說罷，向後面隊伍一揮手，肅立兩旁，讓出中間一條路來。又牽過兩匹馬來，請兩人上馬，自己當先領路，進城直赴尤總兵駐紮的縣衙。

一到縣衙，尤總兵已經得報，慌不及親自迎出衙來，見面便說：「公子來得好，快請進內，一位女英雄羅姑娘受傷甚重。」這一消息，宛如半空裡打下一個焦雷，急得沐天瀾頂門上轟的一聲冒了魂，一手拉住尤總兵，發瘋似的問道：「怎……怎的受了傷，受傷的真個是她麼……」這時羅剎夫人也驚得面上失色，慌說道：「人在哪兒，貴總兵快領我們去。」

尤總兵一條右臂，被沐天瀾使勁拉著搖著疼痛得發麻，幾乎脫了臼，也不知那位受傷女英雄和這位沐二公子怎樣的密切關係，使他急得這樣，齜牙咧嘴的說：「公子快放手，我領你去。」沐天瀾一放手，尤總兵甩著一條右膀，轉身往內衙急走，沐天瀾、羅剎夫人急匆匆跟著。

這座小小的縣衙，規模原很簡陋，大堂後面，過了儀門，便是縣官起居之所。品字式的幾間瓦房，被苗匪首領沙定籌竊居多日，到處披紅掛彩，倒弄得五光十色，和新娘洞房一般。

沐天瀾一踏進這所院子，便聽得上面正中堂屋右面一間屋內，桑苧翁顫著聲喚著：「蘭兒……蘭兒……你定一定神，手上的首級放下來，天瀾和羅剎姊姊一忽兒便到。」

沐天瀾一聽到聲音，一聲驚喊，一個箭步竄進堂屋，轉身躍入右面屋內。屋內燭光照處，只見羅幽蘭直挺挺立在地上，半個身子卻靠在桑苧翁肩上，面如金紙，滿身血污。右手一柄猶龍劍丟在地上，左手一個血淋淋的腦袋，兩眼直勾勾的咬著牙，盯住了屋門口。一見沐天瀾躍進屋來，立時眼淚直掛，「哇」的一聲哭了出來，而且力竭聲嘶的哭喊道：「冤家……你……你來了，我……我總算替你報了殺父之仇了……」哭聲未絕，兩眼上翻，左手一鬆，一顆人頭，骨碌碌滾落腳邊，一個身子軟噹噹的痿了下去。

沐天瀾一縱身，兩臂一抄，緊緊的抱在懷裡，哭喚著：「蘭姊……蘭姊……」痛淚像雨一般掉了下來，點點滴滴的都掉在羅幽蘭面上和胸上，但是羅幽蘭牙關緊閉，已難出聲。一位姣艷如花的女英雄，只幾個更次的小別，便變成這樣淒慘局面，這是沐天瀾做夢也沒有想到的。這時羅剎夫人已跟蹤進屋，也覺事出非常，花容失色，一對長鳳目淚光瑩瑩，急問傷在何處。

沐天瀾急得沒口的哭喊道：「姊姊……姊姊……你快救救蘭姊呀……」

羅剎夫人小劍靴狠命的一跺，腳下一塊水磨方磚，立時粉碎，跺著腳急向桑苧翁問道：「蘭妹怎樣受的傷？傷在什麼地方？」

桑苧翁銀鬚亂顫，老淚紛披，顫巍巍指著地上人頭，嘆了口氣，直喊：「冤孽……冤孽……」

羅剎夫人過去用腳一撥地上人頭，才看清是黑牡丹的腦袋，驚喊了一聲：「噫！原來是她……」急問：「是袖箭？是飛蝗鏢？」

桑苧翁哆嗦著說：「袖箭……我替她敷上了我隨身秘製的八寶解毒散，又餵了不少九轉還命丹，但是……傷在左乳下期門穴，怕的是……毒氣竄經歸心……」

桑苧翁哆哆嗦嗦的說不下去了，羅剎夫人咬著牙在屋裡四面一打量。這間屋內並沒床鋪，另有一道通裡間的門。她飛一般向裡屋一瞧，裡屋點著幾支燈燭，卻有一張精緻的大床，鋪陳俱備。一轉身，從沐天瀾手上抱起羅幽蘭的身體，進了裡屋，把她平放在床上。從身上解下劍鞘鏢囊，又解開上身衣扣，一看她乳下期門穴上蓋著一塊油紙。揭開油紙，傷口上敷的八寶解毒丹，已被傷口流出來的紫黑色血水沖開；慌忙從自己身上掏出一個白玉小瓶，在傷口上倒了一點烏金色的藥末，仍然把油紙蓋好。一看沐天瀾像傻子一般跟了進來，哭喪著臉立在床邊，不住的流淚。桑苧翁卻沒有進來，只聽他在外面腳步不停來回大踱，嘴上不住的長吁短嘆。

羅剎夫人朝沐天瀾看了一眼，嘆口氣說：「我的癡情公子，你急死有什麼用呢？快替我到外面去，向尤總兵設法弄點頂高陳酒來，越快越好。」

沐天瀾應聲而起，剛到門口，羅剎夫人又叮囑道：「順便向尤總兵知會一聲，榴花寨左近嶺上嶺下有不少匪人屍首，趕快派人去清理一下，要注意苗匪首領沙定籌和教匪首領九尾天狐兩人是否在內。這兩人是罪魁禍首，關係尤總兵的論功行賞，他也樂得撿這現成便宜。但是於你們沐府的威信，也有很大的關係哩！你明白我意思麼，你也不要以私廢公呀！」

沐天瀾嘴上沒命的應：「是！」羅剎夫人嗤的一聲，啐道：「去罷！」

尤總兵本來當先領路，同進內衙的人，不意沐二公子和一位美貌的女英雄，都像鳥兒一般飛了進去；立時屋內驚叫啼哭，亂成一團。尤總兵根本只認得沐二公子，這幾位老少男女英雄的來歷，根本沒摸清楚。這時一聽屋內情形，才有點明白這位受傷的女英雄，和沐二公子關係不淺，自己倒有點不便進去了。片時，見沐二公子滿臉淚痕的走了出來，慌問：「那位受傷的女英雄，不妨事嗎？」

沐天瀾搖著頭說：「現在還不敢說，此刻需要一點頂高陳酒，是做藥引用的，請貴總兵費心辦一辦，越快越好。」

尤總兵慌說：「有……有……」立時向身邊軍弁傳令，快去找來。沐天瀾又把羅剎夫人叮囑的話說了，尤總兵如奉綸音，而且喜上眉梢，暗想克復蒙化，已出望外，不想沙定籌、九尾天狐兩個匪首的屍首，還能不勞而獲，真是天大的喜事，陞官進爵是穩穩的了。同時也暗暗驚異沐二公子手段通天，這樣巨寇竟憑他們幾個人，便容容易易的制服，看起來沐府真有能人。這位沐二公子比當年老沐公爺還強百倍哩！他驚喜之下，馬上出去點兵派將去了。

沐天瀾回進裡屋，沒有多久，軍弁奉令搜羅了一瓶陳酒送進來。

羅剎夫人立時又從貼身解下一個小小的紗囊，撿出一包藥來，調在一大杯陳酒裡，一面運用手法，使羅幽蘭牙關漸漸張開。卻叫沐天瀾上床去，含著藥酒，嘴對嘴的一口口度入羅幽蘭喉內，並且教他運用丹田之氣，催藥入腹。沐天瀾忍住眼淚輕手輕腳的上床，跨在羅幽蘭身上，如法炮製。如果不明白底蘊的人，驟然到這屋內，瞧見床上一男一女的情形，好像是一幕極風流的艷事，哪知道是一幕最淒慘的悲劇呢！

沐天瀾把一杯藥酒，小心翼翼的納進羅幽蘭嘴內，居然點滴不溢，立時聽到她肚內咕嚕嚕響了起來。羅剎夫人慌叫沐天瀾跨下床來，把羅幽蘭上身扶起，坐進床去，把她上身半靠半抱的倚在沐天瀾懷內。羅剎夫人自己運用內功伸手在她周身穴道上，循環推拿，半晌才見羅幽蘭緊閉的雙目，眼珠在裡面轉動起來了。櫻唇微動，有聲無氣的喚著：「瀾弟……瀾……弟……」

沐天瀾在身後淚流滿面的，把面孔貼在羅幽蘭臉上，嗚咽著喊著：「蘭姊……蘭姊……我抱著你，你定一定神，將息一下。羅剎姊姊用了靈驗的秘藥，把你治過來了，不妨事了……」

羅幽蘭閉著眼，似乎聽到沐天瀾貼著臉說話，臉上似乎現出一絲苦笑，身子往後一靠，似乎整個身子軟綿無力，沉沉欲睡光景。

羅剎夫人仔細觀察罷羅幽蘭面上氣色，抬起身來，長長的吁了口氣，卻又眉頭緊鎖，悄悄對沐天瀾說：「她此刻藥性行開，讓她安睡片刻。你下床來，守在此地，我和老前輩說幾句話便來。」

羅剎夫人到了外屋，黑牡丹首級兀自留在地上，桑苧翁兀自背著手在地上來回大踱，一轉身，瞧見了羅剎夫人滿臉惶急之色的悄悄說道，「姑娘，你大約也看出來了，怕不易挽救罷？」

羅剎夫人皺著眉，輕聲說道：「晚輩隨身帶著先師石師太留傳的幾種秘藥，專治百毒，對於餵毒暗器的創傷，尤為神效。此刻藥性發散，元氣一扶，人是回復過來，被藥力催著安然睡熟了。不過……晚輩細看劍口，怕的是下藥也許晚一點，毒已散開了。」

桑苧翁一跺腳，嘴上「咳」了一聲，接著又是一聲長嘆。

羅剎夫人又說道：「蘭妹使用暗器在黑牡丹之上，怎的會中了她道兒？便是一時大意，中了暗器，蘭妹內功也有相當造詣，也可運用氣功，封住毒力，暫保一時。看情形老前輩也許不在跟前，還有那個大化頭陀怎的不見，究竟怎樣一回事呢？」

桑苧翁回頭一看裡屋，便邁步向堂屋跨了出去，羅剎夫人明白他意思，跟了出來。一看堂屋內並無一人，只堂屋門外的階下站著幾個帶刀軍弁聽候使喚。桑苧翁「噗」的坐在堂屋內一張椅子上，向羅刹夫人一聲長嘆，禁不住又灑下幾滴老淚，顫聲說道：「總而言之，這是冤孽。」說了這句，沉了半天，才把羅幽蘭受傷細情一五一十的說了出來。其中大半情形，還是羅幽蘭受傷回來，咬牙忍痛，對自己父親說的。

原來在榴花寨嶺上，羅刹夫人和大家商量好主意以後，決定分頭行事。由羅刹夫人、沐天瀾帶著四頭人猿，盡量牽制住九尾天狐、沙定籌一般匪首；另一面由桑苧翁和羅幽蘭、大化頭陀乘機繞道下嶺，趕往蒙化。並指定大化頭陀帶著沐天瀾二公子的軍符札記，由蒙化趕往南澗，知會尤總兵火速進兵裡應外合，以期一鼓而下，克復蒙化。從榴花寨到蒙化縣城，原只二三十里路，從蒙化到南澗，也差不多的道路；距離既近，機會湊巧，原是萬無一失的事。

桑苧翁和羅幽蘭、大化頭陀避開沿途匪徒的耳目，趕到蒙化城外，原費不了多大工夫。一看城門雖閉，城上苗匪沒有十分警備。三人翻上城牆，轉了一圈，細察城內靜靜的並無防備。只有通南澗一面的南門城樓上，有一小隊苗匪，在那兒守夜，其餘都睡得死沉沉的。可見苗匪們愚蠢已極，也可見平時一味蠻幹，對於官軍毫沒放在心上，當然做夢也沒想到官軍敢來夜襲城池。三人看得暗暗心喜，立時命大化頭陀跳下城牆，展開飛毛腿，奔赴南澗，叫尤總兵火速起兵。必須偃旗息鼓，乘著月色，用最快行軍速度趕到城下；一見城內起火，斬關落鎖，馬上攻進城來。

大化頭陀去後，父女二人商量好，到時由桑苧翁向城內四面縱火，惹亂苗匪，一面由羅幽蘭在南門殺散守城苗匪，開城放進官軍。父女計議停當，在南門一段城牆上，悄悄的待了半個更次。看到天上一群烏鴉，吱吱啞啞的從南往西，掠城而過，深夜宿鳥驚飛，便知官軍已到近處了。

果然，從月光之下，隱隱望出幾里以外塵頭捲起。因為夜深人靜，也隱隱辨出馳騁之聲，卻沒有一星燈火之光。越來越近，到了里外一片叢林後面啼聲突寂，桑苧翁點頭道：「尤總兵老於軍伍，這是要察看一下虛實，乘便教軍士們喘口氣，然後一鼓作氣直撲城牆了。」

一語未畢，城外官道上影綽綽奔來一條黑影，飛一般撲到城下，看出是大化頭陀。桑苧翁在城垛口上現出身形，把寬袖道袍向下面一展，城下大化頭陀一打手勢，且不上城，翻身向遠處伸直雙臂向空亂擺。一忽兒遠遠現出幾條黑影，一陣風似的搶了過來，個個扛著雪亮的梭鏢。大化頭陀和他們一打招呼，十幾個勇弁中，有兩個轉身奔回，其餘散開在城門口了。

這時，大化頭陀施展本領，壁虎似的爬上城來。桑苧翁和他附耳一說，自己一提道袍，獨自沿著城牆，向西疾馳而去。大化頭陀也向東面飛奔，分頭躍下城內，各處縱火去了。半晌，城內東西兩面霎時火起，接著北面也衝出幾縷火光。

羅幽蘭立在城樓邊，看得逼真，覺得已到分際，一伸手拔下背上猶龍劍，一個箭步，竄進城樓一重門內。中間掛著一張半明不滅的燈籠，七八個苗匪橫七豎八，睡了一地，羅幽蘭真不願殺死這種無名小卒，但是無法不下手。這幾個苗匪在睡夢囈語之中，在羅幽蘭劍尖之下，倒死得輕描淡寫，毫無痛苦。她解決了城樓上幾個苗匪，飛身躍下城來縱入城洞，卻只見兩個苗卒，抱著長鏢，面對面靠在城門上立著打呼嚕，羅幽蘭又氣又樂，又暗暗恨著羅剎夫人。偏教她幹這種輕描淡寫的事，殺這種死豬一般苗匪還算什麼英雄，把我這兩柄猶龍劍都辱沒了。

一賭氣，把劍還入鞘內，一伸手，把左面匪徒抱著的長鏢奪在手內。可笑這匪徒似醒非醒的，還以為同黨和他們開玩笑，閉著眼兩手亂抓，嘴上咕嚕著：「不要鬧，讓我再補他一覺。」囈語未絕，羅幽蘭霍地一退身，手上長鏢一起，噗嗤！尺許長的梭尖，穿心而過，直透後脊。左面那個苗匪，聞聲驚覺，剛一睜眼，迷糊糊的還沒有看清什麼，羅幽蘭照方抓藥，連鏢尖都懶得拔出，連鏢帶人向右面匪徒的胸窩，又是一下。一箭雙鵰似的，一支長鏢上穿著兩具匪屍，轉身一挑，連鏢帶人飛出城洞之外，釘在土地上了。

她頭也不回，把兩扇城門吱嘍嘍向左右推開，一縱身竄出城外；向黑暗處埋伏的官軍嬌喝道：「城門已開，快請尤總兵進城。」喝畢，轉身兩臂一抖，一鶴沖霄，嗤的又飛上城樓的垛口。回頭向城下瞧時，十數名官軍提著梭鏢，已湧向城門口，卻遲遲的老往城門內探頭，不敢進去。羅幽蘭立在上面城垛口，暗暗好笑，罵聲飯桶，忍不住高聲喝道：「城門內只有死的，沒有活的，還怕什麼呢？」

其實這十幾名官軍，一半膽怯，一半看得這女子突然出現，幾句話一說，倏又燕子般飛上城樓，這種功夫從沒有見過，摸不清怎麼一回事，反而不敢進城了。經城上羅幽蘭用話一催，才有幾個自告奮勇，挺著梭鏢跳了進去，才明白果然人影俱無。其中有一個在城外掏出信炮，點火一放，嗤的一縷紅光，直竄入高空。立時聽得城外一箭路外，燈球火把，立放光明，從幾面林內齊聲吶喊，跳出四五百名官軍。當先幾名官軍，騎馬揚刀，分領隊伍，直奔城門。

羅幽蘭在城上，跟看官軍大隊人馬，已湧進城內，心想小小蒙化城總算已經克復。不知羅剎姊姊那面怎樣結果？城內雖有幾股苗匪，在這局面之下，大約也只有逃跑的一法，自己不必再夾在官軍內幫忙了。轉身向城心看去，又多了幾處起火之處，火光衝天，照徹全城，街道上人影亂竄，遍地吶喊之聲，業已亂成一團糟。她不願下城去混在官軍裡面，想從城牆上往西面找尋她父親，再定主意，轉身之際，猛然一眼瞥見東面城牆上，遠遠現出一條人影，飛一般向自己這面跑來，後面又有一條黑影，追在身後。

羅幽蘭認出前面逃的人，似乎是大化頭陀，正想趕過去察看。忽見後面追的黑影右臂一招，前面逃的人，「呵唷」一聲，向前一栽，業已撲在地上。倏又忍痛跳起身來，向前掙扎了幾步，重又倒了下去。羅幽蘭驚怒之下，一聲嬌叱，人已弩箭般縱過去，已無暇顧及大化頭陀生死，先要看清追他的人是誰？

羅幽蘭飛一般向那邊趕去。那一面來的人也身法奇快，一來一去，當然容易逼近，立時都認清對方是誰？雙方同時張嘴：「嘻！原來是你！」這一句話，兩人不約而同的齊聲而出，音同語同，連彼此驚詫怒叱的態度，都有點相同。這句話好像從一個嘴上喊出來一般，雙方齊喊了這話以後，各自立定身軀，鬥雞似的怒目相向，中間卻隔著七八尺距離。

原來羅幽蘭對面立著的人是黑牡丹，她是受滇南飛馬寨岑猛等所託，看一看榴花寨沙定籌和九尾天狐的局面。一半也因九尾天狐新近派人去過飛馬寨，順便算是報禮。不料事情湊巧，黑牡丹帶著兩個飛馬寨頭目，也從哀牢山這條路走來，偷渡南澗官軍防地；進了蒙化城門，又是起更以後。沙定籌和九尾天狐等，正得著榴花寨出事飛報，已經率領大隊人馬，趕赴榴花寨，黑牡丹到得晚了一步，沒有見面。由幾個守城的苗匪頭目，迎入縣衙，殷殷厚待，黑牡丹預備安睡一宵，明天再和主人相見。

不料她在客館高臥當口，城內各處起火，苗匪亂竄，黑牡丹從夢中驚醒，跳起身來躍上屋脊。四面一瞧，果然紅光照徹全城，街上鬼哭神號，老百姓喊著官軍已經殺進南門。

苗匪們蛇無頭不行，沒命的向西門逃去。黑牡丹還莫名其妙，官軍何以忽然聲勢大盛？沙定籌和九尾天狐何以這樣虎頭蛇尾？她滿肚皮疑惑，仗著一身本領，毫不在意；定欲看清了實在情勢，再作打算。她施展輕身小巧之技，竄房越脊，想飛奔南城，瞧一瞧官軍進城，是否真有其事？

念頭方起，南門信號炮竄天，喊聲大震，官軍確已向南門內一條大街殺奔城心來了。她站著的地方，正是官軍的來路，心裡一動，不由的竄過幾層屋宇，向東北角縱了過去。

驀見前面一家屋脊上竄起一人，手上還舉著一個火把，從火光中看出是個披髮頭陀，見他把火種隨意向近處房上一撩，立時竄房越脊，斜刺裡直奔東南角的城牆。

黑牡丹立時明白，這頭陀定是官軍的內應，到處放火，惑亂人心。她一聲冷笑，追了過去。大化頭陀的飛騰功夫，當然不及黑牡丹，一陣追逐，前面大化頭陀業已覺察，回頭一瞧，一個背著鴛鴦鉤的異樣女子，惡狠狠的追了過來。他還疑惑不是匪黨，也許是自己方面的人物，心裡並不著慌。這時他正縱上東城的前道路一直走。黑牡丹已逼到跟前，怒喝道：「賊頭陀為什麼幫助官軍，到處縱火？」

大化頭陀一聽語氣不對，才明白這人是匪黨，但他也不懼。他身上拽著一柄苗刀，是從苗匪手上奪來的，拔出苗刀一指黑牡丹說道：「賊婆娘，官軍業已進城，還要自來送死。」

黑牡丹大怒，拔下背上鴛鴦雙鉤，一縱身，向下三路捲來，此處是上城的箭道，是個斜坡，大化頭陀站在上面，黑牡丹一動雙鉤，當然向下部砍下。大化頭陀一看地勢老大不利，霍地向後一退，轉身便向城牆上縱去。哪知黑牡丹身法極快，旱地拔蔥，差不多和大化頭陀並肩上城。

大化頭陀在城上足剛立穩，雪亮的鴛鴦鉤，已橫掃過來。他吃了一驚，苗刀一封，預備拚鬥，哪知黑牡丹手上鴛鴦鉤異常歹毒，帶鉤的兵刃，又是另有門道。她右手的鴛鴦鉤，一吞一吐已把苗刀勒住，左手的鉤又是一個橫斬。大化頭陀冷汗直流，只好把苗刀撒手，轉身向西城跑，饒是這樣，只略微緩了一步，後胯已被鴛鴦鉤帶了一下，劃了一條大口子。

大化頭陀忍著痛，仗著飛腿，拚命往前飛逃，想逃到南門，羅姑娘定可接應；再不南門城樓上，這時定有官軍把守，也可逃出命來。不料黑牡丹心辣手黑，從身後射出一支餵毒袖箭，把他射倒。大化頭陀不死於育王寺，也不死於榴花寨，竟死在黑牡丹手上，真是生有處，死有地了。黑牡丹把大化頭陀射倒以後，還要趕近前來，想從這頭陀垂死的嘴上，問出今晚官軍的實情，不意冤家窄路相逢，竟和羅幽蘭對了面，這也出於黑牡丹意料之外，不由她不暗暗驚心了。

羅幽蘭與黑牡丹冤家窄路相逢，在城牆上鬥雞似的對峙了一忽兒，黑牡丹突然一聲冷笑，用手上鴛鴦鉤一指羅幽蘭，獰笑道：「嘿！真有你的，從滇南鬧到滇西，難怪官軍進了城，原來是你們的詭計，當然囉！你現在是沐天瀾家少夫人了……」

羅幽蘭柳眉倒豎，嬌叱道：「住口，邪不勝正，順必勝逆，這是一定的道理。你這樣倒行逆施，無異飛蛾撲火，想不到你也跑到滇西來了。你的來意我也明白，但是你來得晚了一步，榴花寨已經瓦解兵消，今晚你自投虎口了。」

黑牡丹這時也明白孤身涉險，危機四伏，但在羅幽蘭面前，怒氣填胸，不甘示弱，怒罵道：「不識羞的丫頭，還說什麼邪正！什麼順逆！在老姊姊面前，用不著這一套。你是狐狸精般迷住了沐二公子，心滿意足，忘記了本來面目了。且慢得意，依我猜想，詭計多端的羅剎夫人，和你們混在一起，多半也看上沐二公子了，這就夠你受的……」

這一句話，羅幽蘭聽著有點刺心，不願再聽她說下去，一反腕，把猶龍劍拔在手內，怒叱道：「賤人，死在臨頭，還敢多嘴！這也是老沐公爺陰靈顯聖，鬼使神差，叫你自投羅網……」

黑牡丹本來有點心虛，聽了這話，不禁打了寒噤；不等羅幽蘭再說下去，霍地一退身，縱上近身的垛口，扭頭向羅幽蘭喝道：「誰還怕你們？此刻先和你這忘本負恩的賤人，見個死活。有膽量的，跟我來！」喝罷，立時向城下縱了下去。

其實黑牡丹嘴上逞強，心裡不免膽寒，單身在蒙化，人地生疏，不比在她滇南黨羽眾多。何況眼看著官軍進城，榴花寨救應全無，似乎大勢已去，自己一發孤掌難鳴。面前羅幽蘭如果真個翻臉，已夠自己對付，沐二公子如果趕來助戰，誓報殺父之仇，以一敵二，自己格外難逃公道。最可怕的，羅剎夫人也許和她們形影相隨。如果這位女魔頭一到，再想逃出手去便不易了。

她越想越怕，急慌抽身，臨走時兀自強口，藉以遮羞。一半她以為羅幽蘭和從前在廟兒山一般，多少總顧念一點老姊姊的舊誼，未必真個趕盡殺絕；只要逃出城外，羅幽蘭略存忠厚，自己便可立時逃離險地。眼前情勢急迫，自己帶來的兩個飛馬頭目，也顧不得了。

第廿九章　幸不辱命

黑牡丹從城垛口向城外一跳，自以為盤算精明，跳出龍潭虎穴；哪知道羅幽蘭早自心存替夫報殺父之仇，洗刷自己以前的罪孽。在滇南黑牡丹黨羽眾多，一時難以下手，想不到她會單身到此，機會豈肯錯過？黑牡丹話又刺心，一發不肯放過。黑牡丹跳下城牆，身剛立定，羅幽蘭已像飛鳥一般撲下城牆根，攔住黑牡丹去路。

黑牡丹又驚又怒，明知她一追下來，今晚便不易脫身，恨得咬牙切齒的大罵。一緊手上雙鉤，喝聲：「不是你，便是我。」一個箭步縱近前去，存心拚命，一對鴛鴦鉤旋展平生之技，恨不得把羅幽蘭立置死地。在羅幽蘭卻好整以暇，並沒去拔雙劍，仍然用手上一柄猶龍劍斂氣定勢，從容應付。

這兩人兵刃的功夫，同出一門，各人肚內雪亮。不過羅幽蘭和沐天瀾結合以來，又從沐天瀾少林派的劍術上，互相切磋，得到不少劍術之秘。這時存心和黑牡丹遊鬥，守多攻少，待她氣衰力弱，再下煞手。兩人在城外牆根鬥了不少工夫，已經對拆了二十幾招，黑牡丹施盡殺手，未得便宜，心裡卻暗暗焦急，不把羅幽蘭打退，自己極難脫身。再纏下去，沐天瀾和羅剎夫人兩人，有一個趕到，便要難逃公道。一面狠鬥，一面預備趕快脫身，心思一分，招數上便有漏洞，厲害的羅幽蘭洞如觀火。

這當口，正值黑牡丹想以進為退，故意把雙鉤使得風雨不透，拚命直攻，預備對方一不留神時，抽身潛遁。只要羅幽蘭覺得一人無法制服她，未必再死命跟蹤，還有脫身希望。

她想得滿好，哪知羅幽蘭比她想得還周密；在她雙鉤縱橫，猛厲無匹當口，忽地左手掣下背上飛龍劍，用雙劍對付陰鉤，展開自己心得的招數。猶龍飛龍兩柄利劍，真像兩條銀龍一般，上下飛舞，頓時把鴛鴦雙鉤裹住，使黑牡丹難以脫出身去。

這時黑牡丹感覺已臨危機，怒極拚命，雙鉤虛實互用，展開連環絕招。不管不顧，盡是進步招術，似乎和敵人同歸於盡。其實她還存著得隙即逃的主意，湊巧羅幽蘭一塌身，閃開鉤鋒，同時左手飛龍劍，撥草尋蛇，掛腿削足，右手猶龍劍，舉火燒天，刺胸掛脅，使敵人顧上難以顧下。

黑牡丹功夫真也老練，雙鉤一起鎖住猶龍劍，藉著上面雙鉤交叉勾鎖之勢，下面雙足一點，離地尺許，便避開飛龍劍的劍鋒。身子卻旋風一般轉，右腿起處，向羅幽蘭左腰點去；其疾如風，好不歹毒。不意羅幽蘭右手飛龍劍原是實中帶虛，另藏巧著。黑牡丹身子一起一落，身如旋風當口，羅幽蘭劍一抽一撤，劍隨身轉，已到了黑牡丹身後。黑牡丹一腿落空，便知不好；向前一上步，一個鳳凰展翅，雙鉤呼的帶著風聲，也跟著身子轉了過來，正把後身雙劍敵住。羅幽蘭倏又斜著一塌身，劍光平鋪，又捲向足下。

這時黑牡丹一連救了幾次險招，鬢角業已見汗。一見雙劍，齊著地捲來，以為有隙可乘，一頓足，旱地拔蔥，身子拔起一丈高下。在空中雙臂一分，腰裡一疊勁，藉著一身輕功，想橫著飛出二丈開外，脫離劍勢便可飛逃。她卻忘了羅幽蘭輕功比她只高不矮，她身子一起，羅幽蘭早已猜透她的主意，如影隨形，毫不放鬆。不論她飛縱多遠，她身子一落地，劍光月爛一般，已繞向自己身上來。

兩人又拚鬥了不少工夫，黑牡丹已覺察羅幽蘭意狠心毒，存心纏住自己身子；意思之間還想活擒自己，討好沐家，看情形今晚休想脫離虎口。能夠和這賤人同歸於盡，算是便宜，她一起這種絕念，心神倒穩定起來。鴛鴦雙鉤的招數，也增加了幾分勇氣。而且遞出來的招數，都是盡命絕招，預備和羅幽蘭兩敗俱傷，無奈羅幽蘭不比等閑，劍術輕靈穩實，用盡殺手無非打個平手。

這當口，羅幽蘭雙劍正用一招二龍戲水，一變為日月穿梭，劍鋒吞吐如風。黑牡丹手上雙鉤，也迅捷如電，鉤格遮攔之際，黑牡丹左手鉤一個撥雲見日，忽然叮叮一聲怪響，巧把羅幽蘭猶龍劍勒住。黑牡丹以為得著破綻，右手鉤疾逾電閃，貼著羅幽蘭左手飛龍劍，一盪一翻，向對方腰胯劈了下去。

這一著，羅幽蘭招術略老，形勢極險，幾乎受傷。她勁貫雙臂，右手猶龍劍依然膠著黑牡丹的左手鉤，身子反而向右一上步；左手飛龍劍由下往上一挑，把黑牡丹劈向腰胯的鉤鋒，恰巧兜住。順勢劍鋒一點，一推一送，非但隔開了鉤鋒，而且劍光如蛇信子一般，直貫對方胸膛。勢疾勁足，黑牡丹左鉤和劍膠在一起，一時撤不回來；右鉤又被劍鋒挑出，一時封閉不及，只有撤身後退，才能閃開這一下險勢。但是要撤身後退，左手鴛鴦鉤只有撤手棄鉤，奸狠的黑牡丹立時將計就計，把左手鉤使勁往外一送，拚棄一鉤，乘機足跟一墊勁，向後倒縱出六七尺去。一轉身，右手鴛鴦鉤已交到左手，右臂一抬，「錚」的一聲，一支餵毒袖箭，向羅幽蘭咽喉射來。

在黑牡丹撤身之際，羅幽蘭猶龍劍往外一領，已把黑牡丹撤手的鴛鴦鉤，甩落遠處，同時一塌身，又把袖箭避開。

這原是一瞬間的工夫，正想提劍趕去，黑牡丹袖箭連發，又是兩支袖箭，一上一下，向後上襲到。羅幽蘭全神貫注，一閃身，劍鋒一掄，兩支袖箭一齊擊落。恐怕黑牡丹乘機逃走，生擒既然費事，又慮她放出飛蝗鏢，只好立下毒手。右手猶龍劍向地上一插，一探鏢囊，隨手一甩，一枚透骨子午釘帶著一縷尖風，向黑牡丹身上襲去。

黑牡丹所怕的，便是羅幽蘭獨門暗器透骨子午釘，不想自己的袖箭，招出羅幽蘭的暗器來了。自己另一鏢袋的飛蝗鏢，不比袖箭易發，羅幽蘭又深知飛蝗鏢的手法，未必有用。

這時霸道的子午釘已到面前，哪敢疏忽？一塌身，剛躲過第一枚子午釘，第二第三兩枚子午釘，又聯珠般襲來。黑牡丹形若猿猱，右避左閃，居然都被躲過，百忙裡還發出一支袖箭還敬敵人。

羅幽蘭絕不容她緩過氣來，微一閃身，袖箭落空，手上子午釘早已發出。這一次用了最厲害的手法，玉手連揮，五枚子午釘，迅捷如電，好像同時發出一般。而且發出的子午釘，成了梅花形的陣勢，五釘一發，手上又預備好兩支。

黑牡丹這時已汗流遍體，明知自己生命危急，袖箭筒裡只剩了一支看家救命箭，只好提著一口氣；施展平生之能，竄高縱矮，勉強脫離五釘之厄，人已累得氣喘吁吁，心慌意亂。

正想施展飛蝗鏢，讓敵人也忙亂一陣，自己藉此可以緩過一口氣來，萬不料五枚子午釘剛剛閃開，人未立穩，兩縷尖風又到。盡力用鴛鴦鉤向外一磕，居然被她磕開一枚子午釘，還有一枚，勢疾勁足，「哧」的鑽進了腹部氣海穴，黑牡丹嘴上一聲怪叫，再也支持不住，手上一柄鴛鴦鉤一撒手，仰面便倒。

羅幽蘭一聲冷笑，雙足一頓，縱到黑牡丹跟前，指著地上的黑牡丹，喝道：「刁奸的淫婦，這是你自己討死，怨不得我心狠手辣。」一語未畢，倒在地上的黑牡丹，突然右臂一招，叮叮一聲，最後一袖箭，居然發出！這當口，兩人一立一倒，距離至近，羅幽蘭總以為黑牡丹已無能為力，萬不料她將死之際，還能發出一支致命的袖箭！

黑牡丹右臂一招，羅幽蘭便喊聲：「不好！」還算她功夫精勁，用手一抄，已把箭尾綽住，無奈距離太近了，箭頭已刺進羅幽蘭左乳下期門穴。如果沒有綽住箭尾，力勁勢急，怕不全箭穿腹，立時廢命。

羅幽蘭一聲不哼，更不緩手，把綽住袖箭向外一甩，隨手向下一擲，嘴上喝聲：「還你袖箭。」赫的箭貫胸窩，把黑牡丹釘在地上了，黑牡丹兩腿一伸，才真個死掉。

黑牡丹一死，羅幽蘭也鬧得香汗淋漓。她劍靴一跺，不顧身上劍傷，把左手飛龍劍，還入鞘內，翻身拔起插在地上的猶龍劍，重行趕到黑牡丹屍首跟前。劍鋒一下，屍首兩分，左手提起黑牡丹首級，映著月光看了一看，哈哈一笑！笑聲一發，她突覺自己創口一陣劇痛，猛地省悟創口雖然不深，袖箭餵毒，最怕進風，慌把衣襟束緊，遮住創口，人卻已有點力盡神危。

她勉強定了定心神，忽聽城牆上遠遠的喊著：「蘭兒！蘭兒！」一聽是自己父親聲音，慌盡力應了聲：「女兒在此。」心裡卻暗暗嘆息，父親為什麼此時才來，早來一步，自己未必受傷。

抬頭一瞧，城垛上大袖飄揚，她父親桑苧翁又飛身而下，一見羅幽蘭左手提著人頭，右手寶劍拄在地上，神色慘厲，汗流滿面。

桑苧翁大驚，慌用手扶住，急問：「怎麼一回事，你定受傷了。」羅幽蘭左手人頭一舉，一聲苦笑，說道：「女兒今天心願才了，替我丈夫報了殺父大仇。女兒以往的罪孽，也可減輕一點了。」說罷，人已搖搖欲倒。

桑苧翁留神一瞧，羅幽蘭衣服已滲出血來，一聲長嘆，一言不發，先把她手上猶龍劍納入鞘內。人頭依然讓她提著，一矮身，把她背在身上，雙足頓處，白鶴沖霄，直上城頭，飛一般背到縣衙。

桑苧翁在城上和他女兒離開之際，原是走向西面一帶；揀著民房稍少之處，縱了幾把火，再轉身奔向縣衙。監視盤踞衙內一群苗匪，這時正值官軍已經殺進南門，黑牡丹追趕大化頭陀當口。桑苧翁一看群匪心慌意亂，各顧性命，沒命的向北門逃去，心想這群苗匪，真是烏合之眾，官軍定可不費一兵一矢，唾手而得蒙化了。

一忽兒官軍已湧入衙內，搜索餘匪。馬上一個捧令旗的軍官，分派隊伍，去佔東西北三面城門，順便一路搜查匪黨。

最後十幾騎軍弁當先飛揚著一桿旗幟，旗心綴著一個大「尤」字，衝到縣衙，便知尤總兵本人也到了。

桑苧翁在縣衙大堂屋頂上飄身而下，攔住尤總兵馬頭，高聲說道：「沐二公子有話，貴總兵趕快把守四門安撫城民；沐二公子已把榴花寨苗匪老巢，徹底洗剿，馬上進城來與貴總兵相會，特命老朽先來知會一聲。」說罷，不待還言，大袖一揚，飛身上屋，轉瞬不見。

馬上的尤總兵和一般隨身軍弁，雖然看得這位長髯如雪的老翁有點驚愕，尤總兵心裡卻明白，和沐二公子交往的人都是江湖上異人俠士，今晚他毫不費事的克復蒙化，全仗這般風塵奇俠的本領。

桑苧翁重又上屋以後，一看東方天色有點發曉，大化頭陀也許已和蘭兒會合，且回南城和他們見面以後，等候自己女婿到來，再作道理。主意打定，便向南門趕去，這是他到南門以前的事，萬不料自己女兒會碰著冤家對頭的黑牡丹。

自己後悔不該在縣衙耽誤一點工夫，如果早到南門，自己女兒也許不致受傷，事出意外，只可委之於數了。

這時，桑苧翁把羅幽蘭背到縣衙，尤總兵已和桑苧翁見過一面，一見他背著一位受傷女子到來，這女子滿身血污，左手還緊抓著一個鮮血淋淋的人頭。其實羅幽蘭滿身血污，是黑牡丹首級上的血，連桑苧翁身上也染了幾點。桑苧翁這時毫不客氣，只向尤總兵說了一句：「快派人到榴花寨一條路上，碰著沐二公子叫他火速到此會面。」說罷，背著羅幽蘭直進縣衙內宅。

尤總兵摸不著頭腦，猜測自己雖然不費一兵一卒，這般人物定然已兇殺了一夜。他明白了這層，慌不及依言辦理，一面領著桑苧翁進了上房整齊一點的屋子；還不敢細細探問，自己追出來，等候沐二公子到來再說。

桑苧翁這時哪有工夫和尤總兵敷衍？把羅幽蘭背進房內，立時從身邊掏出丹藥，替他女兒治傷，內服外敷，叫羅幽蘭在裡房靜臥。但是羅幽蘭一心盼著沐天瀾，怕自己丈夫也遭不測，說什麼也不肯睡，連手上人頭也不放下。正在這當口，沐天瀾和羅剎夫人已經趕到，羅幽蘭一見沐天瀾的面，心神一鬆，說出了幾句話以後，再也支持不住，經羅剎夫人再用秘藥扶氣解毒，羅幽蘭才在床上安然睡去。

但是羅剎夫人看到羅幽蘭乳下期門穴創口，雖只一寸多深，卻是要穴，中的又是餵過毒藥的暗器。細察創口，似乎毒已散開，情形很是不妙。趁著羅幽蘭入睡當口，到了外屋，向桑苧翁探問受傷情形，經桑苧翁把先後經過悄悄一說，才明白是這麼一回事。

羅剎夫人皺著眉，嘆著氣說：「百密難免一疏，萬料不到黑牡丹會從滇南趕到此地。偏在這當口會和蘭妹狹路相逢，而且臨死當口，蘭妹略一大意，受了她盡命一箭。這一箭，換一個人，非和黑牡丹同時斃命不可。還算蘭妹眼快手捷，居然抄住了箭尾，創口只一寸多深。照說蘭妹深知黑牡丹的暗器，大約餵的哪一種毒藥都明白。她偏一片癡情，一面提著氣，運用功勁，不使箭毒散開；一面支持著精神，一心惦著瀾弟。一見瀾弟的面，不由的心神一鬆，勉強提著這口氣不由的跟著一散，這一鬆一散，創口的箭毒便難免深入了。

「晚輩發愁的便是這一點，晚輩武功雖然承受先師的心傳，但是先師善治傷科的秘法，一無所得，只能用隨身帶的一種解毒丹藥敷治。不過這種先師遺留的丹藥，與眾不同，確有奇效。吃下這種丹藥，照理要熟睡片時，蘭妹又一夜未曾交睫，又和黑牡丹一番血戰，這一睡也許要多睡一忽兒。是吉是凶？要看她睡醒以後的景象了。萬一蘭妹有了不測，第一個瀾弟和她恩深情重……咳！結果真不堪設想了。」

這一天，沐天瀾、羅剎夫人、桑苧翁三人個個愁眉不展，把一個機智絕人的羅剎夫人，也弄得束手無策。尤總兵雖然極力巴結，辦了美酒佳餚送進屋來，也是食難下嚥。惟有尤總兵一人，在三人面前時問長問短，表示關心，可是暗地裡卻心花怒放。因為他遵照沐天瀾吩咐，派了親信得力的部下，帶了一隊人馬由本地嚮導領往榴花寨就近各山頭，察勘匪人屍首，居然在眾匪屍首堆內，找出罪魁禍首「苗匪首領沙定籌」的屍首。但是匪人屍首堆內並無女屍，白蓮教九尾天狐是死是活，卻無從查考了。

羅幽蘭在床上居然鼻息沉沉的睡了一整天，醒來時已是掌燈時分。沐天瀾和羅剎夫人、桑苧翁都守在床前，一看羅幽蘭面色已略現紅潤，醒眸微啟，櫻唇微動。吁了口氣，向床前三人看了一眼，忽地抬起身來。沐天瀾慌進床上，把她上身擁在懷裡，輕輕喚道：「蘭姊，羅剎姊姊的藥真靈，天可憐蘭姊竟好過來了。」

羅幽蘭一轉臉，眼神盯在沐天瀾面上，許久許久，眼角含著晶瑩的淚珠，突然一顆一顆的掉了下來。悠悠的嘆了口氣，說道：「瀾弟……你哪知道這種毒箭的厲害，這是藥力托著，藥力一散，仍然無用。」

她說了這句話又轉臉向桑苧翁和羅剎夫人說道：「父親……姊姊……趁這時候，我有許多話要說……你們不用愁急，我覺得這樣結果是我的幸運。我和瀾弟在廟兒山初見時，我想起陷身匪窟，想利用沐老公爺的首級籠絡群匪，做九子鬼母的替身。出了這樣鬼主意，痰迷心竅的隱身廟兒山，正想乘機下手，不料黑牡丹走在我先頭，替我做了大逆不道的事。

「雖然是黑牡丹做了我替身，但是我不出這個鬼主意，黑牡丹未必起這個心；便是日後有這個心，未必下手得這樣快。

「平心而論，我才是罪魁禍首。萬料不到我和沐天瀾一見鍾情，一夜恩情使我良心發現，無異我自己殺了親愛丈夫的父親，也無異媳婦殺了公公。

「對瀾弟我格外情深，我心裡格外悔恨得要死，除出在瀾弟面前一死以外，已無別求。而且要瀾弟親身殺死他大逆不道的妻子，才合正理。

「我那時死志一決，雖然沒有勇氣在瀾弟面前自白罪狀，我已隱約說出一點情由，大約那時瀾弟有點覺察。我拔出瀾弟的辟邪劍，叫瀾弟下手時，偏在這要命當口，黑牡丹趕來一攪，自報兇手。那時我忽然覺悟，我不能留這禍胎在世上；瀾弟身上也非常危險。我存了保護瀾弟，助他手除黑牡丹以後，才能安心死去。更未料到滇南路上又碰見了我年邁的生身之父，明白了自己的身世，瀾弟的情義越來越深，黑牡丹奸險刁滑，一時又難以下手。我這百死難贖之身，居然活到現在。

「萬想不到仗著羅剎姊姊的智勇，容容易易的又剿滅了榴花寨的苗匪。大功告成以後，冤家狹路相逢，居然被我手刃了黑牡丹，我也中了她的毒箭。

「這是天意，最公道沒有。我現在落得整頭整腳死在丈夫的懷裡，我已邀天之福，比黑牡丹強勝萬萬倍了。只可憐我苦命的女兒，沒有在我老父面前盡點女兒的孝心，連我死去的母親墳前，還沒有去哭拜一下，這是我的終身遺恨了……」

說到這兒，珠淚如雨，嗚咽難言。身後的沐天瀾心痛得幾欲放聲大哭，桑苧翁老淚紛披，想起了當年羅剎峪妻子的慘死，萬不料若干年後，又親眼看見了女兒又要走上她母親的後塵。這種傷心慘目的事，如何受得了，急得在屋子裡團團亂轉，渾如熱鍋上的螞蟻。

羅幽蘭嗚咽了一陣，突然一抬頭，滿眼淚光的瞧著羅剎夫人，伸手拉著羅剎夫人的玉臂，嬌喘吁吁的哭喊道：「姊姊……你如果可憐妹子，你要答應我一樁事，我才能死得瞑目。你得答應我從此不離瀾弟，滇南匪首還有飛天狐吾必魁以及岑猛。瀾弟初出茅廬，沒有姊姊在他身邊，我死也不放心的，姊姊……你快答應我罷！」

羅剎夫人這時也弄得心亂如麻，珠淚直掛，突然妙目一張，並不理會羅幽蘭的話，卻神色緊張的急急問道：「蘭妹，黑牡丹袖箭上餵的哪一種毒藥，你一定知道，快對我說。」

羅幽蘭嘆了口氣，才說道：「這種毒藥，是九子鬼母遺傳的一種奇怪的毒草，叫做『勾魂草』；用這種毒草熬練而成，餵在箭鏃上，中人必死。」

羅剎夫人驀地一驚，嘴上喊道：「咦！我明白了，不是『勾魂草』，其實原名是『鉤吻』。晉朝張華博物志上，便有這『鉤吻』的記載。」

羅剎夫人說到這兒，微一思索，突然喊道：「你要仔細想一想，你是萬不能死的，我早已知道苗族祖先秘傳下來這種毒得出奇的東西。一物必有一制，定然還傳下專解這種毒草的東西。九子鬼母如果沒有解藥，也不會傳留這種『鉤吻』毒草的，因為製煉這種毒藥，難免自己染上毒汁，所以必定另有秘傳的解藥。而這種解藥，你定然也知道的，你打了糊塗主意，存心一死，以報知己；但是你沒有細想一想，你有這樣高年的老父，這樣深情的丈夫，你忍心自尋死路嗎？

「你既然知道瀾弟尚有危難，你更不應該一死了事，何況你肚子裡已有沐家的後代，在你以為一死塞責，其實你這樣一死，反而增加你的罪孽了。再說到我身上，我把你當作我的妹子看待，我們三人的事，也用不著隱瞞。你以為瀾弟有了我，你可以閉目一死，在我卻認為你還有嫉妒之心，你想藉此一死，來個不聞不見。哪知道我是天生的奇僻的怪人，當然我也愛瀾弟，但是我和你愛法不同。你準以為你死後，我和瀾弟可永遠在一起嗎？時光寶貴，我不願再和你多說多道，我勸你快說出解藥來，不要誤人誤已了……」

羅剎夫人這樣斬釘截鐵的一說，羅幽蘭哭得抽抽噎噎，半晌沒有開聲。

沐天瀾卻忍不住大哭道：「蘭姊！好！你忍心一死，但是你應該記得我說過，我們是同命鴛鴦。你如存心一死，我也立時拔劍自刎，以應前誓。」

沐天瀾哭得昏天昏地的敞口一說。羅剎夫人雪光似的眼光，卻在他臉上來回掃射。這時，滿室亂轉的桑苧翁也突然轉身，慘然說道：「蘭兒！你忍心讓你年邁老父，又受一番慘痛嗎……」

翁婿兩人這樣一說，羅幽蘭就如萬箭攢心，死命拉著羅剎夫人的手，哭道：「姊姊……我明白姊姊的話是對的，但是來不及了……」

羅剎夫人急問道：「快說！怎的來不及了。」

羅幽蘭道：「當年九子鬼母死後，我把它藏在秘魔崖的財寶，暗地移藏別處，其中便有『鉤吻』的解藥。現在想用它，遠在滇南，如何來得及呢？」

羅剎夫人慌問道：「既然這解藥和秘藏財寶在一處，當然在燕子坡了。所慮的你這秘藏財寶，已被黑牡丹發現過了。」

羅幽蘭搖著頭道說：「不會的，妹子秘藏財寶，不在燕子坡，從前故意露出燕子坡的口風，是愚弄黑牡丹那般人的。其實是在姊姊住的玉獅谷，便是竹樓前面的階石下面，翻起階石下有土穴，埋著一具大鐵箱的便是。」

說罷，面色漸變，嬌喘欲絕。羅剎夫人看了她幾眼，一躍而起，從懷裡掏出一小瓶藥來，仍用陳酒和著，教沐天瀾仍然照老法子一口一口餵下去。一轉身向桑苧翁說道：「這藥雖然不是對症下藥，看情形還拖得住毒力。盡這一瓶藥力，總可以支持到明天，晚輩今晚一夜工夫，憑四頭人猿的腳力，要到玉獅谷去趕個來回。我相信只要解藥果真在玉獅谷，尚未遺失，明晨定可趕回，老前輩千萬不要離開。」說罷，飄然而去。

這一夜，翁婿兩人守著沉沉昏睡的羅幽蘭，只盼快點天亮，羅剎夫人早早取得解藥回來，無奈越急越等不到天亮，可以說度夜如年。好容易盼得窗樓上透出微微的一點曙光，羅剎夫人尚未到來，急得翁婿兩人走投無路。

又過了片刻，忽聽得外屋叭噠一聲響，桑苧翁趕到外屋，並無動靜。回到裡屋時，一眼瞥見窗口桌上，擱著金光燦爛的一個小盒子。

桑苧翁不禁驚喊了一聲：「咦！」

沐天瀾原在床上，側身向內如癡如呆的偎著羅幽蘭，猛聽到老丈人一聲驚喊，跳下床來，奔到窗口。一瞧桌上一個精緻的黃金盒子，下面壓著信箋；拿起信箋一瞧，箋上並沒具名，只寫著四個字「幸不辱命」。

沐天瀾一瞧這四個字，便知是誰寫的。而且立時覺得這四個字內，似乎包含著無窮的纏綿幽怨。但是一時想不出字到人不到的用意，心裡也沒有再思索的工夫，只覺得又是一樁禍事來了，也顧不得再看金盒子內的東西，一瞧窗戶是虛掩著的，慌一聳身，跳上桌子，推開窗戶，飛身而出。在院子裡一跺腳縱上屋簷，四面一瞧，曉色朦朧，寂無人影，急得沐天瀾嘴上哭著喊：「姊姊……姊姊……」身子像瘋鳥一般，在四近幾重屋脊上，來回亂蹦。蹦了一陣，哪有羅剎夫人的影子？明知像她這種輕功，自己無論如何追不上，也不知從哪一面追才對。

這當口，真折騰得沐天瀾急瘋了心，一聲長嘆，淚如雨下，竟直挺挺跪在一重屋脊上，淚眼望天，哭著喊道：「上天在上，我沐天瀾如果有一絲一毫的心肝，對不起我多情多義的羅剎姊姊……立時叫我……」一語未畢，身後一陣飄風；從他腦後伸過一隻玉手，把他嘴巴掩住了。

沐天瀾一轉身，只喊得一聲：「姊姊！你急死我了……」再也說不出話來，心裡一陣迷惘，身子一軟似欲暈倒。

羅剎夫人看他這副形狀，一伸手把他攔腰抱起，嬌喝道：「你發的什麼瘋？大清早，你要把尤總兵全營兵士驚起來，齊瞧我們的笑話不成？」她嘴上雖這麼說著，嬌臉上兩行珠淚，再也忍不住，簌簌的直掛下來了。

羅剎夫人和沐天瀾存身的一重屋上，離開羅幽蘭睡著的正屋，隔著幾重屋子。可是被沐天瀾忘其所以的一鬧，屋下軍弁們業已驚覺，卻又不明內情，詫為奇事；恰因屋上的人，是總兵奉命唯謹的沐二公子，誰敢露面出聲？但是暗地偷聽，私下笑談當然難免的了。

沐天瀾為情所累，耳目失聰，羅剎夫人眼神如電，卻已看出下面遠近都有人影晃動。趁勢把沐天瀾攔腰扶起，一點足，向衙後飛過兩重矮屋，再一聳身，飛越一道圍牆，落在牆外一片荒林腳下。

沐天瀾並非真個暈倒，無非連驚帶急，最後一見羅剎夫人來到身邊，驚喜過度，不由的一陣迷惘。這時自己身子被羅剎夫人帶出圍牆，野風一吹，心志略清，他惟恐羅剎夫人再走，小孩子撒嬌一般，抱住了羅剎夫人不肯鬆手。嘴上連珠似的哭訴著；「姊姊！你這『幸不辱命』四個字，幾乎要了我的命！我見字不見人，別人不明姊姊的意思，我便知姊姊恨上我了，不願和我們見面了。天日在上，我自從和姊姊結識以來，我們步步的危難，哪一樁不是姊姊成全我們的？我如果有一點對不起姊姊的心，我便是天地間忘恩負義的丈夫，姊姊如果真個不理睬我，我只有一死，以明心跡……」

羅剎夫人不等他再說下去，冷笑道：「又是只有一死……我問你……你有幾條命？我勸你把這條命留著作同命鴛鴦吧！」

沐天瀾聽得立時心裡勃騰一震，這才明白「幸不辱命」四個字內，一語雙關，包含著有這麼大的用意。想起昨晚逼著羅幽蘭說出秘藏解藥的所在，自己說出：「我們是同命鴛鴦，你如存心一死，我也自刎」的話，這話是在她面前說的，在她聽得當然刺心，顯得我心裡，只有那一位，沒有這一位了。所以這時責問我有幾條命，那「幸不辱命」四個字，表面上好像說：「取到了解藥，幸不辱命。」其實骨子裡是說：「你這有一條命，我趕快離開你們，免得沾辱了你的命。」啊喲！好險！幸而她到底對我有情，沒有真個走遠，一半也特意躲在一旁，要瞧瞧我對她究竟有幾分情意。唉！一時不留情，嘴上又說出了毛病，話一出口，如何說得回來，這時教我怎樣解釋呢！

他心裡一陣翻騰，也無非眨眼之間，終於逼出幾句話來，他說，「我的姊姊，小弟這條命可以說捏在兩位姊姊手裡。不論哪一位姊姊如果離開了我，我這條命便活不成。假使此刻姊姊不可憐我，我定必上天下地去找姊姊；便是蘭姊幸而有解藥救活了她的命，她這條命也是姊姊所賜。姊姊如果真個離開我們，非但我活不成，她也難以安心活在世上了……」

羅剎夫人嘆口氣道：「我這怪僻脾氣你是知道的，不論什麼事，都是遊戲三昧。惟獨對於情字這一關，勘不破，逃不過，還有點認真。我真後悔，明知你已有一位，我也犯了糊塗，和你沾了身。我真不願再在你們裡面，從此離開你們，眼不見，心不煩，也就罷了！被你這一鬧，我又軟了心，唉！這還說什麼呢，我這麼一說，你可以鬆開了手罷！」

原來沐天瀾兩臂還緊緊的抱著羅剎夫人，他兀自不放手，攬住了羅剎夫人玉臂，哀求似的說道，「姊姊，我們一塊兒進衙門去吧！」

羅剎夫人半晌沒有出聲，兩道秋波盯在他臉上漸漸的現出媚笑，忽然格的一聲笑了出來，倏又柳眉一展，很鄭重的問道：「你不要忙，我得問問你，剛才我瞧你急得對天發誓，你總算有良心的，但是你對我預備怎麼辦呢？」

沐天瀾毫不猶豫的答道：「從玉獅谷內到老魯關相近的那座破庵內，我懇求姊姊不知多少次，姊姊怎的還問我這個呢。」

羅剎夫人冷笑道，「我知道你小心眼兒，老以為你們沐府畫棟雕樑，一生享用不盡。在我眼內，你們沐府和那敗落戶一般，已經成了殘朽不堪的危廈，經不得一陣風雨，便要倒塌了。你既記得我們三人在那座破庵的事，你應該記得我和你們說過我願自己開闢應走的路，也許是我們三人同走的路，那句話嗎？」

沐天瀾慌應道：「小弟記得，究竟怎樣一條路呢？」

羅剎夫人道：「這條路有八個字『不問世事，偕隱山林』。這八個字，在開創基業的英雄豪傑眼內，是一條最沒出息的路。但在知機樂天的隱士逸人眼內，卻是人世最不易享受到的清福。這種清福，不得其人，不得其地，便無從享受起。現在我們三人，身有武功，不論什麼峻險的山林都可去得，不論凶禽猛獸，生番野苗，都可制服。

「我親歷過許多人跡不到的奇境，適宜於我們三人偕隱之處很有幾處。就眼前說，我們寄宿的龍啐圖山的苗村，只要經我們略一經營，便是世外的小桃源。但是這一處不算數，我預備在我足跡所經，認為美景非常的幾處秘奧之境，網羅世上志同道合的奇人逸士，群策群力，多開闢幾處與世無爭與物無忤的桃源樂土，共用世間不易享得的清福。你不要小看這點志願，依然還得費不少心機，費不少財力，才能如願。

「我從金駝寨得來一批黃金，便預備用在這種地方。不想事有湊巧，昨晚趕回玉獅谷，依照蘭妹的話，果真從竹樓階下掘出一隻碩大無比的寶箱，內藏當年九子鬼母的奇珍異寶，真是美不勝收。

「那個金盒子藏著起死回生的解毒秘藥也在其內。這批寶藏，價值無法估計，我那批黃金和它一比，宛如滄海一粟了。如果你和蘭妹和我同心，把這批寶藏和那批黃金，用在我的計劃上，還可替世上許多窮人無所歸的人們，多開闢幾處為世世安居樂土，豈非天地間第一功德。我們三人一半為己，一半為人，把一身心力都用在這上面，似乎比擾擾一生，夢夢一世強得多了。這便是我想走的路，你們如願同走這條路，自無話可說，不願和我走這條路，我便獨行其是，你們也不必纏繞我了。」

沐天瀾長嘆一聲道：「姊姊真是天人，沒有姊姊這樣才智毅力，真還不配說這種話。古人說過『窮則獨善，達則兼善』的話。姊姊卻於獨善之中寓兼善，又比古人高出一籌。這條路真是亂世應走的路，小弟佩服五體投地，如何不依著姊姊攜手偕行呢？」

羅剎夫人說：「好！一言為定，你現在回去，治好了你的蘭姊，把這層意思說明。我料定老前輩桑苧翁定然贊成，你們翁婿夫妻三人先回昆明，我此刻轉回玉獅谷。一月後，我在那白夷夷裔的苗村恭候你們，那苗村便是我預備經營的第一處小桃源了。」

三位歡喜冤家，能否真個志同道合，開闢桃源樂土？世事無常，此福不易，作者未敢十分保險。但是衷心希望這三位一體，有志竟成。

第三十章　金駝之劫

滇西榴花寨沙定籌之亂已平，尤總兵帶兵到榴花寨左近一帶，踏勘苗匪教匪死在四頭人猿手內的屍首，盡是男的，沒有女的。便知白蓮餘孽女匪首九尾天狐，未遭劫數而定已遠揚。雖然被她逃出命去，諒已不能興風作浪。一夜工夫，竟被沐二公子帶了兩位女英雄一掃而平，作成了尤總兵一場大功勞，真是意想不到的事。在這位總兵暗暗得意非凡當口，那位沐二公子沐天瀾忽驚忽急，忽哭忽笑，守著床頭生死一髮的羅幽蘭，追著屋上隱現不測的羅剎夫人，纏綿悱惻，蕩氣迴腸，折騰了一夜，一顆心鬧得粉碎，何嘗有一刻安頓？

萬幸羅剎夫人憑四頭人猿的腳力，飛一般取來了起死回生的獨門解藥，挽救了生死關頭的嬌妻。可是在「幸不辱命」四個字上，幾乎又把癡情的沐二公子折騰的半死，好容易哭求哀告，感動得心回意轉，決定了「不問世事，偕隱山林」的目標，和一月後在白夷苗村相會的預約。才和羅剎分手，回轉羅幽蘭病榻，和老丈人桑苧翁用羅剎夫人放在桌上金盒子內獨門對症解藥，馬上如法施為，替危機一髮的羅幽蘭內服外敷，細心調理。

關於撫緝地方，鎮壓匪黨一切善後事宜，都交尤總兵去辦理；他不願問，也沒心腸去顧問。鎮日在蒙化縣衙內守住了羅幽蘭的床前。這樣在蒙化城內，又勾留了幾天，仗著下藥對症，果然神效異常。羅幽蘭期門穴創口，雖一時尚未平復，袖箭奇毒，業已消解盡淨，氣色業已好轉。仗著羅幽蘭內功素具根底，體質異眾，已能離床起坐，言動如常。她自己明白，這條性命沒有羅剎姊姊一夜奔馳，早已鴛鴦拆散，投入鬼門關內了。

經沐天瀾暗中告訴她羅剎夫人的預約，和「幸不辱命」四個字的小小風波，羅幽蘭珠淚紛拋，嗚咽著向沐天瀾說：「我這條命是我羅剎姊姊賜給我的，她的見識又比咱們高得多。她怎麼說，我們便怎麼辦，從此以後，我們三個歡喜冤家，誰也不能離開誰。現在我已能行動，此地難以久留，家中哥嫂又不知怎樣盼望著我們，我們同我父親快回昆明去罷。」

商議定妥，桑苧翁雖然想獨行其是，飄然遠行，但經不起嬌女愛婿百般求懇，自己愛女的傷口未復，一路長途，也得自己護送，沒法子不和他們同回昆明沐府。於是翁婿愛女三人，仍然帶著改扮家將的苗婦和幾個家將，別了尤總兵，離開滇西，趕回昆明。三人到了昆明沐府，沐天瀾的哥嫂得知掃蕩滇西苗匪的奇功，自然喜出望外，沐府的聲威，也似乎為之一振。這位老丈人桑苧翁，自然是沐府唯一的貴賓，在全府尊視之下，也養尊處優的優遊了許多日子。

可是他雲遊已慣，樂處山野，情願和閑雲野鶴一般，自在逍遙，卻受不慣高樓大廈，錦衣玉食的供養。待得羅幽蘭創口平復，行動如常，竟悄沒聲的獨自溜掉了。羅幽蘭、沐天瀾無可奈何，只好讓這位老丈人獨行其是。一算日子，夫婦回到家中，已過了一個多月，羅剎姊姊苗村相會的約期，得趕快踐約，明知哥嫂面前，極難通過，想走的話，也得依照老丈人的辦法，悄悄的溜掉。

但是這一去，既然要行羅剎夫人「不問世事，偕隱山林」的約言，說實了，便得不顧一切的棄家遠遁。在當時羅剎夫人面前，只求和她廝守，百依百順，毫無考慮的餘地。哪知道夫妻回家以後，想突然從高堂大廈、安富尊榮的巍巍沐府中，毫不留戀的躲入深山僻徑的林谷內，便覺得種種困難，都一齊兜上心來了。一面又時時想念著羅剎夫人的恩情厚愛，絕不能違背她的預約，如果違了夙約，便等於自食前言，不願和羅剎姊見面了。不和羅剎姊姊見面，非但沐天瀾絕無此念，羅幽蘭也無時不刻不盼念著救命的羅剎姊姊。但是想見面，便得棄家踐約，兩夫妻心理交戰，暗地不知商議了多少次，委實難以狠心決定下來。

可是時間不留人，一天天飛快的過去。一算日子，和羅剎夫人預約之期竟已過了頭，再不前往踐約，便有點交代不過去。這一來，弄得夫妻二人，寢食難安，過一天，便發一天愁。夫妻倆癡心妄想，最好羅刹夫人突然光降沐府，然後千方百計，磨著她留在家中，羅刹夫人開闢桃源樂土的大計劃，緩議緩辦，才合夫妻倆的心意。

但是夫妻倆的心意，只能暗暗存在心裡，而且自己也明白，還是妄想。羅刹夫人堅決的心腸，明澈的見識，絕不會俯從兩人的心意的。兩夫妻暗地為難，他們哥嫂當然不為知曉，不過看出他們倆不知為了何事，有點坐立不安，卻已瞧出一點痕跡來了。問他們時，他們又推得一乾二淨，可是經哥嫂一問，夫妻倆更難過了。夜裡夫妻倆又暗地細細商議，為了此事，失神落魄的形狀，連哥嫂都瞧出來了，再不決定去留，連自己都無法交代了。

沐天瀾想起，那晚蒙化縣衙屋上，和羅刹夫人一番恩愛纏綿，難分難捨的情狀，最後羅刹夫人提出三人偕隱的話，自己一口應諾，覺得毫不為難。這時想起來困難重重！最難受的，羅刹夫人那時說的：「好！一言為定，一月後，我在苗村恭候你們！」嬌嬌滴滴的這幾句話，好像老在耳邊響著。這時夫妻倆對於錦衣玉食，難割難捨，好像羅刹夫人早已窺破他們倆的心意，故意用這種要挾來難他們，好藉此脫身似的。

他想到這層，嘴上不禁「啊呀」一聲，喊出口來。

羅幽蘭一追問，沐天瀾說明自己想頭。羅幽蘭一頓腳，嘆口氣說：「瀾弟！我們不能做忘情負義的人，我們也不能讓羅剎姊姊獨行其是。好在滇西之亂已平，哥嫂在家，也沒有不得了的事，我們且找著羅剎姊姊再說，我們明天走罷！」

夫妻倆剛決定了主意，想到苗村踐約去會羅剎夫人之際；不料風波突起，滇西之亂方平，滇南之禍又起。夫妻倆決定去留的第一天，沐府突然得到滇南石屏州金駝寨龍土司苗卒飛馬急報，報稱，「金駝寨突被女匪羅剎夫人帶領飛馬寨岑猛手下苗匪，乘虛圍攻，已經攻進險要。龍土司和映紅夫人拚命抵擋，勢已垂危，特地飛馬趕到昆明求救。越快越好，遲則金駝寨難保，龍土司夫婦性命恐已死於亂軍之中。」

沐天瀾、羅幽蘭聽得大為驚異，簡直是奇事，羅剎夫人怎會幫著飛馬寨攻掠金駝寨？慌問飛報的苗卒，「怎知攻打金駝寨是女匪羅剎夫人呢？」

苗卒報說：「金駝寨的人們，都瞧見一個美貌凶勇的女匪，當先騎著一匹馬，馬後有人擎著一面大旗，旗上寫著『羅剎夫人』四字，決不會錯。」

苗卒這樣一說，夫妻倆越發鬧得莫名其妙，雖然覺察有人頂冒，羅剎夫人決不會做出這樣事來。但是滇南出名的黑牡丹已死，別無著名女匪；便是有，也沒這大膽敢冒羅剎夫人的名號，冒她名頭，又有什麼用意呢？這真是意外的奇聞了！可是金駝寨勢已垂危，沐府與龍土司的淵源，豈能坐視不救？

明知路遠勢危，也許救兵未到，金駝寨已落入人手，也得連夜馳赴滇南，探查真相，免得勢成燎原，不可收拾。當下沐天瀾、羅幽蘭挑選了幾十名家將，一律騎著快馬出發，趕奔滇南。一面由他哥哥沐天波急發兵符，知會滇南沿途官軍，調動人馬接應。

救兵如救火，沐天瀾、羅幽蘭夫妻倆率領五十名全副武裝的家將，星馳電掣的趕奔滇南。從昆明到滇南石屏州，最快也得兩三天工夫，等得夫妻倆趕到金駝寨，攻打金駝寨的苗匪和扯著「羅剎夫人」旗號的女匪，都已蹤影全無。但是一座較有規模，夫妻倆曾經作客的龍土司府，已燒得片瓦無存，殘垣斷壁，一片焦土，真是觸目驚心。而且血跡斑斑，遺屍遍地，縱火焚燒的遺留灰燼和龍家苗族哭夫覓子的遍地哀聲，真是慘不可言。

未死的和帶傷的頭目和苗卒，一見沐二公子帶領救兵到來，個個哭拜於地，指手劃腳的哭陳這次遭劫難的經過。而且眾口同聲，說是羅剎夫人是罪魁禍首，要沐二公子看在以往龍土司忠心耿耿的上面，替金駝寨龍家苗作主，興兵報仇，活擒羅剎夫人祭靈。

人多言雜，一時難以聽清出事首尾，龍家苗老弱男婦，又在兩人面前，眾口同聲的罵著羅剎夫人，心裡更是難過異常，一時又無法解釋。龍土司府已成瓦礫場，吩咐在適當處所，設起行帳，指揮家將，扼守出入要口。然後召集幾個懂事頭目和能說漢話的老年苗人，好言撫慰，細探出事經過和龍土司夫婦遭難情形，由頭目們從頭至尾講出經過細情，才明白了一切。

原來金駝寨土司獨角龍王龍在田，自從經沐二公子在玉獅谷把他救回以後，總是無精打采，恢復不了以往雄視一切的氣概，加上映紅夫人心痛秘窖黃金被羅剎夫人席捲而去，也失神落魄的提不出興趣來。對於掌理全寨事務，和操練手下苗卒，便不像以往雷厲風行。上面一鬆懈，下面頭目們難免乘機偷懶，疏於防範。偏偏得力臂膀金翅鵬，臉上蟒毒雖經黃牛峽大覺寺無住禪師盡心調治，逐漸復原，卻已成了半面人，半個面孔已經失了原形。

金駝寨的人們，稱他為半面韋陀，無住禪師離開金駝寨時，半面韋陀金翅鵬蟒毒雖淨，體力還未十分復原。金駝寨出亂子當口，龍飛豹子那孩子，幸虧這位半面韋陀志切存孤，奮勇救出，到現在還不知半面韋陀和龍飛豹子逃到何處去了。

還有龍飛豹子的姊姊龍璇姑，卻幸虧她立志求師學劍，在沐天瀾、羅幽蘭首次回昆明以後，龍璇姑拿著羅幽蘭的介紹信，早已辭別父母，遠奔三鄉寨，在那兒拜桑窈娘為師，精練劍術，躲避了這場災難。

事先，石屏城和金駝寨之間有個關隘，叫做五郎溝，距離金駝寨只十幾里路。駐守五郎溝守備岑剛，原是飛馬寨岑鬍子岑猛的本家兄弟。以前沐天瀾夫妻首次到金駝寨，營救獨角龍王時，五郎溝岑守備和石屏吳知州，曾經到金駝寨來拜訪。沐天瀾夫婦回昆明以後，這位岑守備又有意無意的在金駝寨四近進出，有時也到土司府拜望龍土司。獨角龍王沒有把守備放在心上，有時還推病不見，可是金駝寨內防備鬆懈，兵力薄弱的情形，已被岑守備看在眼裡了。

在沐天瀾夫婦，從滇西蒙化回轉昆明，羅幽蘭深居沐府，調養傷口這一個多月光陰內，五郎溝岑守備行蹤詭秘，常常到飛馬寨看望他族兄岑胡子。這期間，金駝寨異龍湖對岸，象鼻沖那條長嶺上，發現了一大批過境的玀戶，不下四五十人。其中還夾雜著幾個漢人，以前龍土司絕不准其他苗族，在異龍湖近處逗留。這次經下面頭目們報稱大批玀戶過境，龍土司聽得是過境玀戶，以為只要不在近處逗留，無關緊要，懶得多事，也沒派人追蹤，探個實在。

自從發現這批過境玀戶以後，金駝寨四近常常發現行蹤詭秘，面目凶橫的其他苗族，三五成群，似盜非盜，也瞧不出從哪裡來的。不過一現即隱，並沒有侵入金駝寨境內，也沒有什麼可疑舉動。金駝寨頭目們，素來仗著獨角龍王以往赫赫威名，狂傲自大慣的，總以為沒人敢到金駝寨來尋是非。向龍土司夫婦報告時，龍土司夫婦又沒在意，頭目們也就忽略過去。

哪知道在這四近不斷發現外路苗族當口，有一天晚上半夜時分，龍土司夫婦正在熟睡當口，前面聚堂木鼓（苗寨議事之室曰聚堂，聚眾報警用木鼓），震天價急響起來，金駝寨各山頭峭壁的碉堡也響如貫珠。龍土司夫婦在睡夢中驚醒，一躍而起，突見樓窗上已映起一片火光，全寨呼號奔馳之聲，已亂得開了鍋一般。獨角龍王、映紅夫人大吃一驚，慌整束身上，備好軍器，趕下樓去。走到半樓梯，幾個親信頭目，正氣急敗壞的奔來報告：「說是金駝寨要口，已被突然進攻的匪盜侵入，龍土司府前後又突然無故起火，定有奸細混入，請土司火速發令集眾抵擋。」

映紅夫人剛喝問了一句：「哪裡來的匪徒，怎麼事前一點風聲沒得？」話剛出口，半空裡嗤嗤亂響，火光一團團的齊向樓屋飛來，竟是從府後通插槍岩的崗子上鑽射下來的火箭。剎那間內外喊殺連天，人聲鼎沸。最可怕的，只是一群人眾在一片練武場上，呼喊如雷，聲聲喊著：「不要放走了龍在田夫婦！」

龍土司剛目如燈，面如噀血，一聲大吼，揚起一柄金背大砍刀，一躍而下。映紅夫人嘴上喊著：「龍飛豹子呢？快去知會半面韋陀一起拚力殺退匪人。」一面喊著，一面左手挽起獸面護身盾牌，盾上插著十二支飛鏢，右手舞著長鋒薄刃翹塵刀。跟著丈夫，領著一群親信頭目，從樓下殺奔後寨。

苗寨建築，竹木為主。後寨高崗上，火箭齊飛，一排樓窗，業已著火延燒。等得龍土司夫婦領著一群親信頭目踏上後寨練武場上時，便知大禍已臨，敵人深入，金駝寨基業無法保全了。原來這當口，平時掩蔽藏金地窖的幾所小屋，這時門戶洞開，火燎亂飛，敵人像螞蟻出洞般，從屋內蜂湧而出。一見這樣情形，立時可以明白，大勢已去，咎在自己夫婦兩人太疏於防範了。裡面地道原通著寨後插槍岩金穴廢礦，總以為威聲素著，就近苗族，不敢正視，地道內秘藏黃金，已被羅剎夫人席捲一空，更是不大注意這地道了。

哪知大禍天降，匪人竟從地道偷襲深入，看情形來勢不小。佈置已非一日，這時已無暇再想安全之策，除出決死一拚，已無他途。苦的是事起倉卒，敵人竟從地道深入，外面要路口又已失守；內外交攻，自己苗卒散處分碉，一時難以集中。火勢已旺，一座土司府立時要變成灰燼，能夠殺出府去便是好的。

這當口，後寨練武場上已布滿了敵人。當中跳出一個身形魁梧，虬髯繞頰，腰纏飛刀，手持長矛的大漢。大漢身後，一個身材苗條，裝束詭異的女子，手橫長劍，腰佩彈囊，背負彈弓，臉上卻罩著血紅的人皮面具，獨角龍王龍土司從火光影裡，一見持矛的大漢，立時暴跳如雷，怒髮上沖，大聲喝罵道：「好呀！我道是誰？敢偷襲我金駝寨，原來是你岑鬍子領的頭。憑你飛馬寨一點根基也敢造反，你是活得不耐煩了！」

岑鬍子岑猛長矛一柱，哈哈一聲狂笑，指著龍土司夫婦喝道：「你們夫婦倆，平時依仗沐府一點靠山，在滇南作威作福，欺侮同族苗人，甘心做漢人鷹犬。九子鬼母死後，你一發稱孤道寡，雄霸滇南，以為你金駝寨是鐵打江山。哪知道你惡貫滿盈，只被我們略施小計，便長驅直入，前後包圍，今晚制你死命，易如反掌。你夫婦倆如果想保全一家老小，快把歷年積存的黃金全部獻出，還有商量。否則，殺得你全家雞犬不留，休怨俺岑鬍子心狠手辣……還有一樁事告訴你，叫你死得不做糊塗鬼。」

說罷他一閃身，向身後蒙人皮面具的女子一指，大聲說道：「這位女英雄，便是饒你一命，放你回家的羅剎夫人；指望你悔過自新，和沐府斷絕來往，向滇南各苗族同心合作。哪知道你依舊和乳毛未退的沐二小子，吃裡扒外的女羅剎（即羅幽蘭）勾結一起。致榴花寨土司沙定籌，碧虱寨土司夫人黑牡丹同遭毒手。羅剎夫人的本領，大約你們都應該知道。

「現在這位羅剎夫人會合俺飛馬寨全體好漢，親來問罪，金駝寨已在俺們掌握之中，插翅也難逃出俺們手心去。還不低頭服輸，尚有何說！」

岑鬍子得意揚揚的喝罵了一陣，那位蒙著人皮面具的羅剎夫人，也用劍一指，嬌聲叱道：「岑土司話已說明，你們死活只有兩條路。想活命快把全部黃金獻出來，牙縫裡進出半個不字，馬上劍劍斬絕，毫不留情，把你們殺盡了，把你這土司府刨根翻地，不怕搜不出你夫婦倆秘藏的黃金。哪一條道合算，你們自己想去罷！」

龍土司夫婦倆，一聽岑鬍子和自稱羅剎夫人的一番話，又驚又愕，鬧得莫名其妙。沙定籌、黑牡丹的死訊，滇西滇南路途遠隔，沐府又沒來人，是真是假，且不去管他，只憑岑鬍子、羅剎夫人口中之言，明擺著今晚暗襲金駝寨，全為秘藏黃金來的。但是全部黃金早被羅剎夫人用詭計席捲而去，何以本人又引著飛馬寨岑家人馬，來索取黃金呢？

如果這人真是羅剎夫人，自己做的事不會不知道，這可是什麼詭計呢？敵人業已深入，一個飛馬寨岑騎子已經不易對付，又加上這個女魔王羅剎夫人，如何得了？

兩個一瞧，自己身邊依然只有十幾個親信，前寨殺得沸天翻地，並沒有自己部下趕到後寨保衛，可見大勢已去。再擔心自己的兒子龍飛豹子和半面韋陀金翅鵬，許久沒露面，也許已遭毒手。

龍土司夫婦倆心如油煎，映紅夫人更是急得發瘋，一聲大喊，指著自稱羅剎夫人的蒙臉女子喝道：「你這生長野獸窩，不通人性的野賤人，你把我們秘藏地窖的二萬兩黃金，用詭計全部偷去，一人獨吞。現在仗著你偷黃金時熟悉插槍岩地道，又勾結飛馬寨乘虛而入，嘴上還想索討黃金，你是沒話找話，存心欺侮人。黃金全在你手上了，哪裡還有黃金？我們金駝寨沒有了歷年積存的黃金，便成了空寨。我們老夫婦正怒氣沖天，正想找你這野賤人拚命，今晚不是你，便是我！」

喝聲未絕，映紅夫人舞起刀牌，發瘋般向那蒙面女子殺了過去，獨角龍王也一聲大吼，揚起手上一柄大砍刀，橫砍豎砍，猛厲無匹的向岑騎子拚殺猛攻。身邊十幾個親信頭目，也顧不得彼眾我寡，惟有一死相拚，真是一夫拚命，萬夫莫擋。

獨角龍王夫婦率領手下十幾名親信勇敢頭目，在後寨練武場上和敵人一場混戰，真是視死如歸。岑鬍子帶來幾十名黨羽也死了不少，尤其映紅夫人盾牌上插著的十二支飛鏢最為厲害。

她早知羅剎夫人名頭，不管敵人是真是假，並不和那女子死拚，只一味亂殺。仗著自己飛鏢發無不中，只要飛鏢一中上，見血封喉，不管是誰，立時廢命。因為她十二支飛鏢，鏢鏢餵毒，無奈她飛鏢只有十二支，雖然射死了不少人，卻沒射死岑鬍子和自稱羅剎夫人的女子，自己飛鏢發盡。手下十幾名親信頭目，也死得差不多了。

敵人越來越多，大約前寨也被攻進，一帶樓房已被大火燒得傾倒下來。她一看情形有死無生，還想和她丈夫奮勇殺出重圍。舞起刀牌，向圍困獨角龍王所在殺了過去，一面拚殺，一面高聲大喊，知會獨角龍王，叫他隨自己奪路逃命。

無奈人多聲雜，人影亂竄，非但得不到自己丈夫回答，也殺不到丈夫跟前。突然面前一彈飛來，用手上盾牌一擋，不料這顆飛彈，與眾不同，被盾牌一擋，立時爆裂。從彈內爆散一陣觸鼻的香霧。映紅夫人鼻子裡一聞到這種香味，一陣天旋地轉，立時撒手棄刀，昏然倒地。這當口，獨角龍王土司也久戰力絕，中了岑鬍子一飛刀，和他夫人同死於亂刃之下。

獨角龍王龍土司夫婦一死，金駝寨便算瓦解。只苦了平時託庇於龍土司的龍家苗男婦老幼，飛馬寨岑鬍子手下，任意劫殺，屍橫遍地，鬧得鬼哭神吼。這其間，惟獨養病初癒的半面韋陀金翅鵬，和龍土司兒子龍飛豹子兩人，蹤影全無。

如說兩人死於亂軍之中，事後檢查，卻沒搜尋著屍骨。才相信他們兩人也許遠走高飛，逃出性命去了。

直到以後，龍土司女兒龍璇姑劍術學成，改扮道姑，仗劍尋仇。在長江一帶姊弟巧逢，才知亂起之時，半面韋陀金翅鵬明知金駝寨已無法保全，自己身體未復，爭鬥不得，勉強拚命，無非添一條性命上去，於事無補。在亂得一團糟當口，他立定主意，存了保全孤兒以報知己的念頭，把龍飛豹子背在身上，隱著身形乘亂越牆而出，遠走高飛，居然替龍土司保全了一點骨血。

金駝寨遭了這場大劫，赫赫威名的獨角龍王，固然一敗塗地，夫婦雙雙畢命。可是飛馬寨的岑鬍子，為了暗襲金駝寨，傾了自己全部力量，費了許多心機，結果也是鬧得一場空歡喜。而且自己帶來的部下，被金駝寨龍家苗族一場拚殺，明殺暗傷，也損失了不少精銳。還有那個臉蒙紅色人皮面具，自稱羅剎夫人的女子，也是一無所得，大失所望。在金駝寨劫殺了一場，搜掘了一夜，幾乎連土司府的地皮都翻了過來，何曾得著大批藏金？本來藏金只有二萬多兩，已被貨真價實的羅剎夫人席捲而光，哪裡還藏著第二批黃金呢？

這位西貝的羅剎夫人，只能怨自己智慧薄弱，運氣不佳，處處失敗罷了。非但黃金之夢，變成泡影，白白把金駝寨攪得稀爛，而且沒法子佔據了金駝寨的地盤。因為飛馬寨和金駝寨距離著不少路，岑翳子還有這樣實力，把金駝寨據為己有。又擔心著昆明沐府調兵出征，這次暗暗偷襲目的全在黃金，希望成空，只好收兵返回自己老巢去了。

飛馬寨岑翳子癡心妄想掠奪龍土司藏金，原非一日。在沐二公子單獨和羅剎夫人會面，同赴玉獅谷營救獨角龍王當口，早已暗地聽到岑翳子這樣口風了。這次突然發動，卻是這位西貝的羅剎夫人一手造成。究竟這位西貝羅剎夫人是誰？

不是別人，正是在滇西失敗，僥倖逃出四頭人猿眼爪之下的九尾天狐。

她和幾個同黨落荒逃命，不敢再回蒙化育王寺。便由榴花寨逃入通達滇南的哀牢山，由哀牢山再一路逃奔飛馬寨。九尾天狐和飛馬寨岑翳子本不相識，只因榴花寨苗匪首領沙定籌本和飛馬寨信使往還，互結密約；九尾天狐在滇西籠絡沙定籌，隱握大權，岑翳子早已聞名。這時九尾天狐無路可奔，權且躲入飛馬寨中，仗著她一點姿色和狐媚手段，和岑翳子一見，便氣味相投。一陣花言巧語，岑翳子便死心塌地的拜倒在九尾天狐裙下了。

九尾天狐投奔飛馬寨不久，岑翳子得到情婦黑牡丹命喪蒙化城的消息，連首級都被沐二公子帶回昆明，祭告亡父。這一個消息幾乎把岑翳子驚死痛死，幸而身旁又添了一個九尾天狐，似乎比黑牡丹略勝幾分；便戀著新的忘了舊的，每天和九尾天狐膠在一起。常常談起滇南苗族消長之勢，和金駝寨龍土司府內秘藏大量黃金的情形，自己垂涎多年，苦於無法可施。

九尾天狐初到滇南，當然也不知道龍家藏金早落他人之手，她一聽有這許多黃金也紅了眼。她權和岑髯子結合，原是一時安身之計，並非真心。而且那晚在月下和沐二公子只見了一次面，談了幾句話，不由的把沐二公子的影子，牢牢嵌入心中，一發把羅剎夫人恨如切骨。她從飛馬寨探出羅剎夫人和猿虎相處的玉獅谷便在滇南，不禁有點膽寒，岑髯子窺覷龍氏藏金，遲遲不敢動手也是怕著神出鬼沒的羅剎夫人。

自己手刃妹子胭脂虎的一幕怪事，想起來便害怕得不得了，滇西沙定籌鬧得落花流水，黑牡丹自己趕到蒙化找死，連腦袋都搬了家。這些可怕的事，事後探出都是羅剎夫人的手段，更是提心弔膽，惟恐那位羅剎夫人尋晦尋到自己頭上。

不料事有湊巧，自從九尾天狐投奔飛馬寨以後，暗地派了幾個精細親信，到玉獅谷左近去探谷內動靜，密探的苗卒回來報稱：「玉獅谷要口鐵柵業已撤去，谷內那所大竹樓和不少房子業已用火燒毀。非但羅剎夫人走得不知去向，連看守玉獅谷一群人猿和七八頭猛虎，都已蹤影全無。玉獅谷已成空谷，看情形羅剎夫人率領一群猿虎，已遠走高飛，不在滇南了。」

岑鬍子猜不透羅剎夫人何以棄掉了玉獅谷，又疑又喜；還怕羅剎夫人遷移不遠，過了一時，四面打探，絕無羅剎夫人的蹤跡。這才明白羅剎夫人確已遠離滇南，這才膽子漸漸的大了起來。每天和九尾天狐商量，怎樣下手，攫取金駝寨龍家藏金？九尾天狐一聽對頭人不在滇南，也放了心。而且異想天開，來個冒名頂替，自己冒稱羅剎夫人，想把攫奪龍家藏金這口怨毒，一股腦兒推在羅剎夫人身上，也算報復滇西失敗之仇。

費了不少心機，先由五郎溝守備岑剛時時打探龍家情況，然後探地道，扮獵戶，一步步把飛馬寨所有人馬，暗暗埋伏金駝寨相近僻靜處所。偏偏碰著龍土司夫婦心緒不寧，百事鬆懈，竟被岑鬍子九尾天狐成功了偷襲詭計，結束了金駝寨獨角龍王多少年的赫赫威名。而岑鬍子和九尾天狐也白忙了一場，結果大批藏金依然一無所得，還疑神疑鬼的，不信映紅夫人拚殺時，說出藏金已被羅剎夫人拿去的話。一場白歡喜，只作成了飛馬寨岑氏手下大批苗匪盡情的劫奪了一次。

不過金駝寨龍家苗族，和沒有遭劫的龍璇姑龍飛豹子姊弟，真個以假為真，把九尾天狐當作羅剎夫人，切齒痛恨，認為不共戴天之仇了。

這段金駝寨獨角龍王夫婦突然遭難的情形，在沐天瀾、羅幽蘭好言撫慰，向幾個懂事頭目口中探問時，那幾名頭目，當然只能說出本寨遭難的經過。對於飛馬寨岑鬍子和九尾天狐結合下手的內情，當然無法知曉；也不知自稱羅剎夫人的女子，是滇西逃來的九尾天狐。所以沐天瀾、羅幽蘭也只能就事論事，按情度理的推測；明知羅剎夫人絕不會做這種可笑的事，當然有人冒名頂替，假禍於人。但是冒名的女子是誰？一時卻推測不到九尾天狐頭上去。

夫妻倆暗地一商量，認為龍家遭劫的事，既然有人冒了羅剎姊姊的名頭，這事得先和羅剎姊姊商量一下；何況我們三人，本來和她有約在先，要赴龍啐圖山苗討相會的，由滇南哀牢山奔龍啐圖山，也未始不可。但是許多難處跟著就來了，自己帶著幾十名全副武裝家將來的，難道到苗村去也帶著全班人馬麼？

金駝寨龍家基業，經此大劫算是一敗塗地，善後問題，非常困難。必須派人到三鄉寨通知學劍未成的龍璇姑，一面又得四處找尋沒有下落的龍飛豹子和半面韋陀金翅鵬。龍璇姑姊弟年紀雖小，畢竟是金駝寨的小主人；如果照這樣辦去，夫妻倆和一般家將替人看家，在金駝寨不知道要勾留到何日才能動身了？

再說，冒充羅剎姊姊的女匪，既然和飛馬寨岑髯子結合，也許隱身飛馬寨內。岑髯子又是罪魁禍首，龍家遭劫，沐府在私誼公誼上，使得興師問罪，捉拿元兇。在飛馬寨苗匪方面，既然做了這樣不軌的事，當然也有預備，自己帶來幾十名家將，怕不夠用，還得發軍符調動人馬。啊呀！事情越想越多，這一次來到滇南，救人不成，便把兩小口投入渾水，變成作繭自縛的局面了。

這天夜裡，沐天瀾、羅幽蘭兩夫妻坐在行帳內，越想越煩，鬧得坐立不安，羅幽蘭忽地噗嗤一笑，向沐天瀾臉上看了看，笑道：「喂！你有沒有覺察，我們倆離開了羅剎姊姊，碰上心煩的事，便覺一籌莫展。這事真怪，從前我獨去獨往，想到便做，哪有這毛病？你是男人，怎的老皺著眉頭，想不出一個主意來。」

沐天瀾笑道：「主意多得很，怎會沒有？因為我們兩人心裡，時時惦記著羅剎姊姊苗村相會之約，偏又擺脫不開一切的束縛，便覺處處掣肘事事麻煩。百言抄一總，不論為公為私，只有先找到了羅剎姊姊再說，現在我們只要商量怎樣找她去好了。」

羅幽蘭立時接口道：「這又何必商量？你一個人先到龍啐圖山去找她，我帶著家將在這兒替龍家看守大門好了。」

沐天瀾看她說這話時，小臉蛋兒繃得緊緊的，一點笑影俱無，便知她又使小性兒了，不由的悠悠的嘆了口氣。他這一嘆氣，羅幽蘭猛地警覺，我這條命剛從羅剎姊姊手中救了過來，怎的又犯上一個妒字了，粉臉上不由的飛紅起來，慌不及笑道：「瀾弟，你莫怪我，我自己明白又犯了老毛病。將來羅剎姊姊責問我們為何失約，定然要疑心我從中阻撓著你的，這可真不大好。我們什麼事都顧不得了，天大的事，我們也得先見著羅剎姊姊再說。」

沐天瀾一聽，她口風真變得快，但是明白她講這話是從肺腑中掏出來的，便順著她口氣說：「我想先到玉獅谷去探一下，也許她尚在玉獅谷呢！」

羅幽蘭點著頭說：「也好！我也想到玉獅谷瞧瞧我的寶藏，不知羅剎姊姊替我遷移別處沒有？」

一語剛畢，忽聽得帳後有人悄悄說道：「只惦記著寶藏，不惦記著朋友。你的全部寶藏早已全部充公，抵償失約之罪了！」

沐天瀾、羅幽蘭同時一聲驚喊：「姊姊！」飛一般躍出帳外。

第卅一章　失寶

夫妻倆躍出帳外，急急風的在帳前帳後繞了個來回，哪有人影？四面一望，一場劫火剩下來的殘垣斷壁，和寨後高聳的岩影，涵照在一片爛銀似的月光下，格外增加了幾分淒涼的景色。近處山巔水涯，若斷若續的苗人吹著蘆管的聲音，無異哀鴻泣訴，慘惻不忍卒聽，靜靜的山野，竟瞧不出帳後說話的人藏在哪兒去了？帳外守衛的幾個家將，瞧見他們倆奔出帳外，慌忙近身來護衛。

沐天瀾一揮手，說聲：「沒有事，我們睡不著，閑遛一下，不用跟著。」幾名家將諾諾而退，羅幽蘭在他耳邊悄悄的說：「真怪！明明是羅剎姊姊的口音，怎又人影俱無，定又是故意逗著我們，讓我們愁急了！」

話剛出口，猛見帳內燭火倏滅；帳門外守衛的一名家將也驚嘆了一聲，提槍趕進帳去。夫婦倆慌也起身回帳，重新點上蠟燭，一瞧帳內，寂然無人，桌上原擺著行囊隨帶的筆硯，已有人用過。硯台下面，壓著一張紙條，墨色未乾，寫著寥寥幾行字，急拿起紙條細瞧，只見上面寫著：「歡喜冤家，緣盡則散，會在何處，散在何處。只此一面，以符終始。」兩人看得大吃一驚，字跡明明是羅剎夫人寫的，字內的含意明明是決絕分手的話。頭一個沐天瀾忍不住一聲驚喊：「啊呀！羅剎姊姊怪我們苗村之約遲遲未赴，要和我們分手了！」

羅幽蘭也急得粉面失色，便說：「我們快上異龍湖對岸象鼻沖嶺上會她去，她不是寫著：『會在何處，散在何處，只此一面，以符終始』的話麼？我們和她第一次會面，原在那嶺上呀！快走！快走！」

沐天瀾、羅幽蘭夫婦倆，吩咐家將們好生看守行帳，不必跟著；兩人急急向異龍湖奔走。異龍湖原是兩人舊遊之地，這時踏月重遊，到了地頭，覺得兩岸嵐光樹影，蔥鬱靜穆，涵照於一片淡月之下，別具勝景。可惜今昔不同，赫赫威名的金駝寨已變成瓦礫之場，龍土司一家基業，已如電光石火般消滅了。

兩人感慨的走過平鋪湖口的那座竹橋，穿過一片樹林，緩緩的從嶺腳向象鼻沖嶺走了上去。走沒多遠，突又聽到嶺上不遠處所，起了一種宛轉輕揚的歌聲，這種歌聲，一聽是撮口成音，自成宮商。而且這種歌聲，一到耳邊，立時喚醒初見羅剎夫人那一天的光景。這歌聲，當然又是從羅剎夫人珠喉內發出來的，沐天瀾一聽這歌聲，情不白禁向嶺上飛奔，心裡卻有許多說不出的滋味。分不清這滋味，在鹹酸苦辣中屬於哪一種？羅幽蘭也跟在他背後向嶺巔飛馳，心裡惶惶然！覺得見著羅剎姊姊面時，不知怎樣開口才合適。

兩人被這歌聲又引到老地方，穿出密層層一片松林，踏上十幾丈開闊的一片黃土坪。不約而同的一齊抬頭，向坪上矗立著那株十餘丈高的參天古柏望去，以為歌聲照舊，人也定在古柏的嶺上了。這株枝幹鬱茂獨立高古的大柏樹，依然龍蟠鳳翥，黛色如雲，和以前一模一樣。可是抬頭望了半天，古柏的樹帽子上，歌聲既寂，人影亦無。許久沒見羅剎夫人現身下來。沐天瀾心裡急得了不得，剛說得一句：「蘭姊！羅剎姊姊字條上既然約在此地會面，怎的半天沒露面呢？」

猛聽古柏樹後銀鈴般一陣嬌笑，月光之下，從樹後轉出一身綉帕包頭，綉邊苗裝衣衫的羅剎夫人來。臉上沒有蒙著可怕的紅色面具，依然是鳳眼含威、蛾眉帶煞的春風俏面；不過和兩人見面，臉上原帶著的媚笑和銀鈴般的嬌音，突然隱去。一對鳳眼，射出利箭似的光芒，先向沐天瀾面上射了幾下，眼波一轉，又掃到羅幽蘭嬌靨上。櫻唇緊閉，不聲不哼，只向兩人點了點頭。

兩人不知什麼緣故，一見羅剎夫人的面，便覺心裡發慌；尤其是沐天瀾，覺得和她在蒙化縣衙屋頂上一別，只隔別了一個多月，肚子裡原覺有千言萬語和她說，這時兩人對了面，卻不知從何說起？而且心頭亂跳，覺得沒有早早踐約趕到苗村相會，突然在金駝寨會了面，會的地方，又是從前初見之地，心裡有無窮的愁急慚愧。唯恐她真個實行字條上的主意，說出訣絕的話來，張了幾次嘴，竟沒有吐出一句話來。

在他發窘當口，羅幽蘭卻已奔過去，拉著羅刹夫人的手，把「姊姊」叫得震天響：「姊姊！小妹在蒙化中了黑牡丹毒藥袖箭，有死無生，全仗姊姊一夜奔波，取來解藥，救了小妹一條命！等得小妹毒消能夠起坐，向他問姊姊時，才知姊姊送到解藥，沒有進屋，竟自悄悄走掉了。從他嘴上，又得知姊姊吩咐一月盧苗村聚會的話。可憐小妹和他回轉昆明以後，哪一天不念著姊姊？哪一時不記著姊姊救命之恩？每天和他商量，只等小妹創口平復，身體復原，便同他到苗村去會姊姊。

「不料女人家真吃虧，箭創剛平復，身上只幾個月的身孕竟小產了。大約在蒙化和黑牡丹一場凶鬥，身體吃了虧，小產便小產，沒有什麼要緊。只是小產以後，身體總覺軟弱一點，又不敢被家中哥嫂知道，暗暗地調養了幾日，才覺著身體復原了。正在暗地和他打算赴姊姊約會時，這兒龍家又突然出了變故，龍家事小，滇南未來之禍甚大，救兵如救火，又沒法不趕來一趟。來是來了，龍家已一敗塗地，倒弄得我們兩人進退為難，心裡又惦著姊姊的約會。

「今晚和他正在行帳內犯愁，萬想不到姊姊會降臨此地；姊姊一到，我們兩人便有主心骨了。姊姊！你字條上寫著：『緣盡則散』的話，你真把我們兩人急壞了；姊姊定然恨著我們遲遲不赴苗村之約，怨我們言而無信了。小妹情願認罪，替姊姊消氣，姊姊千萬不要存這種念頭。從此以後，姊姊到哪兒，我們便跟到哪兒……」說罷，珠淚瑩瑩的跪了下去。

羅剎夫人玉臂一舒，把羅幽蘭抱了起來，微笑道：「我的好妹妹！你說得滿有理，可惜我說的『緣盡則散』，根本不是為了苗村之約。我和他定約時，你原沒在跟前。我和他雖然定了苗村之約，那時我便料定你們住慣了王侯府第，平時高樓華廈，一呼百諾，要突然捨棄尊榮，跟著我野人一般的，躲在深山絕壑去過一輩子，原來很困難的。不瞞你們說，我原沒指望你們真個會赴我苗村之約，既沒作此望，便不致怨恨你們；所以這一層，你們不必介意……」

說罷，略微一沉，兩道秋波卻深深的注在沐天瀾面上，沐天瀾立時像觸電一般！立時感覺到她眼神內，發射出無聲的語言，無形的利箭直刺入自己心坎深處，剛悲切切的喊了一聲：「姊姊！」

羅剎夫人突然向他走近幾步，看了又看，悠悠的嘆口氣說：「玉獅子！你還記得我們在蒙化縣衙分手時說的話麼？」

沐天瀾說：「姊姊吩咐的話，時時刻刻在我心裡，怎會忘記呢？姊姊說的是『偕隱山林，不問世事』，預備先經營龍啐圖山的苗村，作為我們三人第一處偕隱的小桃源。

我們別了姊姊，回到昆明以後，和我岳父說明這意思。

「我岳父非常高興，臨走時還說：『讓我再雲遊一時，遊興倦時，便到龍啐圖山尋你們去。你們可得掃除無謂的虛榮，把富貴看作浮雲一般，而且要明白現在天下已經大亂，極早抽身，享受你們夫妻三人的清福去罷！怕的是你們有沒有這福氣？能不能跟著你們羅剎姊姊走，我還有點替你們擔心呢！』我岳父臨走時說了這幾句話，我和蘭姊格外堅定和姊姊偕隱的志願，沒有一時不暗地商量：怎樣擺脫家庭？怎樣掃除俗務？悄悄的到龍啐圖山去會姊姊。但是……」

羅剎夫人不待他說下去，冷笑道：「不用『但是』了……我可以替你說：『但是家世難捨，富貴難忘。現前的一切一切，都覺得難割難捨；都比跟著羅剎姊姊去度山林生活好得多。』是不是這個意思？所以一得金駝寨求救的消息，救兵如救火，夫妻倆馬上帶著家將趕到這兒來了。來是來了，我問你，你們究竟做了什麼事呢？龍土司夫婦一雙性命，你們救出了沒有？金駝寨的基業你們保全了沒有？龍家苗族的一場劫難，你們挽回了沒有？你們面前只一堆瓦礫，連你們住處都沒有了，只好搭幾個行帳安頓人馬，非但救不了人家，麻煩的事便一步步壓到你們頭上了。

「龍土司一死，滇南大股苗匪，像飛馬寨岑猛之輩便要乘機而起了，你們能夠逍遙自在的一走了事麼？怎樣替龍家善後？怎樣替龍家作主，興師伐罪呢？既然有這許多麻煩，纏住了你們的身子，連你們自己，大約也說不清何日才能了清當前的世務？這樣，你們的心裡，哪還有『偕隱山林，不問世事』的志願？哪還有一絲一毫惦記著我的話呢！

「玉獅子！我說這些話，並不是怨恨你薄情；也不是怨恨你遲遲不赴苗村之約。古今來，有幾個能超然世外，跳出塵網的？剛才我已和羅妹妹說明，我在蒙化縣衙，取到對症解毒秘藥，救活了羅妹妹。讓你們一對同命鴛鴦，去享受塵世的虛榮浮華，我走我自己應走的路，不再攪在你們裡邊也就罷了。不料禁不起你在縣衙屋上，發瘋般亂蹦亂叫對天立誓，我也硬不起這條心腸，才和你立下苗村之約。

「雖然料得你們有許多困難，可是也希望你們如約而來，這裡面當然我也擺脫不了情愛二字，但是我看清了你們的虛榮浮華，絕難長久，也許怨孽牽纏，鬧得冰消瓦解的地步。你莫怪我口冷，眼前龍家的結果便是你們沐家的前車之鑒。我和你既然種了情根愛苗，豈肯叫你落到這般地步？你想想你老丈桑苧翁臨別贈言，便知我不是杞人憂天。未來的事且不去說他，眼前龍家的事，夠你們兩人料理的。

「滇西之禍方解，滇南之患又起，層波疊起，節外生枝。這樣亂世，哪有了結的時候？你們既然情願投入火坑，我也沒有辦法。不過在這樣局面之下，我和你們只好分道揚鑣，各行其是了！玉獅子！人生如夢，從此你我把玉獅谷的前因，都當作夢一般的拋開了罷！」

羅剎夫人說到這兒，似乎秀眉微蹙，也有一種依依惜別之情。癡情的沐二公子，如何受得了，情淚早已奪眶而出，猛地一跺腳，喊道，「姊姊！什麼話都不用說了！從這時起，求姊姊把我們兩人帶走吧！不論天涯海角，姊姊到哪兒，我們便到那兒。忍心的姊姊，怎能說出離開我們的話？天賜我們三人結合在一起，誰也不能離開誰。千言萬語，只有一句話能夠表明我的心，只求姊姊立時把我們帶走。」他小孩似的連哭帶說，雙膝一屈，竟嗤溜的跪在羅剎夫人面前了。

羅幽蘭也珠淚滿面的喊著：「救命的姊姊，你如果狠得下這樣心腸，決心要離開我們，請先把我們兩人的性命拿了去再走。」

這三位歡喜冤家，只要一碰頭，便有哀怨纏綿，微妙曲折的表演，既不是妒，也不是恨，是難以形容的一種情懷。沐天瀾是三人中的中心人物，他的心裡只念念於左右逢源，缺一不可。羅幽蘭初見羅剎夫人時是滿腔妒意，情勢演變，逼得她不能不人度容讓，演成鼎足之勢，於是又妒又悔，暗恨暗愁。到了飛馬寨脫禍，蒙化城救命以後，她對於羅剎夫人妒消恨去，而且感恩入骨，敬服在心。可是她從小生長盜窟，奔波草莽，一旦和多情公子結合，非但脫去賊皮，而且坐享錦衣玉食之榮，世爵二少夫人之尊，未免志得意滿。要她拋棄現成的尊榮，偕隱於深山秘境，實在有點為難。可是她是桑苧翁、羅素素一頁情史的結晶品，從娘胎裡便是個多情種子，極不願救命恩人的羅剎夫人分道揚鑣，獨行其是。何況碰到重要的事，沒有神出鬼沒的羅剎夫人，便覺沒有了主心骨兒。

在羅剎夫人方面，情形又有點不同。她智慧絕人，志趣高卓，把沐府畫棟雕樑視為糞土，同時鐘情沐二公子，也是恩愛團結，難棄難捨。嘴上雖然斬釘截鐵的說著分道揚鑣，其實她別有用意，這次突然在滇南出現，並非偶然。她是先暗地潛入沐府，窺察沐天瀾、羅幽蘭是何動靜？對於苗村之約，是否意志堅決？

事有湊巧，她到沐府時，正值金駝寨求救之時。沐天瀾，羅幽蘭帶了幾十名家將星夜趕奔滇南；她在暗中明白了這檔事，讓兩人帶了大隊人馬先走。自己略一盤算，仗著飛行絕跡的本領，先順手牽羊，辦了一件要緊的事，然後趕到金駝寨。在帳後聽出兩人對於眼前局勢無法措手，一面又惦記著苗村之約，越發弄得進退維谷。她暗地好笑，忍不住現出身來，卻又故意寫個字條嚇他們一下，而且她急於要辦理另外一件重要的事，特意利用眼前的局勢，使沐天瀾、羅幽蘭兩人乖乖的聽她的話跟著她走。

當下羅剎夫人瞧得沐天瀾、羅幽蘭兩人情急之狀，不由得也感動於衷。秋波內也含著瑩瑩的淚光，慌咬緊櫻唇，把沐天瀾拉了起來，故意冷笑道：「你們見著我時，又不顧一切的情願跟我走了。我問你，你們帶著大隊人馬趕來救應，龍家遭劫在先，你們救應不及，情有可原；現在因為我的關係，忽又不顧一切，把幾十名家將丟下。龍家的事不管不顧，鬧得有頭無尾的，突然跟我一走，這又理不可恕！

「世上不外情理二字，在蒙化城內和你們訂下苗村之約，以一月為期。全因滇西之事已了，羅妹妹創傷需要調養，你們倆回到家中也有個安排，能夠和我志同道合的赴約時，便可順理成章的就道。現在情形可不同了，如果突然跟我一走，金駝寨的事沒法交代，你們家裡得知兩人突然失蹤，豈不急死愁死，如果日後有人知道是跟我走了，連我也得被人譏笑。這種沒情沒理的事，豈是我們應當做的？」

羅幽蘭急喊道：「姊姊！這可難死我們了！」

沐天瀾也說：「姊姊！從此我們再也不能離開你了。眼前糾纏的事，姊姊看應該怎麼辦？我們便怎麼辦！只要求得姊姊從此不離開我們！」

羅刹夫人說：「你們帶著大隊人馬來救金駝寨，雖然救不了龍家，也得有個了斷，難道因為救援不及，便偃旗息鼓的悄悄回去嗎？」

沐天瀾恨著聲說：「姊姊說的對，可不是為了這事正在犯愁呢，來時容易去時難。照說龍家的罪魁禍首是飛馬寨岑猛，金駝寨的人們已經眾口同聲的求我們替他們作主。為了沐府聲威，當然應該帶著人馬到飛馬寨捉拿岑鬍子。我們並不怕飛馬寨人強馬壯，卻怕事情鬧大。滇南各寨苗匪，乘龍家一敗塗地一哄而起，變成燎原之勢，事情便棘手了。」

羅幽蘭道：「姊姊，你不知道還有一檔奇怪的事哩！據金駝寨的人們說，和岑鬍子一起偷襲金駝寨的，還有一個帶紅面具的苗裝女子。竟冒了姊姊名頭，非但自稱羅剎夫人，還扯著羅剎夫人的旗號，我們當然知道是冒名頂替。金駝寨的人卻信以為真，眾口同聲的罵著姊姊，我們沒法和他們細細解釋，只暗暗奇怪那個冒名頂替的女子是誰呢？滇南和岑鬍子一起的黑牡丹已死，這女子是誰呢？」

羅剎夫人笑道：「你們不知道，我卻知道。除出滇西漏網的九尾天狐還有誰呢？只可恨那隻騷狐，真個是鬼靈精，今晚又被她逃出命去。我也不願和她一般見識，只要她知趣，遠遠的躲避著我，我也懶得追蹤她。」

沐天瀾、羅幽蘭聽得齊吃一驚，慌問道。「姊姊！你說的今晚被九尾天狐逃出命去，這是怎麼一回事？難道九尾天狐逃到滇南，和岑鬍子合在一起了？」

羅剎夫人笑道：「豈但合在一起，而且暗地跟蹤，綴著你們人馬，和你們同進了金駝寨，想暗地行刺，在你們倆身上下毒手了。哪知道螳螂捕蟬，黃雀在後，湊巧不過，還有隻黃雀緊跟在他們身後了。」兩人聽得，更是驚異，慌問細情，羅剎夫人笑說：「你們跟我來，讓你們瞧個希罕物事。」

說罷，轉身向古柏樹後走去。兩人跟著她轉到柏樹背後，驀見樹背後活生生的釘著一人，兩手兩腿，用飛刀釘在樹皮上。最厲害的當胸一刀，直中心臟，刀鋒深入，只露出一點點刀柄，刀中要害，人早命盡。這人面上兀自露著咬牙切齒的一副慘厲之態，仔細一瞧，敢情這人正是飛馬寨土司岑鬍子岑猛，也就是劫掠金駝寨的罪魁禍首。這一下，又出於兩人意料之外。

羅剎夫人笑道：「我順手牽羊又替你們了結一樁大事，你們只消拿了這人首級，在金駝寨高懸示眾，便算替龍家報了大仇，替你們沐府上支持了門面。你們夫妻倆在行帳內商量不定的事，也不必再費心機了。明天馬上可以領著大隊人馬，奏凱而回，卿卿我我的去享受畫棟雕樑、錦衣玉食去了。」

兩人一聽羅剎夫人語帶譏諷，話挾冰霜，而且有點直刺心病。不過事情來得出於意外，極難措手的一檔事，突然在面前很容易的解決了，鬧得兩人又驚又奇，又喜又愧！面面廝看，半晌作聲不得。

羅剎夫人向兩人迷惘的神色瞧了幾瞧，噗嗤一笑指著釘在樹上的岑鬍子說道：「你們且莫道驚說怪，並不是我本領通天，這又是事情湊巧，適逢其會。一半也是這人該死，只便宜了冒名頂替的那隻騷狐，又被她溜掉了。」

沐天瀾這時，恨不得貼在羅剎夫人身上千恩萬謝，無奈身旁還站著一位，到底有點不便。

羅幽蘭卻已拉著羅剎夫人的手，撒嬌般的說道：「我的天人一般的姊姊！怎麼事情碰在你手上，便輕描淡寫的解決了。消滅了岑鬍子，非但我們老遠的來，不折一兵一矢，馬到成功，而且從此滇南，也去了一個禍根。姊姊！你說岑鬍子和九尾天狐來行刺我們，究竟怎麼一回事？姊姊怎會和他們碰上的呢？」

羅剎夫人笑道：「這事簡單得很，我先到昆明，得知你們帶領人馬奔趕滇南，黑牡丹已死，和龍家作對的除出飛馬寨還有誰？你們帶著大隊人馬比我走得慢，我便暗入飛馬寨，先探一下動靜。那時我還不知道九尾天狐也在其內，我一入飛馬寨，便看到九尾天狐和岑鬍子已結合一起，暗中聽出兩人正在商量尾隨你們暗下毒手的計劃。

「我便綴著岑鬍子九尾天狐的身影，一路跟隨到此。他們兩人也沒帶別個幫手，女的仗著迷魂彈，男的仗著飛刀，原想暗中行刺，免去後患。他們一對狗男女，行蹤詭秘，計甚歹毒，先到這嶺上歇足，預備到夜深時，再到你們行帳去下手。哪知道我一步沒有放鬆他們，他們在這兒剛一停下來，我便突然現身而出。兩人都認得我，嚇得岑鬍子手慌腳亂，把他腰上十二柄飛刀全數發出，被我接住了幾柄，即以其人之道還給其人，便把他釘在這樹上了。

「我在對付岑鬍子時，我鼻子裡早已預聞解藥，防的是九尾天狐的幾顆護身法寶迷魂彈，自身有了防備，對於騷狐便大意了一點。不料我制住了岑鬍子，再尋那隻騷狐，竟已逃得無影無蹤。大約她早已領教過，我是不怕她迷魂彈的，所以她三十六計，走為上計了……

「這些小事，且不談他。我替你們消滅了岑鬍子，也是湊巧的事，我也不希望你們兩位承情。現在我和你們，真個到了分手的時候了，我有一樁重要的事去辦。此地是我們三人初會的地方，此刻一舉兩得。你們把岑鬍子屍首拿去，了結龍家的事，趕快回家享福去，從此不必惦記著我了。譬如沒有在此地，會見我羅剎夫人這個怪物好了。」

說罷她向兩人微微一笑，身形微動，似欲離去的光景。

這時，沐天瀾可真急了，一躍而前，死命抱住了羅剎夫人，哀哀欲絕的叫道：「忍心的姊姊，我這顆心又要被你撕碎了！姊姊既有玉獅谷愛惜之情，便不應該說出這樣絕情的話！天月在上，從此時起，我們死活都和姊姊在一起。姊姊說往東走，我們決不往西奔！我們把岑鬍子人頭拿去，交代金駝寨的人們，讓他們知道了罪魁伏誅，平了仇憤，也就是了。一面我們備封書信，交家將替我們帶回去，權且叫哥嫂們知道我們有事他去，不致空急，日後再作計較。姊姊！你看這樣可好？」

羅幽蘭也搶著說：「姊姊如果嫌我們不肯棄家，還有點戀戀不捨，索性連這封信也不必寫了！」

羅剎夫人掙脫了沐天瀾的擁抱，向兩人笑道：「你們還這樣死命糾纏？我剛才早已說過，絕不怨恨你們遲遲不赴苗村之約，更不是要逼著你們捨棄家庭，我也被事情所擠，不得不和你們分手。剛才我故意語含譏諷，原是逗著你們玩的；一半也因為你們對我依然難棄難捨，我故意違著心，說出絕情的話。其實我本身也發生了糾纏的事，和你們分手以後，留在那苗村裡，並沒多少日子。我暗赴昆明去找你們，原是怕你們真個到龍啐圖山尋找，去撲一個空，特地到沐府知會你們一聲。而且也有一樁重要的事告訴蘭妹，不想我也幾乎撲個空，你們兩個在挑選人馬，趕路到滇南來了。」

羅幽蘭慌問道：「姊姊！有什麼事擠著你和我們分手？想告訴小妹的又是什麼事？」

羅刹夫人嘆口氣說：「說也慚愧，我從小縱橫江湖，還沒碰著為難的事，萬不料現在我碰著了極難極怪的事了。也許我已碰著一個極厲害的對頭了！我不信我對付不了，我決定先和你們分手，把建設世外桃源的事也暫時放在一邊。我要單槍匹馬偵查那個和我作對的厲害對頭，我定要和這人一決雌雄。」羅刹夫人說到這兒，一對長鳳眼精光炯炯，射出懾人的煞氣。

沐天瀾、羅幽蘭聽得大吃一驚，居然羅刹夫人也碰到了厲害對頭，急急問道：「這厲害對頭究竟是誰，難道還勝似姊姊嗎？」

羅刹夫人搖頭冷笑道：「我還不知道這人是誰。因為我在蒙化和玉獅子分手以後，回到龍啐圖山的那所苗村，在村中住了幾天。帶著四頭人猿，踏勘四面地勢，覺得那所苗村，還不算十分隱僻。四圍山脈地勢，似乎局勢過小，不大合我心願。幽靜小巧的苗村，只適宜於我們三人，避世偕隱，獨善其身；如欲廣羅同道，闢草萊，與耕織，開拓一理想的桃源世界，還得另覓佳境。

「於是我帶著四頭人猿，離開了苗村，深入哀牢山，一路逍遙自在的探幽訪勝。返向滇南，仍舊回到我玉獅谷去。不料一進玉獅谷去，景象全非，看家的八頭人猿，一群猛虎、和侍候我的幾個苗婢都已蹤影全無。我居住的那所大竹樓業已付之一炬，和這兒龍家一般，變成傷心慘目的瓦礫堆。最令我驚心的，蘭妹埋藏著階下的一箱難以估計的珍寶竟已不翼而飛，只露著地下埋藏過的一個空空土窖！」

羅剎夫人話還未完，羅幽蘭心痛寶物，驚喊起來：「啊喲！姊姊！誰有這樣本領？敢大膽闖進玉獅谷！非但不懼猿虎，反把猿虎趕盡殺絕，弄得蹤影具無！我這一箱寶物，沉重異常，也非少數人所能劫走，這事真奇怪極了。」

羅剎夫人說：「是呀！便是有這本領，能夠把我一群猿虎趕盡殺絕，也得留下一點痕跡。我離開玉獅谷，和你們在滇西逗留不少日子，雨水常降，想在土地上分辨進谷賊人的足印當然不易。可是我還帶著四頭人猿，牠們目力和嗅覺非人所及，帶著牠們巡遍了玉獅谷，卻找不出殺死苗婢猿虎的血跡和屍骨，竟不知怎樣制服我一群猿虎？竟會全數失蹤。

「蘭妹那一箱價值連城的珍寶大約是起禍的根苗，那晚替蘭妹匆匆奔回玉獅谷，掘地取藥，急於救命趕路，也許沒有掩藏妥貼，露了痕跡。但是玉獅谷豈是常人能藏身潛蹤暗地窺探之地？沒人潛身窺探，寶物何以會不翼而飛呢？既劫寶物，復擄侍女，又把我一所竹樓燒成灰盡，當然不是一兩人能下手的事。這樣大舉侵犯我玉獅谷，蓄意定非一日，本領手段都非意想所及，這樣厲害對頭究竟是誰呢？

「我在玉獅谷細細搜查了幾天，竟想不出是誰下的手？是哪一路賊人，有這樣厲害手段？我忙帶著四頭人猿離開了玉獅谷。先到我秘藏二萬兩黃金之地察看，卻喜這批黃金安然無恙。於是我把四頭人猿先藏在妥當的隱秘處所，趕到昆明，想通知蘭妹失寶的事。巧逢你們救援金駝寨，帶隊遠行，我暗地跟蹤，經過飛馬寨相近，便讓你們先走。我暗入飛馬寨，想偵察岑騶子的一群苗匪，和玉獅谷竊寶的事有無關聯？暗地一偵查，從岑騶子九尾天狐口中，才知他們與這事無關。卻因此探出他們決定綴著你們兩人想下毒手，這才跟著他們身後到了此地，替你們消滅了這個禍害。

「你們龍家的事，有了岑騶子的首級可以交代過去；我玉獅谷遭劫的事，卻還毫無頭緒。看情形，我羅剎夫人這次要碰著剋星了，不管他什麼厲害腳色，鐵硯磨穿，也得搜查出這批賊黨出來，和他們一決雌雄。我自己發生了這檔事，偕隱之願，苗村之約，暫時難以實現，事由我起，怎能為了苗村誤約來責備你們呢。

「而且從這檔事，我覺悟人生塵孽牽纏，魔障重重，極難擺脫。正惟這樣，越顯得高隱世外，悠遊山林的福不易得到，因為世上沒有不勞而獲的事。消除世障，開闢桃源，更比隨俗沉浮，還要勞心勞力呢！實情如此。你們坐享沐府祖蔭，暫受錦衣玉食之榮，也是情理所必至。玉獅子一心想我跟著你們，三人一伴，也是他愛我的一番癡情。但是我這個怪物，宛如滿天飛的野鳥，極難安處雕籠。唯一辦法，只有和你們分手，讓我獨行其是，這便是我今晚約你們會面的本心，言盡於此。你們拿岑猛的腦袋，了結龍家的事，快回昆明去罷。」

兩人一聽玉獅谷出了離奇為難的事，連羅刹夫人也感覺棘手，沐天瀾剛要張嘴，羅幽蘭已搶著說，「姊姊！照你這麼一說，我們三人格外不能分開了。姊姊既然覺到有厲害對頭，姊姊強煞是一個人，好漢打不過人多。我們三人休戚相關，我和他更要幫著姊姊搜尋劫掠玉獅谷的匪徒。再說，我秘藏玉獅谷一箱寶藏得之非易，除出姊姊要利用它開闢桃源，供我們三人偕隱之用，豈能甘心讓人得去？現在什麼話都不用說了，我們先仔細商量，怎樣搜查劫寶的對頭好了。」

沐天瀾也說：「蘭姊的話一點不錯。龍家的事有了岑猛腦袋，可以早早了結。我們帶來的五十名家將，姊姊如認為用得著的話，我們便帶著家將們奔玉獅谷。谷內竹樓雖毀，我們帶著行帳也可棲宿，一步步做去，總可搜查出劫寶賊來。姊姊如果忍心還想離開我們，不願我們跟去，我們也得這樣做去。皇天在上，從此刻起，我們三人再也不能分開了。」

羅刹夫人一聽兩人志堅意決，語出至誠，半晌沒開聲。

沐天瀾嗖的拔出寶劍，趕過去把劍一揮，把釘在樹上的岑猛頭顱割下，拿起頭顱，大聲說道：「姊姊！不必三心兩意了。我們同回行帳去，召集金駝寨龍家苗族，了結這段怨仇。明天我們便到玉獅谷，再仔細查勘一下，辦理我們自己的事好了。」

羅刹夫人向兩人面上看了又看，嘆口氣說：「玉獅子！你也是我的一顆剋星！我鐵一般的心，只要見了你，我便不由自主的硬不起來了！也罷！你們把龍家的事趕快了結，家將們用不著，你留封家信，叫家將們帶回去，免得你們哥嫂惦念。我同你們回行帳去，我也不必在金駝寨人們面前漏露，九尾天狐冒名頂替的事一時也分辨不清，沒得又加上他們一層疑惑。好！就是這樣。我同你們回金駝寨，僅一夜工夫了結龍家的事，明天一早可以打發家將們回昆明去。」

第卅二章　風魔嶺

玉獅谷在石屏、阿迷之間，往南走，越蒙自、風魔嶺，渡富良江便到了安南境界，非中國土地了。在明季時代，安南也算是中國藩屬，尚未變成法屬越南，從越南通昆明那條鐵路還沒有出現。這條道上僻處邊陲，重山疊嶺，深箐陡壑，行旅極少，瘴癘特多，漢人視為畏途，為最峻險難行之處。

尤其是逶迤幾百里的風魔嶺，群山繚繞，羊腸曲折，絕少人煙，猛獸毒蛇，出沒其間，自不必說。還有一種可怕的野苗子，族名「哈瓦」，形態凶惡；全身黑如煤炭，堅如鋼鐵，土人稱為「黑猓猓」。沒有房屋，終年棲息於山洞土穴。有時和猿猴一般飛躍於大樹之上，倦時抱枝而睡，完全是原始生活。

這種黑猓騍卻善於鍊鋼製刀，削竹造弩。他們終年赤裸，只腰下圍一條短短的獸皮裙。每人身上都帶著一柄變形牛角刀、一張回堂弩、一袋淬毒回堂箭，牛角刀鋒利無比，是黑猓猓的第二生命。回堂箭更是厲害，這種箭鏃銳桿短，並無箭羽，從弩中發出，可以貫革穿石。最奇的是箭鏃上塗的一種毒藥，據說是烏矢煉就的，不論什麼怒獅猛虎，只要中了回堂箭，便是不中要害，也立時迷失本性；用不著伸手捆縛，中箭的猛獸迷迷糊糊的會跟著發箭人走回去，任憑宰割，所以稱為回堂箭。

在黑猓猓出沒的區域近處，還常常發現他們一種奇怪而慘無人道的風俗，名曰「祭刀」，每個黑猓猓每年必須「祭刀」一次，以卜一年的吉凶。祭刀沒有定日，隨時隨地碰到了可以祭刀的生物，便用身佩刀弩獵取，祭刀的生物，不是飛禽野獸，必須是人類，只要不是他們黑猓猓一族，不論是苗人漢人一律下手！能夠得到漢人，尤可榮耀本族，舉行火把跳月，以資慶賀。他們祭刀時獵取生人，也是習慣的規律，絕不三五成群的獵取，必須獨力獵得方能雄視本族。

下手獵取時，先在樹上面眺望，瞧見遠遠有人從道上走來，立時摘下許多樹葉，預先在必須經過的道上把樹葉撒下，在道上兩頭布成兩條界限，中間露出二三丈寬的空檔，悄悄地躲入道旁深林內，張弩以待，待來人走入樹葉布成的界限內，便發弩射死。如來人機警，或步履矯捷，一發不中，人已走出界限，便不敢再發；發之不祥，須等待第二人到來；再相機下手。如來人真被他一箭射死，立時拔出牛角刀把首級割下，並將屍首斫為數段，用泥土塗糊，運回巢穴。召集族類用火燒熟，分割而食；首級則供於洞穴前，喃喃禱祝，禮拜不已。待日久首級腐爛只剩骷髏，永遠懸於洞穴之外；穴外骷髏越多，越被同類尊崇。這種慘無人道之奇俗，便是哈瓦野苗祭刀的大典。

上面所述哈瓦黑猓猓一類苗族，即與玉獅谷猿虎失蹤、寶箱被劫有關。因為沐天瀾、羅幽蘭當夜粗粗了結金駝寨一檔事以後，打發一隊家將先回昆明，自己暗暗和羅剎夫人到了玉獅谷。竹樓雖經燒毀，從前原有沿溪蓋造的一排小屋子，大半也被火燒得不成模樣，倒還有幾間完整的，勉強可供三人住用，比較露天搭蓋行帳似乎強一點。

沐天瀾想起初到玉獅谷定情那一晚，風光旖旎，如入天台，和現在殘毀的玉獅谷一比較，真有不勝今昔之感。可是玉人無恙，左右逢源，薄嗔淺笑，在在醉人，景物雖殊，情懷益暢。頓覺三位一體之樂趣，雖穴居野處，又有何妨？這位癡公子大得其樂，把家中錦衣玉食之榮，真有點淡忘了。但是羅剎夫人志在復仇，羅幽蘭心痛失寶，她們兩位每天卻分頭搜查玉獅谷內外要道，想偵查出賊人一點痕跡出來。

有一天清早，羅幽蘭從屋內起身，走出門外，到隔屋窗外，向屋內一瞧，沐天瀾、羅剎夫人在一張蒙豹皮的木榻上，兀自酣睡未醒。羅幽蘭偷瞧兩人睡相，不禁噗嗤一笑。這一笑卻驚醒了屋內的羅剎夫人，向窗外笑道：「你笑什麼？我正犯著愁呢！我們在這破谷內逗留了好幾天，兀自搜索不出一點痕跡出來，這樣不是辦法。」

羅幽蘭笑著推門而進，指著榻上沉沉酣睡的沐天瀾，悄悄的說：「你瞧他睡得多香！這位癡公子百事不在他心上，只要姊姊不離開他，他在這幾間破屋子住一輩子也樂意。姊姊還怪他捨不得自己家裡的畫棟雕樑呢？」

羅剎夫人欠身而起，一面整理衣襟，一面笑罵道：「小嘴說得多甜，假使你悄悄的回了昆明，他肯陪著我在這破谷裡才怪哩！不用他說，這樣景象的破谷，我也住不下去。無論如何，我們得另想辦法，谷內既然查不出線索來，枯守無益，從今天起我們得到遠一點地方去搜索呢……」

羅剎夫人剛說著，忽聽得窗外空地大樹上，發出一種異鳥的啼音，細聽去，宛然喊著：「羅剎夫人！羅剎夫人！」羅剎夫人一聽這陣鳥聲，一躍下榻，驚喜道：「噫！這定是我那隻白鸚鵡回來了。」說著話，人已飄然出屋。

羅幽蘭跟蹤出屋，只見大樹上噗喇喇飛起一隻白羽紅冠的異種鸚鵡，翩然飛墜，直向羅剎夫人頭上飛來。雪翅一斂，便停在羅剎夫人肩上，不住的啼著，「羅剎夫人！羅剎夫人！……」

羅剎夫人點點頭嘆息道：「還是你有翅膀的躲了一場災難，可惜你只能啼著『羅剎夫人』四個字音，如果你能說話，便可從你嘴上探出賊黨們蹤跡來了。」

一語未畢，肩上的白鸚鵡忽然雙翅齊張，盤旋空中，嘴上卻啼著：「哈瓦！哈瓦！」羅剎夫人只覺可愛的鸚鵡竟能戀戀回谷，卻聽不出鳥嘴上急啼著：「哈瓦！哈瓦！」是什麼意思？

身旁的羅幽蘭一時也沒細辨，指著空中盤旋的鸚鵡說：「姊姊從前對我們講過，飛馬寨岑猛想在姊姊面前獻醜，用飛刀刺死一隻白鸚鵡，大約便是牠了。」

羅剎夫人剛說了一句：「正是牠！」忽見盤旋空中的白鸚鵡，在她頭上飛鳴了一陣，忽然雙翅一搧，噗喇喇又飛上樹巔，在樹巔一枝粗幹上用嘴亂啄。羅剎夫人眼光銳利，看著白鸚鵡舉動有異。一頓足，縱向樹下，兩臂一抖，「一鶴沖霄」，平地騰起兩丈高下，人已翻上樹腰一支橫幹上，微一點足，倏又飛上一層。人像燕子一般移枝渡幹，轉瞬之間已到了樹巔白鸚鵡近處。

忽聽她在樹巔上嬌喊著：「寶貝的靈鳥兒！這可真虧你了！」

喊聲未絕，人已從樹枝上騰身而起，像飢鷹攫兔一般飛瀉而下。一沾地皮倏又躍起，人已到了羅幽蘭跟前，喜喊道：「劫寶賊的線索在這兒了！」喊罷，左手一揚。手上多了短短的一支竹箭，不到二尺長；奇形的三角形箭鏃，卻有三四寸長，頗為鋒利，鏃鋒發出藍瑩瑩的光芒。

羅剎夫人說：「我從沒瞧見過這種沒羽的短箭出在什麼地方？蘭妹熟悉苗情，也許知道出處？」

羅幽蘭接過竹箭細瞧，驚喊道：「姊姊！這是哈瓦黑猓猓的回堂弩，鏃上奇毒，中身昏迷。難道燒樓劫寶是黑猓猓做的手腳麼？但是哈瓦族生苗愚昧無知，不識珍寶；刀弩雖凶，姊姊留守谷中的人猿，足能制伏他們。何致被哈瓦生苗侵入谷內趕盡殺絕呢？這裡面恐怕還有別情。尤其是這種未開化的野苗，絕不會識得珍寶可愛動手劫走。不管怎樣，既然發現了哈瓦族的回堂箭，總是一條線索。」

羅幽蘭說出哈瓦回堂弩時，白鸚鵡又飛下樹來，停在羅剎夫人肩上，急啼著：「哈瓦！哈瓦！哈瓦！」

羅剎夫人說：「蘭妹你聽，我的白鸚鵡不是啼著：『哈瓦！哈瓦！』麼？剛才牠也這樣啼著。我沒聽過生苗內有哈瓦一族，經你一說，才知白鸚鵡啼著：『哈瓦！哈瓦！』是有說處的。你瞧我這隻白鸚鵡多靈！定是牠在樹上，瞧見哈瓦族野苗闖進玉獅谷來的。你說這種野苗子不識珍寶，非人猿之敵，也許尚有別情，但是哈瓦野苗闖進谷來，想用箭射死白鸚鵡，定是千真萬真的。蘭妹知道這種野苗的巢穴在什麼地方呢？」

羅幽蘭說：「從這兒往南走，過蒙自，上風魔嶺，在外國安南邊境交界近處，深山密林之內，聽說有這種哈瓦黑猓猓一族的野苗子。但是小妹也是傳聞，並沒親自到過。現在我們好容易得到一點線索，不管真假，總得往這條道上探它一下，總比枯守在這谷內好得多。」

兩人商量當口，屋內沐天瀾也聞聲睡醒，結紮出屋。三人再仔細一計議，決計當日一同出發。仍舊用老法子，利用碩果僅存的四頭人猿的飛毛腿，紮就三具竹兜。兩頭人猿抬著長竿雙兜，由羅剎夫人，羅幽蘭前往分坐，兩頭人猿抬著短竿單兜，由沐天瀾單人單坐。隨身兵器以外，帶足了乾糧和避毒治瘴的藥品。羅剎夫人還捨不得那隻白鸚鵡，讓鳥兒停在轎竿上一同啟程，向蒙自、風魔嶺這條路上出發。

一路走去，盡是瘴煙蠻雨之區，難免受盡風霜之苦。但是這三位和平常行旅不同，非但本身武功絕眾，足下有疾逾飛馬的代步，而且三位一體，心心相印。一路探幽窮勝，輕憐蜜愛，把沿途深林岩洞當作香閨錦閣，其樂甚於畫眉，並不覺得跋涉奔波之苦。

這條道上本來行旅稀少，險峰難行；這三位仗著四頭人猿的腳力，走的更是非常人通行之道。四頭人猿不解風情，只顧賣弄牠的特賦的腳力；肩上抬著的三位，卻顧盼生情，笑語不絕。有時兩位紅粉怪傑涉及兒女燕婉之私，當然以沐天瀾為中心；在這奇山怪壑之間無所顧忌，吹批索瑕，抵瑕蹈隙，互相鬥笑為樂。只樂得這位癡公子左顧右盼，無異登仙。

風魔嶺廣袤數百里，三人探索敵蹤，深入秘奧之境，到處留神，尚未發現哈瓦族野苗的蹤跡。幸喜這種深山荒谷，野獸極多，自生自長的山果，觸目皆是，倒無空腹之慮。有一天，天色已晚，三人在一座峭拔的峰腰，尋著一處背風的岩洞，便在洞內棲身，用隨身帶來的幾卷輕暖獸皮鋪地，安度一宵。四頭人猿，把竹兜放在洞口，當洞而睡，守衛洞口。

這時山雨初霽，新月高懸；洞外溪流淙淙，松風簌簌，景緻幽寂。一陣山風捲過，忽聽得峰背一陣虎嘯，搖撼山谷；音大聲宏，聲至威猛。細聽去，好像群虎出洞，在峰背迎風嘯月。

四頭人猿一聽虎嘯，即闊嘴大張，獠牙豁露，而且磔磔怪笑；認為美食送上門，便張牙舞爪的想出洞尋找。洞內羅刹夫人曾在玉獅谷養過一群猛虎，略識虎性；聽得虎聲有異，好像碰著剋星，奔騰咆哮，怒極發威的聲音，便向沐天瀾、羅幽蘭說道：「安息還早一點，洞內氣悶不過，何妨趁著這樣好月色，我們瞧瞧虎鬥去。」

羅幽蘭笑道：「一路走來，碰見了不少虎豹一類的猛獸，一隻隻都進了人猿的腹內。虎豹碰見人猿，算是遇上剋星，看慣了平淡無奇，還有什麼可看的呢？」

羅刹夫人說：「不然！今晚的虎音，我聽出有異。我會囑咐人猿，暫不出手獵虎，讓我們瞧一瞧虎和什麼東西鬥上了。」

羅刹夫人這麼一說，引起沐天瀾、羅幽蘭興趣，三人一躍而起，攜手出洞，羅刹夫人又吩咐四頭人猿跟在身後，沒有自己發令，不准出手捉虎。三人四獸出了岩洞，向右側繞到峰背。還未走近地頭，便聽出群虎猛地大吼，聲急而厲。

三人一看峰背盡是參天古木，大可合抱，一時還看不出群虎所在。羅刹夫人向樹上一指，說：「我們舒散舒散筋骨，從樹上過去好了。憑高望下，正合了坐山看虎鬥那句話了。」

她話一說完，兩臂一抖，身形拔起，先自上樹；沐天瀾、羅幽蘭跟蹤而上。四頭人猿不懂得什麼輕功、什麼身法，只憑天賦的本能；四肢齊施，早已一縱幾丈，飛躍於層林樹梢之上，穿林渡幹，比鳥還疾。除出羅剎夫人可以同牠們一般的矯捷；沐天瀾、羅幽蘭輕功已臻爐火純青，和人猿一比，便覺難以並駕齊驅了。

這樣三人四獸，在樹上凌空飛渡，走了一段路，已經穿出這片密層層的森林。眼界一放，露出月光籠罩的一塊草地上；草地上銀蛇樣的淺溪，曲曲而流，如鳴箏筑。溪流盡處，幾條飛瀑，從幾十丈高崗峭壁上，活似白龍倒捲一般，隨風飛舞而下。這片草地，被當空飛瀑的水霧，滋潤得亮晶晶的又肥又嫩；如在白天，還可瞧出碧茸茸的嬌綠可愛。可是草地上卻有三四隻牯牛般斑斕猛虎，隻隻尾尻高聳，伏地發威；虎喉內，音如悶雷，聲聲不絕。虎目凶光直注，都向著隔溪。

原來幾十畝開闊的一片大草地，被一道曲曲折折的淺溪劃分了左右兩面。那一面溪岸上，小山似的矗立著一隻碩大無比、烏黑油光的怪獸，其形似牛，鼻子上，卻長著亮晶晶的一隻長而尖銳的獨角。

羅剎夫人在樹上一見這怪獸，便向身旁沐天瀾、羅幽蘭兩人悄悄的說：「對岸那隻大怪獸，是不易見到的通天犀。牠那隻獨角，是全身精力所萃之處；只憑牠那隻獨角，便可制服這幾隻猛虎。那隻獨角且是價值連城的寶物，是祛毒消瘴的無上妙品。」

沐天瀾、羅幽蘭什麼奇獸都見過，卻沒見過通天犀。定睛瞧時，只見對峰溪邊那隻通天犀，一對遠射藍光的怪目，好像沒把這邊群虎放在心上，把頭一低，似乎向溪水內顧影自憐。一忽兒又把頭昂得高高的，向牠身近一株高可十丈、三四人抱不過來的小樹上面，注視不已。三人跟著牠的兩道藍瑩瑩的眼光，向那株古木上面瞧時，頓時吃了一驚。

起初三人六道眼光，都注意了兩岸的群虎和通天犀，這時向樹上一瞧，敢情那株古怪的大樹上，很高的一支橫出的粗幹上，竟掛著鼓鼓囊囊的一隻大皮袋；離地差不多有七八丈高下。這樣蠻鄉僻境，猛獸出沒之區，竟有人上樹去掛上了這樣大的一個皮袋。看皮袋裡面，還不知裝著什麼沉著的東西，惹得那隻通天犀，昂頭注視。能夠爬上這樣高大的樹，去拿這隻沉重的皮袋，這人本領，也非尋常。最奇是荒山靜夜，人影俱無，皮袋卻高高的掛在樹上，這又是什麼意思呢？

這隻高掛的皮袋一發現，頭一個羅剎夫人興致勃勃，認為高掛的皮袋內，定有奇事，沐天瀾、羅幽蘭也瞧得很真，卻瞧不透怎麼一回事？再低頭看草地上一群猛虎時，大約懼怕對岸的通天犀，空自發了一陣虎威；對岸通天犀視若無睹，毫不理會，只一心注定在樹上高掛的皮袋上了。

群虎發威，原是碰上剋星，發威自衛的本能。通天犀並沒越溪進逼，群虎似乎有點發獃，竟趁勢坐腰後退。退到林口，並沒逃走，伏在林下暗處，也抬起了虎頭，跟著那面通天犀注目的方向，幾對燈碗似的虎目，也集中在那面大樹上的皮袋了。那隻虎然可畏的通天犀，向樹上皮袋瞧了半天，頷下一鼓一鼓的，也發出了雷鼓似的一陣陣的怒哮，嘴上長牙森露，不斷的噴出白沫來。大約獸類特具的嗅覺，已嗅出高掛樹上皮袋內的東西，是牠們認為不易多得的美味，所以白沫亂噴，饞涎欲滴了。

隱身樹上的三位，越看越奇。四頭人猿，雖同一隱遁樹上，卻時時躍躍欲試；預備撲下樹去，先捉群虎，再鬥通天犀。經不得羅剎夫人平素訓練有方，只消暗地一打手式，再用眼神鎮懾，四頭人猿便乖乖的不敢亂動。

在這當口，怪事又出現了。兩岸群虎和通天犀忽然停止咆哮，卻值山風忽止，林木亦靜，只剩潺潺的飛瀑，和淙淙的溪流。隱身林上的三人，在這風止人靜當口，忽地聽出高掛樹上的皮袋內，隱隱的發出酣睡呼吸之聲，若斷若續的傳入耳內。萬想不到高掛的皮袋內，竟有人在袋中高臥，這真是不可思議的事，連見多識廣的羅剎夫人，也覺得事情太玄，有點莫名其妙了。

樹上三人詫異之際，那面身軀龐大的通天犀，突然一轉身，尾巴直豎，朝著那株上掛皮袋的大樹，聲聲怒吼，全身鋼針似的烏光油黑硬毛支支直立，全身好像突然漲大了許多。

猛地把頭一低，四蹄騰踏，雷鼓般向大樹衝去。只聽得訇隆一聲巨震，這株粗大的古木，竟被通天犀的頭鋒，撞得枝柯亂舞，落葉而下，掛在上面細幹上那隻皮袋，也東搖西擺，簸蕩起來。那隻巨獸通天犀的獨角，竟一下子盡根扎入樹內。這一撞，怕不下有幾千斤力量，如果換一株普通松樹，定然一下折斷。

看情形，大約通天犀垂涎樹上皮袋內的東西。樹長袋高，自己身軀笨重，無法上樹，想把大樹衝倒，皮袋掉下，便是牠口中之物了。無奈這種千年楠木，根深樹大，堅逾鐵石，想用猛力撞倒它，卻是不易。通天犀一下子沒有撞倒大樹，沉雷般一聲怪吼，拔出獨角來，身形倒退了幾丈路；突又展開四蹄，猛衝過去。這樣接連衝了幾下，只把那厚厚的樹皮，撞得四分五裂，和上面斷枝枯乾紛紛掉下，依然衝不倒這株大樹，高掛的皮袋也依然在上面盪鞦韆般盪著。通天犀盡力撞了幾下，沒有撞動，也累得張著大嘴，掛著白沫喘氣不已。

這時羅剎夫人忽然想起一事，立時撮口長嘯。四頭人猿一聽到她的嘯聲，如奉軍令，也都各自一聲怪嘯，從林巔飛躍而下，一頓足，便到了對岸通天犀所在。四頭人猿長臂齊施，一齊撲向通天犀身上，兩頭人猿業已騎上犀身，一頭人猿搬住頭上犀角，另一頭人猿挽住犀尾，想合力制伏通天犀。

可是通天犀皮堅力巨，一個旋身，前腿一掀，後腿一飛，四頭人猿便有點吃不住勁，卻也沒被牠攢開。四頭人猿，圍著通天犀在草地上團團亂轉，鬥得天搖地動。

羅剎夫人在樹上看得清切，向羅幽蘭說：「這隻怪獸毛硬革厚，非有利器，難以制伏。你分一口劍與我，咱們三人下去，助牠們一臂之力。那隻獨角是個寶貝，我想我們大有用處。」

羅幽蘭慌把背上雙劍拔下，分了一柄猶龍劍，遞給羅剎夫人說：「這柄劍是我先母的師父張松溪祖傳下來的，比我這柄飛龍，和他身上那柄辟邪劍都強。」

羅剎夫人接過猶龍劍，身形一動，已經如鳥辭枝，翩然而下，羅幽蘭把飛龍劍在肘後一隱，也跟蹤而下。沐天瀾不甘落後，隨同下樹；拔出自己辟邪劍，向身後林內一瞧。剛才躲入林內一群猛虎，此刻業已無影無蹤；大約四頭人猿飛身躍溪，和通天犀驚天動地的一鬥，把這群猛虎嚇跑了。

三人三口劍，正想越溪而過，制通天犀的死命，猛聽得半空裡哈哈一聲大笑。三人一齊抬頭，只見高掛橫幹上的皮口袋，忽地探出一個頭來，因為樹帽子枝葉甚密，月光遮蔽，只隱約看出探出一顆頭來，五官面目卻分辨不清。只聽得皮口袋上哈哈一笑，頭顫晃動，笑喊道：「咦！原來你們也到這兒來了，天瀾！你們莫動，取通天犀的角兒不能動刀劍。快把那四頭人猿喊回去，瞧我的！」

沐天瀾一聽這人口音，立時分辨出是誰，不禁喜出望外，大喊道：「師傅，師傅！您老人家會到此，可想煞徒弟了！」上面那顆腦袋一聲怪笑，向下面點點頭，笑道：「你這孩子，連你自己的家都可有可無了，你還會想著我這背時的師傅？少說好聽話，師傅不吃這個！」

語音一絕，只見皮口袋一陣晃動，那顆腦袋往上一長，赫然鑽出一個人來。雙手往上一起，人已離袋，翻上了那支橫幹。那具皮口袋，人一離袋，立時癟了下去。那人騎在椏幹上。解下皮袋，向背上一背，繫好搭扣，倏地一個筋斗，從七八丈高空翻了下來，離地不到一丈高下時，一個「細胸巧翻雲」，輕巧巧地站在草地上了。他赤手空拳，向這岸三人一揮手，便向通天犀奔去。

這時羅剎夫人已由沐天瀾知會，下來的不是別人，正是他恩師——哀牢山滇南大俠葛乾蓀。羅幽蘭在秘魔崖群俠大破九子鬼母飛蝗陣時見過一面，羅剎夫人也久聞其名。想不到會在風魔嶺突然出現，而且聽他口吻，自有制伏通天犀的法子。便依言撮口發嘯，把四頭人猿喚了回來，且看滇南大俠怎樣下手。

滇南大俠葛乾蓀依然和從前一般，禿腦門，孩兒臉，穿著一件大袖飄飄長僅及膝的葛布袍；高腰襪，衲幫洒鞋，背著一具皮袋。從大樹下來，先不向沐天瀾等打招呼，大袖一拂，毫不猶豫的向通天犀身側跑去，雙袖揮舞，朝通天犀眼前一陣亂拂，轉身便走。那頭通天犀正被四頭人猿鬥得凶性勃發，低頭怒吼，怎禁得滇南大俠故意撩撥牠？馬上一聲大吼，向滇南大俠身後直衝過去。

葛大俠雙足一點，已到那株大樹下，通天犀便向樹下直衝，把頭一低，亮晶晶，白森森的獨角，眼看已逼近葛大俠身前。這邊沐天瀾三人也替葛大俠捏一把汗。沐天瀾剛喊出：「師傅小心！」只見葛大俠身形一縮，人已閃到樹後，通天犀那支獨角，衝了個空，又深深的穿入樹內。通天犀真是力大無窮，凶猛無比，把頭一昂，那支獨角已裂樹而出，角一拔出，便繞著樹身，去追葛大俠。

葛大俠身法如風，只憑一雙大袖逗著通天犀，離開了大樹，倏地往後一退，轉身向瀑布左邊一座岩壁跑去。身後通天犀四蹄跑發了性，挾著迅速無匹之勢，一對獸眼，盯著葛大俠後影直追，越追越近。葛大俠倏一跺腳，縱出好幾丈，已到了石岩腳下，一轉身，在岩腳立定。腳剛立定，通天犀運足了全身猛勁，像一座山似的衝到。只聽得轟隆一聲巨震，岩石紛紛爆裂，碎石紛飛，如噴煙霧，一時看不清是何景象。

急尋葛大俠身影時，只見他憑空拔起四五丈，輕飄飄的站在從岩壁縫裡長出來的一株短松樹上，低著頭向岩腳下細看。

沐天瀾、羅剎夫人、羅幽蘭趕了過去仔細一瞧，才知道碩大無朋的通天犀，竟撞得腦蓋崩裂，腦漿塗地，小山似的倒在岩腳下，身上壓滿了崩裂的大小岩石。葛大俠從岩壁上，縱身而下，即縱向倒斃通天犀的屍身，把牠身上壓著的大小岩石拋開，一俯身，拾起一支亮晶晶的犀角，業已齊根折斷。

葛大俠跳下亂岩石堆，沐天瀾向前拜見，復替羅剎夫人，羅幽蘭二人引見。

葛大俠連說：「好！好！你們的事，我碰到了桑苧翁，已略知一二。這位羅姑娘是桑苧翁的令嬡。我在秘魔崖見過一面。這位是當年石師太的高足，我從黃牛峽無住禪師口中，也知道了一點情形。姑娘出身奇特，師傅也和我們不同，端的令我欽佩。我徒弟仗著姑娘智慧本領，在滇南、滇西唾手成事，實在是他的造化。」

羅剎夫人聽得葛大俠滿嘴讚揚她，口上也謙遜了幾句；跟著沐天瀾稱呼，也喊著葛師傅，問他為何來到風魔嶺？看情形，藏身皮袋高懸樹幹，大約和這頭通天犀有關。

葛大俠點點頭道：「正是！不過我並不存心要這通天犀角，我是受人指教而來，要用這難得的犀角，去救一大群人的。剛才我阻止你們用寶劍制死通天犀，一半是因為這隻犀牛，非普通之獸，非但犀革堅厚，不易致命，而且力大無窮。一不小心，便要出錯。一半是想取下這隻犀角，最好引誘牠一味猛撞，自己撞下角來，使牠全身精力，都匯聚在角上。一下子折斷下來，這隻通天犀角更為名貴，更為有用。」

沐天瀾道：「師傅！你說要用這隻通天犀角，去救一大群人，這是怎麼一回事？」

葛大俠笑道：「你且慢問，我得先問問你們。你們以前的事，我大概明白，這次金駝寨遭殃，你們救應的事，我也從傳聞中，略知一二。可是你們來辦金駝寨的事，怎會來到靠近安南邊境的風魔嶺，其中大約有事吧？」

沐天瀾便把玉獅谷竹樓被毀，寶物被劫，猿虎和苗婢一齊失蹤，從白鸚鵡啼出「哈瓦」，尋出回堂箭，才一路搜查到此的話，述說了出來。

葛大俠一聽情由，仰天哈哈大笑道：「真巧！真巧！萬想不到你們和我走一條路了。你們以為玉獅谷劫寶，是哈瓦一族黑猓猓幹的事？黑猓猓蠢如豕鹿，哪會幹出這樣事來？你們養的一群人猿，比當年九子鬼母秘魔崖的一群狒狒，還厲害得多，黑猓猓幾支回堂弩，哪能制伏你們一群人猿？你們以為尋出一支回堂弩，是黑猓猓進谷的鐵證，哪知道到玉獅谷劫取寶物，另有其人。雖然有黑猓猓參與其間，無非被人家驅策，當作牛馬一般使用。

「盜寶、毀樓的主使人，也可說是當年九子鬼母一派的餘孽，你們知道的飛天狐吾必魁也在其中。玉獅谷的寶藏，也許早落在飛天狐吾必魁的眼內，他們仗著一種克制人猿的東西，又探得羅剎夫人遠離玉獅谷，不在家中，才敢下手。處心積慮，定非一日。

「你們不要忙，我也要找尋那幾個怪物去；有你們一路做幫手，又得著這支通大犀角，也許能夠把你們失去的寶物和人猿們奪回來。但是事情很難說，定法不是法，到了地頭，還得看事做事。你們還不知道，盜寶賊的巢穴已離此不遠，我會領你們去的。

今晚來不及，我們也得商量一下。你們在何處存身呢？當然不會像我用皮袋掛在樹上的！」

沐天瀾說：「我們在峰腰那面岩洞內。」

葛大俠說：「好！領我到你們岩洞去，我有話說。」

第卅三章　真相大白

滇南大俠葛乾蓀跟著沐天瀾、羅幽蘭、羅刹夫人，轉過峰背，進了三人寄身的岩洞內。大家席地而坐，沐天瀾取出乾糧。和一路獵取、經過烤炙的新鮮獸肉，請自己師傅解飢。大家一面吃，一面談話。

葛乾蓀說：「我在大破秘魔崖，消滅九子鬼母以後，便和我師兄獨杖僧、好友鐵笛生離開雲南，浪跡荊襄之間，又由豫楚渡河而北，看一看燕趙的山川人物。直到最近遊倦歸來，回到我老家哀牢山中。回山以後，碰著了桑苧翁和無住禪師，才得知你們三人結合的經過。少年出英雄，後浪推前浪！我這滇南大俠從此也只合深隱山中，看你們在滇南，滇西大顯身手的了。

「不料我回山以後，哀牢山一帶的商民和獵戶，得知我回家，紛紛趕到我家中哭訴，說是有一批年壯獵戶，每年照例要結幫成隊，到風魔嶺一帶搜獵虎豹一類的貴重野獸，剝下來的皮張，以及可以合藥的材料，每年大批收穫得利甚巨。這般人都是手腳明白，祖傳打獵的本領，年年如此，很少失事。

「不料今年大幫獵戶，深入風魔嶺以後，宛如石沉大海，消息全無。這幫獵戶，共有三十幾名，竟一個都沒回家，日子一久，便成奇聞。第二次又出發了一批獵戶，去搜尋前批獵戶的蹤跡，其中還有幾個越境到安南做外國生意的客商，也一同出發。哪知道過了一時，第二批獵戶和幾個客商，也一去不返。

「風魔嶺雖然地面廣闊、萬山重疊，前後兩批獵戶，也不致通通迷失路徑，久困深山，便是被怪蛇毒獸吞噬，入山途中，總也有遺落的屍骨或物件，可以查出一點痕跡來。幾批獵戶頭領，也非弱者，深知趨吉避凶的門道，何致兩批入山獵戶，一個都逃不出來？風魔嶺好像變成了無底的魔窟，人一進去，便無蹤影。這是出於情理之外的，其中當然有特殊的變故。

「他們這樣一說，要求我出馬搜查兩批獵戶的去向和生死。他們這麼一哀求，我也動了好奇之心，誼關桑梓，往常又硬扣上一個俠名，不容我不出馬了。但是事情很奇怪，風魔嶺地近邊界，我也沒有到過，猜度不出兩批獵戶全數失蹤的理由，除出實地勘查，並無別法。於是我異想天開，製成了這具包皮袋，當作我隨地過夜的行床，可以上不在天，下不在地的高掛起來，避免深山野獸的襲擊。

「從哀牢到這兒蒙自境界，路可不近。石屏是必經之路，我經過石屏時，飛馬寨岑猛暗襲金駝寨的事還沒發生。我一路探聽風魔嶺內情形，才知和哀牢山獵戶全數失蹤的事，別處也同樣發生了。不管單身或結隊走路，只要走風魔嶺境界，不深入還沒礙事，只要深入嶺內腹地二三十里，便算落入魔窟，沒法回來了。

「這種事一再發生，人們把風魔嶺，當作神秘的鬼怪之窟，提起來便發抖，誰也不敢走近風魔嶺了。我把這些消息存在心裡，本想先到三鄉寨，看望我大徒弟何天衢夫婦去，和他們商量商量風魔嶺這檔怪事。後來我一想，三鄉寨離風魔嶺路途甚遠，他們未必深知其祥。不入虎穴，焉得虎子？不必三心兩意，我老頭子單槍匹馬的探它一下再說。這樣，我便向風魔嶺這條路上奔來了。」

三人聽得奇怪，不知風魔嶺內，究竟藏著什麼人物？羅幽蘭頭一個忍不住，不等葛大俠說下去，搶先問道：「剛才老前輩說出，風魔嶺內也許是九子鬼母的餘孽，其中還有飛天狐吾必魁。晚輩暗想黑牡丹、普明勝、岑猛之輩都先後死掉，九子鬼母餘黨，已無這樣人物，而且事情很怪，似乎主持風魔嶺的人物本領不小，這又是誰呢？」

葛乾蓀笑道：「天下之大，善惡邪正，百流雜出，什麼奇怪的人，和什麼奇怪的事都有。你們知道從前九子鬼母的師傅，是十二欄杆山的碧落真人，這人原是個怪物，他的門徒不止九子鬼母一個。據我暗探所得，風魔嶺內主持的首領，大約也是碧落真人一派的黨羽，此人年近古稀，葛衣儒冠，道貌儼然。是否身有武功？不得而知。他雄踞風魔嶺內，並沒什麼野心；和從前九子鬼母一般，想爭權奪地的行為，絕對不同。無非想利用風魔嶺僻處邊荒，造成一處化外扶餘、桃源樂土罷了。」

羅剎夫人一聽此人雄踞風魔嶺是這般主意，竟和自己的志願相同，不禁笑道：「照老前輩這樣說來，此人還是個有心人，不能以匪徒賊黨看待了。」

葛乾蓀大笑道：「善惡原生於一念之微。這人主意不錯，手段卻非常毒辣。他想一手造成的桃源樂土，經他別出心裁的一施為，卻變成愁雲慘霧的魔窟了。現在我不必詳細說明，而且我也只從暗地窺察而得，雖然一度深入其境，無非溜身暗探，還沒十分明白底蘊，明天我領你們探一探他的桃源樂土，便可明白。不過最要注意的，一入其境，他們的飲食切莫隨便入口，待我用通天犀角試過有毒無毒，才能食用。」

沐天瀾詫異道：「師傅怎知他們的東西有毒？難道專用毒物對待入境的外來人麼？」

葛乾蓀說：「不是這個意思，我也是從暗地觀察出來。他們的東西不能隨意入口，一時也說不出所以然來。你們身入其境，定然也會覺察到的。」

羅剎夫人說道：「照老前輩的意思，明天我們便在大白天坦然入境；但他們驟然看到我們幾個人，不致戒備森嚴，訴諸鬥爭嗎？」

葛乾蓀大笑道：「風魔嶺和從前九子鬼母秘魔崖絕對不同。依我猜度，非但毫無戒備，定然衣冠禮讓，遠接高迎。可怕的便在這地方，笑臉迎人比惡聲相向厲害得多。」

三人聽了，都有點惘然。羅剎夫人說：「如果我玉獅谷的寶物確是在他們手裡，飛天狐吾必魁又是識得我們的，一見我們，當然彼此心照。他們狡計多端，最後圖窮匕現，恐怕難免一場鬥爭的。」

葛乾蓀笑道：「能夠這樣，倒好辦得多。我們到了地頭，看事辦事，見機而作好了。」

第二天清早，滇南大俠葛乾蓀作了嚮導，領著沐天瀾、羅剎夫人、羅幽蘭出了岩洞；吩咐四頭人猿砍下一大捆紫藤和細竹，在沐天瀾竹兜子上。又添紮了一個藤兜，仍然叫頭人猿抬著，照著葛乾蓀指點的山徑，穿入萬山叢中。

四頭人猿健步如飛，沒一頓飯時光，已翻越過許多重山嶺，葛乾蓀便吩咐停步。大家下了竹兜子，葛乾蓀指著前面煙籠霧屯的幾座高峰說：「你們瞧，那面峰腳下一片紅光燦爛，遍地開著紅杜鵑花的地方，便是我們要探訪的入口了。」

羅剎夫人慌說：「老前輩，我們進去，四頭人猿要不要叫牠們跟著呢？」

葛乾蓀說：「跟進去不妨事。我暗探時，把守入口處所的也是人猿，大約從你們玉獅谷擄去的。不過我們帶去的人猿，同類相見，難免叫喚親熱。我料把守入口處的人猿，已和我們帶去的人猿不同，大約已吃了他們一種毒藥，迷失本性，恐怕連你主人都不認識了。你得約束帶去的人猿，不要亂起鬨才好。」

羅剎夫人一聽這話，立時明白玉獅谷猿虎一齊失蹤之迷，定是貪嘴吃了人家毒物，才著了人家道兒了。便用猿語向四頭人猿咕咕呱呱了一陣，告誡牠們，沒有自己命令，不准大驚小怪的闖禍。吩咐已畢，四人沿著一條曲折的山澗，向那面走去。剛轉出高低不平的一座山腳，驀見一人，步履踉蹌像醉漢般，在溪澗中亂流而渡。忽地失足撲倒，在溪澗中一陣亂滾，水花翻滾，衣服盡濕，居然被他掙扎起來。連爬帶滾的爬上了這邊的溪岸，一溜歪斜的跌入山腳下一塊荊棘叢生之地，伸著兩手滿地亂抓，抓起一叢金黃色的野草花來，連根帶土，往嘴上亂送亂嚼。

葛乾蓀等四人看得奇怪，悄悄的走到他身後。這人滿不覺得，只顧一把把抓那野草花往嘴上送。嚼吃了幾大把，忽地身子向地上一伏，「呃」的一聲，大嘴一張，嘔出綠綠的黑水來，邊嘔邊吐，直吐到綠水變成黃水。四肢一鬆，一翻身，仰天八叉的死一般躺著不動了。

這人仰天一翻，瞧見他短鬚如戟，一副怪臉怪相。羅幽蘭第一個認得他，不禁驚喊道：「咦！這人便是飛天狐吾必魁，怎會弄成這般怪相？」

羅剎夫人道：「一點不錯！是的，大約他也受毒了。他抓著亂嚼的黃色野草花，好像鬱金香這一類的東西，大約是對症解毒的東西。」

葛乾蓀一聲不哼，走近飛天狐身邊，俯身把地上嚼不盡的金黃花拿起來細瞧，又拿出自己懷裡的犀角，用角尖略微蘸了一點吐出的黑綠水。通明晶瑩的犀角，立時起了一層層的暗暈。不禁吐舌道，「好厲害的毒物，這是什麼毒物呢？想不到這種野草花倒能解毒，真是一物必有一物克制。最巧是偏生在此處，但是飛天狐何以會受毒，又何以會曉得有這種解藥呢？既然知道就地長著解藥，也許不是受人之害，是自己誤食毒物所致的。」

話剛說完，地上仰躺如死的飛天狐已怪眼翻動，悠悠醒轉。驟然見他身前立著幾個異樣的人，從地上一骨碌跳了起來；可是腳步不穩，兩腿一軟，撲地又坐在地上了。他坐在地上，拚命把頭亂搖，大約毒性尚未退盡，頭腦發暈，眼內生花。

他把頭搖了一陣，睜開眼來，瞧清了眼前站著的幾個人，怪眼大張，嚇得變貌變色。尤其瞧見了羅剎夫人，嚇得他張著闊嘴，低喊著：「你……你……居然得著消息，尋到這兒來了。好……好……來得好……嘿……你們都來了，好極！好極！」

羅剎夫人喝道：「飛天狐！此刻你性命懸我之手，你這狼崽子趁我不在，引狼入室，毀我竹樓，盜我寶藏，還把我猿虎苗婢一齊劫走。這事當然是你起的禍苗，現在我已到此，還有何說？」

飛天狐坐在地上，抬起手來，把自己腦袋上擊了幾下，似乎發暈了一陣，頭昏漸醒，極力搜索他的記憶力。忽地怪眼亂翻，從地上跳起身來，向四人抱拳亂拱了一陣。

指著對山，啞聲兒喊道：「惡魔！你們用這種毒計害我，現在羅刹夫人到此，你們的報應到了！」

他咬牙切齒的啞喊了幾句，忽又面現苦臉笑，向羅刹夫人說道：「真人面前不說假話。你谷中寶藏被劫，確是有我在內。但是不要緊，諸位若肯信我的話，非但寶藏可以失而復得，還可以救出許多受毒的人，替世上掃除幾個禍害。」

大家一聽，便揣度裡面另有原因；且聽他說出什麼來，再作計較，橫豎不怕他逃上天去。當下羅刹夫人便喝問他：「有什麼話？只管說出來，可得實話實說，休想弄鬼。」

飛天狐吾必魁說道：「自從阿迷普明勝死後，黑牡丹那淫婦和飛馬寨岑髯子打得火熱。岑髯子這人，又做不出什麼大事，我一賭氣，推說聯絡各寨好漢，離開了他們。其實我存心和他們分道揚鑣，另打主意。本想到滇西找沙定籌去，走到半路，聽得榴花寨煙消火滅，蒙化已被官軍克復，便轉身回來。忽地想起從前九子鬼母普老太有幾位師弟，隱居風魔嶺內；行蹤詭秘，不知打的什麼主意。從前原是認識的，想去拜訪一下，心血來潮，便向風魔嶺這條道上走去。

「我心裡起這念頭時，人還在哀牢山內，因為我從滇西遠回滇南，是從哀牢山退回來的。有一夜在哀牢山一個避風岩洞內歇腿，半夜更深當口，偶然到洞外走動，一眼瞥見幾頭人猿，簇擁著一頂兜子，從相近岡巒山一陣風似的飛越而過。

「人猿身法如電，瞧不清竹兜子坐的是誰。猜想能坐著人猿竹兜子的，除出你羅剎夫人，沒有第二位。人猿飛行的方向，大約是往滇西去的。等我從哀牢山到石屏向蒙自走時，有一段路，和你住的秘谷相近，那時我明知你離谷遠出，我也不敢進谷窺探。因為我知道守谷人猿的厲害，從前我是被人猿擒住過的。

「不料在那段路上，忽見許多背弩持刀、腰圍獸皮、全身赤裸的一群哈瓦黑猓猓，蜂擁而來。有幾個黑猓猓，扛著許多血淋淋的剝皮野獸。最後幾個黑猓猓，抬著一乘竹轎子，轎內坐著一個漢人裝束，方巾直裰的老儒生。到了近處，才想出轎上的人，正是我要到風魔嶺拜訪的一位怪物，這人姓孟，名小孟。這人從頭到腳，斯文一派，誰也把他當作漢人裡面的老學究，他自己卻說是漢朝南蠻孟獲的嫡裔。

「究竟這人是苗是漢，誰也分辨不清，不過他和九子鬼母同出十二欄杆山碧落真人門下，大約是開化較早的苗族，因為當年碧落真人不收漢人作徒弟的。我和他一碰頭，說出拜訪之意，他模仿漢人讀書人迂腐騰騰的怪模樣，維妙維肖；而且對我是以前輩自居的，因為我是九子鬼母的子侄輩，他當然長著一輩子了。在道旁一見著我，端坐轎內只微一點頭；把手上一柄描金摺扇，搖了幾搖，忽地扇子一收。

「他指著我說：『當年九子鬼母依仗武功，任意胡為，鬧得一敗塗地，跟著他的人現在也鬧到風消雲散，這是我早已料到有這結果的。我可和別人不同，我一不想依恃武功，爭霸稱雄；二不想攻掠城地，妄動殺戮，只在我風魔嶺內一片淨土，建設世外桃源。願意跟我的人，不論苗漢有耕有織，渾渾噩噩的以度天年。你只要到我親手建設的桃源樂土一瞧，便可看出一片天道太和之象。你此番遠道訪我，大約奔波風塵，一無是處，有點悔悟了，才來投奔我的。好！我是來者不拒，只要你回頭是岸，定可安享桃源之樂。』

「當時他道貌儼然的對我說出這番話來，我真暗暗欽佩；只要看這一群凶野的黑猓猓，並沒依仗武力，卻被他收服得狸貓一般的伏貼，便是常人辦不到的事。他說的桃源太和之象，也許不假。當時我真還相信了。便問他：『遠離風魔嶺，到此做什麼？』孟小孟並不答理我，只昂著頭思索了半晌，忽然向我問道：『吾必魁！你知道此處一座秘谷內，有人佔據著九子鬼母一生心血收集的奇珍異寶是麼？』

「我聽得暗暗驚異，便說：『知道！是一個本領出奇的美貌女子，而且養著一群力逾獅豹的人猿，看守秘谷，外人絕難涉足。不過聽說現在此人離谷遠出，還沒有回來。』他說：『這些我都明白，我現在存心要收服那女魔頭，和收服這群黑猓猓一般，共用桃源之樂。』……」

吾必魁話還未完，羅剎夫人已氣得長眉直豎，鳳眼含威。一聲嬌叱道：「不必嚕嗦了！你就領我去，我倒要瞧瞧這孟獲嫡裔，有什麼本領？敢說這樣大話！」

羅剎夫人滿面煞氣的一說，飛天狐卻不慌不忙的搖手道：「女英雄不必動怒，我也恨透他了，巴望你們前往收拾他去。現在且請安心聽我說出內情，於你們大有益處，免得像我一般，又上他的當。」

葛乾蓀道：「好！你且說下去。」

飛天狐說：「當時孟小孟說出想收服羅剎夫人的話，我也吃了一驚，便說：『這事你要仔細，羅剎夫人比當年九子鬼母高強得多，何況現在並沒在家。』孟小孟冷笑道：『用不著刀來劍去，本領高強有什麼用？她沒在家也沒關係，先把她一群人猿，收服過來再說，使她明白天外有天，人外有人。』他這樣說得稀鬆平常，把一群人猿滿沒放在心上，真使我莫測高深了。當下一言不發，便跟著他走到秘谷入口的近處。

「孟小孟年紀雖大，外表還裝著儒冠儒服，武功卻也驚人。忽聽他一聲吆喝：『你們跟我來！』兩手一扶轎桿，嗍的飛身而起，人已竄上路側兩丈高的一座危岩，接連一起一落，人像飛馬一般，已從岩頭竄上近處怪石突兀的崖巔。一群黑猓猓手足並用，像猿猴一般跟蹤而上。我也跟了上去，瞄著孟小孟的身影，飛躍於層崖危壁之上。

「最後到了最高一層的崖尖，松聲如濤，勢如建瓴。向崖背一瞧，卻是幾十丈壁立如削的峭壁，業已無路可通；再向下面一細瞧，敢情峭壁上面，正是羅剎夫人的秘谷中心。那座大竹樓便在下面，竹樓前面來往的人猿和群虎，從上面望下去，好像縮小了不知多少倍。孟小孟把長袖一擄，取下黑猓猓肩上扛來的剝皮獸肉，左右開弓，兩臂齊施，把所有扛來的獸肉，都向峭壁下飛擲下去。把許多整隻剝皮獸肉擲完，看他很悠閑的背著手在松下踱方步兒。有時探頭向壁下谷內望一望，一群黑猓猓卻都俯伏在地，一聲不哼。

「我看得奇怪，也不時向下面探視。半晌工夫。看到下面一群人猿，已搶著擲下去血淋淋的獸皮大嚼特嚼；七八隻猛虎蹲在人猿身旁，也吃著人猿分給牠們的餘潤。待了一忽兒，孟小孟看清下面獸肉吃得所剩無幾，他用指頭點著下面人猿和猛虎的數目，點點頭說：『大概都吃到口了！』說了這句話，向一群黑猓猓一揮手，頭也不回，便從原路走下崖去。我和一群黑猓猓，當然跟他下崖。

「這當口，我瞧出那群黑猓猓一對滿布紅綠的怪眼，直直的，呆呆的，只憑孟小孟指揮動作，絕沒出聲，也沒互相交談，或彼此爭強鬥勝的遊嬉舉動，連我與牠們同進同退，也好像視若無睹，沒有我這人一般。我瞧得很奇怪，從前我走過風魔嶺這條道，也偶然碰見哈瓦一族的黑猓猓在深林內飛躍窺探，可是和現在這群呆若木雞的黑猓猓，似乎舉動有異。

「孟小孟帶領一群黑猓猓盤下層崖，到了原地方，仍然坐上竹轎子。一聲威喝，一群黑猓猓便簇擁著竹轎子直向進谷入口走去。到了進谷鐵柵口外，孟小孟忽然從懷裡拿出一口小銅鐘，叮鈴叮鈴搗了幾下。谷內岑寂如死，守谷的人猿和猛虎，一隻都沒有趕到鐵柵來守衛。孟小孟坐在轎內哈哈大笑，向一群黑猓猓一陣怪喝，用手勢向鐵柵一比。那群黑猓猓，悶不出聲的，一齊趕向鐵柵口，出死力的亂推亂搖。

「鐵柵甚堅固，但禁不起這群野牛一般的黑猓猓合力推搖，嘩啦一聲大震，高大的鐵柵竟被牠們向內推倒，立時一湧進谷。孟小孟一乘飛轎子，也抬進谷內，他一進谷內，一躍下轎，先奔到竹樓階前俯身細瞧。我跟著他眼光一瞧，看出階前一片浮土，和其他地土有異，好像在地下翻掘過東西，匆匆沒掩蓋堅實的模樣，孟小孟卻喜形於色，立時指揮一群黑猓猓把這塊鬆土刨開，揭開一層石板，立時現出地下埋著一隻極大的黑鐵箱，把這鐵箱抬到平地上。

「孟小孟又指揮幾個黑猓猓上樓搜查，只聽到樓上幾聲尖叫，被黑猓猓擒下幾個青年苗女來了。他吩咐幾個黑猓猓看守著那具大鐵柵箱和幾個苗女，卻拉著我走到竹樓對面峭壁下面。我一看一群人猿和幾隻猛虎，都像睡熟一般，趴在地上一動不動。我這才明白，剛才從上面擲下來的獸肉是釣魚的香餌，裡面定有機關了。在這種情形之下，你那處秘谷當然由他擺布了。」

羅幽蘭恍然大悟道：「唔，我明白了！在秘魔崖時，曾聽九子鬼母說過，碧落真人有一種迷失本性的毒藥，名字很奇怪，叫做『押不蘆』。人猿貪嘴，誤吃了人家擲下去的拌毒獸肉，才迷失本性，聽人擺布。不用說，那群黑猓猓這樣聽孟小孟驅策，當然也受了毒了。但是你怎會也受了毒了？」

飛天狐雙肩一聳，嘆口氣說：「罷了！還是你得著九子鬼母真傳，明白這些門道。我如早知他有這毒藥的話，我也不會上當了。那天孟小孟把羅刹夫人谷內寶藏和人畜席捲一空，臨走還放了一把火，才回到風魔嶺去了。我鬼迷了頭，想瞧一瞧風魔嶺內什麼場面，也跟著他去。哪知道人面獸心的孟小孟，詭計多端。大約怕我不是好相與，也許怕我分他劫走的寶藏，來到風魔嶺之前，在路上便生毒計。

「我不疑有他，路上吃了他們一點東西，人便昏迷過去。等我悠悠醒轉，四肢癱軟無力，一看孟小孟和一群黑猓猓蹤影俱無，把我丟在路旁一個岩洞內。居然在我身旁擱著一袋乾糧，還有一把金黃色的花草。花草上縛著一張字條，上面寫著：『桃源樂土，不能容留像你這種野心勃勃的人。姑念彼此具有淵源，少施妙藥，讓你昏睡一場，醒來如覺力弱難走，可嚼身旁草藥解毒。速回爾鄉，毋再留戀。』

「我看得又驚又恨，慌不及把他的草藥，吃下肚去。草藥下肚，立時嘔出許多腥味的黑綠水，靜靜的躺了許多辰光，才能掙扎著走出洞來。心裡把孟小孟恨入骨髓；不讓我走進他的桃源樂土，我偏要偷偷的潛身而入。既然他沒有容人之量，我也要想法報復一下，再不濟也得把他自稱的桃源樂土搗他個天翻地覆，才出我心頭怨恨。主意打定，便仍向風魔嶺走來。山路崎嶇，深入風魔嶺腹地，尚有百把里路程，中毒以後，腿腳未免不聽使喚，走了兩天才到此地。

「我不合又吃了他留下的乾糧。我以為這點乾糧是強盜發慈悲，預備我回去路上用的，不致有毒，哪知道孟小孟這老鬼，心狠計毒，非常人所及。大約他早已料我不甘心，還要登門問罪，那袋乾糧也是有毒的，越吃越覺頭昏身弱。勉強走到這兒溪邊，人已支持不住，幾乎淹死溪內。幸我命不該絕，死命爬上溪岸。一眼瞥見地上叢生著金黃花草解藥，遂不顧命的亂嚼。這樣一折騰，我自命一身鋼筋鐵骨的飛天狐，竟被那萬惡的老鬼，折騰得半死不活，我做了鬼，也要尋那孟小孟算清這筆帳。

「現在我話已說盡，你們都是我的敵人，我情願死在你們手裡。喂！葛乾蓀、沐小子，不論哪一位抽出劍來，都可把我飛天狐這顆腦袋拿去。不過，你們不要怕硬欺弱，務必闖進孟老鬼的巢穴，把那老鬼挫骨揚灰，替世上除害，替我飛天狐解恨。言盡於此，你們快動手，把我腦袋拿去吧！」

大家聽飛天狐這樣一說，倒有點為難了。像飛天狐這種苗匪首領，換一個地方，狹路相逢，早已拔劍動手，但在這樣情形之下，誰也不願拔劍殺一個毫無抵抗力的人。羅幽蘭卻厲聲喝道：「飛天狐！你要明白，黑牡丹在滇西業已死於我手；最近暗襲金駝寨的岑鬍子，也被我羅剎姐姐梟首示眾，那便是為惡作惡的下場。你現在被孟小孟作弄得半死，依我看，還是你的便宜。大約孟小孟在你身上下的毒藥，是最輕的一種，而且特地留下解藥，還算手下留情。如果他用的是『押不蘆』，你早已迷失本性，和人猿，黑猓猓一般，供他牛馬般鞭策了。」

羅幽蘭說罷，又和葛大俠、沐天瀾、羅剎夫人暗暗商量了一下，又向飛天狐喝道：「誰無天良？回頭是岸！你願求一死，我們寶劍，卻不願斬一遭殃的人。但現在我們要找孟小孟去，這兒替你留下一點乾糧，免得你再受毒害。以後我們相逢，為友為敵，全在你了。」說罷，大家不理會飛天狐，一齊越溪而過，向對山走了。

四人走近對山一看，奇峰拔地，排障入雲，削壁千尋，羊腸一線。從壁立夾峙的峰腰下，一條曲折的山途，邐迤深入，紅花鋪地，碧苔附壁，景色奇麗。四人盤旋於夾谷陡壑之間，忽夷忽險，忽高忽低。足足走了幾個時辰，不知不覺進了一個天然的大岩穴。岩穴外面洞口上，一塊鏡面青石上，寫著「世外桃源」四個大字。

一進岩洞，黑暗無光，好像無路可通模樣。可是洞底深處，卻有一個小小的光圈，而且空穴來風，傳來了一陣陣的鳥啼犬吠、泉音松聲，便知洞底定有奇景。大家摸著黑，往那洞底光圈所在走去，越走越近，光圈漸漸放大。原來洞底和洞口一般，也是個出入之口。四人四猿出了洞底的口外，忽地豁然開朗，耳目一新。

只見綠野平疇，阡陌交通，陌上夾道，盡是桃柳，柳綠如幄，桃花迎人。畎畝之中，有很多的農夫，趕牛的趕牛，插秧的插秧，一個個閉口無聲，在田裡工作。再一細瞧，敢情田中的農夫，多數是哈瓦族的黑猓猓，也有不少精壯的漢人。最奇的，裡邊還夾雜著幾個金剛似的人猿，也呵著腰，一聲不哼的在那兒操作，和人一般無異。非但羅剎夫人等四人瞧得莫名其妙，帶去的四頭人猿，也張著大嘴怪叫起來。

照說同類相喚，田裡工作的人猿定必歡躍奔迎，可是田裡操作的人猿，好像聾子瞎子一般，頭都沒有抬起來。非但人猿如此，田裡許多黑猓猓和漢人，也和人猿一般，對於洞口出現四人四猿，視若無睹，只一心在田裡工作。

葛乾蓀、羅剎夫人、沐天瀾、羅幽蘭四人，率領四頭人猿，懷著驚疑之心，向中間一條寬堤上走去。一條長堤走完，現出碧波粼粼的一個大湖，沿湖盡是整潔的泥牆茅舍，茅舍內一派機車紡織之聲。雞犬桑麻，景緻幽菁。茅舍後面是一片綠葉成蔭的森林，林後平平的幾層土石相間的平岡；岡上搭蓋規模較大、形似苗蠻的房子。大家沿湖走近一排茅舍，看出茅舍內有男有女，有漢有苗，低頭搖車，絕不睬人。

這當口，忽聽得屋後平岡上，鐘聲忽起，其音清越。便見岡上走下兩個儒冠儒服的兩個老頭兒，步履輕健，其行至速。片刻工夫，已穿過一片棗林，來到跟前。居然向四人深深長揖，滿面笑容的說：「遠客光臨，真是難得。我們奉孟長老之命，特來迎客上岡，草堂敘話。」

葛乾蓀說：「我們聞名而來，原是專誠來拜訪孟長老的，請兩位領導拜謁罷。」遂跟著兩個老者走上層岡，到了最上一層岡頂。

在一所寬闊整齊、花木扶疏的屋前，一個鬚髮皓白，道貌儼然的儒生，早已降階相迎。領路的兩老，指著那人說：「這位便是我們世外桃源的孟長老。」於是賓主相見，將相登堂。孟小孟對於這四位遠客和跟著的四頭人猿，毫不動容；好像預知這幾位遠客，遲早要來的，而且笑容滿面，藹然可親。

在草堂內賓主落座，立時有幾個青年苗女，托著白木盤，送出幾盞香茶，分獻遠客。羅剎夫人留神送茶的幾個苗女，敢情個個認識，正是在玉獅谷侍候自己的幾個苗婢。這幾個青年苗婢中，有一個名叫小鵑的，便是以前差到昆明沐府報信的一個，也在其內，卻個個目光呆滯，明明瞧見了自己主人羅剎夫人，和認識過的沐天瀾、羅幽蘭，竟像毫不認識一般。木頭人似的，送茶完畢，便向屏後退去。羅剎夫人氣得鳳眼含威，正要責問孟小孟何故潛入玉獅谷，詭計擄人劫寶？話未出口，孟小孟已呵呵笑道：「諸位遠道而來，跋涉不易，且請嘗嘗我們世外桃源的清泉松子茶，包管諸位止渴解煩。」

葛乾蓀一瞧面前几上一杯松子茶，異香撲鼻，色如琥珀；色香俱足，味必異常，卻不敢入口。向羅剎夫人等一使眼色，從自己懷裡掏出那隻通天犀角，把角尖浸入茶內，不料琥珀似的一杯茶，立時變色，犀角尖上也起了層層的暗暈。葛乾蓀細眼大張，神光遠射，一聲冷笑，向孟長老大聲說道：「我們一到貴寶地，長老便下毒手，想把我們這幾個人，糊裡糊塗的變作你不二之臣，未免太狠了！」

在葛乾蓀冷笑時，孟小孟也瞧見了他用犀角試毒，立時臉色倏變，鬚眉磔張，指著四人道：「唔，你們哪裡得來的這樣寶貝，在你們視同寶貝，在我卻視為破壞我們世外桃源的仇敵。我知道你們依仗自己一點本領，想到我們這兒來搗亂了。

「你們要知道，在我世外桃源裡面，武功毫沒用處，我一片好心，請你們喝不易喝到的桃源仙茶，你們卻認為我下毒手。這是你們愚陋無知，積非為是，完全不明白我一片苦心罷了。」

四人一聽他這番話，又笑又氣，見他鬚髮磔張，以為話已決裂，乾脆用武功，消滅這個老怪物好了。沐天瀾、羅幽蘭已要伸手拔劍，不料孟小孟在這轉瞬之間，向四人瞧了一眼，立時又低眉垂目，笑嘻嘻的向四人拱手道：

「諸位一肚皮功名利祿，或者是一肚皮爭惡鬥勝、成王敗寇，打得都是自己的如意算盤。結果，人生不過百年，只落個鏡花水月，以熱鬧始，以淒涼終。在世上畢竟做出什麼功德來呢？所以老朽靜觀悟道，在此收羅了未開化的一群黑猓猓和幾十個自道聰明、終日殺生打獵的漢人。用我一種秘藥，把這般人七情六慾的禍根，蔽塞起來，遺忘了以前種種，只發揮他固有的一片赤子之心，一心在我世外桃源自耕自織。

「你們瞧我世外桃源的景象，憑你們良心說，多麼的天真，多麼的敦樸！你們出入的烏煙瘴氣的城市，多麼汙穢，多麼巧詐！豈不有天壤之別？剛才我請你們喝一杯桃源仙茶，正是我瞧得起諸位，引為同道，想和諸位共用桃源之樂，你們卻以是為非，不受抬舉，枉費我一片好心。這是沒奈何的事，既然如此，諸位也不必在此滯留，趕快回你們的塵世去好了。」

羅剎夫人一聲嬌叱道：「姓孟的不必空言狡辯！我問你，你既然有此高見，不管你這高見如何，你只要安守在這世外桃源，我們和你馬牛無關，也沒有這心思到此拜訪。可是你偽裝道貌，做的事卻和你說的相反。卻不知在何處打聽得我不在家中，暗用詭計潛入谷內，擄人劫寶，放火毀屋，這是你世外桃源的長老所該做的麼？再從你這世外桃源的辦法，和你似是而非的一番話，大約從無為而治、不識不知的道家話裡剽竊來的。既然如此，你劫我一箱珍寶，有何用處？而且妄動無明，又把我竹樓付之一炬，這是什麼道理？你說出來我聽聽？」

羅剎夫人煞氣上臉，口齒鋒芒，孟長老嘴上支支吾吾的有點答不上來。

羅幽蘭倏的跳起身來，指著他喝道：「姓孟的，真金不怕火！你不是完全仗著碧落真人傳下來的押不蘆秘藥，在這兒享你桃源之樂麼？常言道得好，己所不欲，勿施於人。你請我們喝的幾杯仙茶，你在我們面前把它喝下去，如果你自己不敢喝，那就是你不打自招，殺不可恕的罪狀了。」

這一著，毒極辣極，孟小孟有點舉止失措，一伸手，想從懷裡掏一件東西出來。羅剎夫人眼光如電，只一聲嬌喝：「來！」四頭人猿一聳身，飛撲過去，便把孟小孟擒住。他運用勁功還想掙扎，怎奈那人猿臂力豈同平常，如何逃得脫？

羅剎夫人更是歹毒，玉臂一托孟小孟下巴，立時牙臼脫落，嘴巴張開。羅剎夫人順手拿起一杯茶來，強灌下去，接連灌了三杯，孟小孟兩眼翻白，頓時昏迷過去了。

葛乾蓀拍手道：「即以其人之道，還治其人之身，妙極妙極！」

羅幽蘭趕過來向孟小孟懷裡一搜，搜出一個小金鐘來，說道：「哦！這是他的鬼門道。外面受毒的人獸，大約聽到這鐘聲，便要合力來和我們對敵了。」

沐天瀾說：「你們守住這草堂，我和師傅搜查他黨羽去。」

葛乾蓀說：「好！走！」片刻，葛乾蓀，沐天瀾師徒回來，大笑道：「這位孟長老真是怪物，大約此地沒有受毒的，也只他自己和剛才奉告迎客的兩個老道兒了。那兩個老道兒，大約已經逃走。這倒妙！這世外桃源，算屬於我們的了。」

羅剎夫人一聽這話，靈機觸動，嫣然一笑道：「晚輩原想一個避世偕隱之所，此處也頗合用，倒是不勞而獲了。不過想法解救這許多人的毒，卻是麻煩。」

葛乾蓀說：「有這通天犀角，不難一批批的消盡毒根。說實在的，孟小孟並沒野心，不過他異想天開，用毒藥來束縛人獸，未免太荒唐。你們夫妻三人，有了這現成偕隱之地，便不必再到別處尋找了。這地方真不錯，將來我和桑苧翁也有了避亂息影之地了。」

全書完

近代武俠經典復刻版

羅剎夫人(下) 羅剎神話

作者：朱貞木
發行人：陳曉林
出版所：風雲時代出版股份有限公司
地址：10576台北市民生東路五段178號7樓之3
電話：(02) 2756-0949
傳真：(02) 2765-3799
執行主編：劉宇青
美術設計：吳宗潔
業務總監：張瑋鳳

出版日期：2024年6月
ISBN：978-626-7369-79-1
風雲書網：http://www.eastbooks.com.tw
官方部落格：http://eastbooks.pixnet.net/blog
Facebook：http://www.facebook.com/h7560949
E-mail：h7560949@ms15.hinet.net
劃撥帳號：12043291
戶名：風雲時代出版股份有限公司

風雲發行所：33373桃園市龜山區公西村2鄰復興街304巷96號
電話：(03) 318-1378
傳真：(03) 318-1378
法律顧問：永然法律事務所 李永然律師
北辰著作權事務所 蕭雄淋律師

行政院新聞局局版台業字第3595號 營利事業統一編號22759935

定價：320元

國家圖書館出版品預行編目資料

羅剎夫人 / 朱貞木著. -- 臺北市：風雲時代出版股份有限公司, 2024.05
冊； 公分

ISBN 978-626-7369-79-1 (下冊：平裝)

857.9 113002735